당신을 만났습니다.

인연을 소중히 여기는 삶

당신을 만났습니다

초판 1쇄 발행 ㅣ 2017년 6월 30일
초판 2쇄 발행 ㅣ 2017년 7월 10일

지은이 ㅣ 문연주
펴낸이 ㅣ 공상숙
펴낸곳 ㅣ 마음세상

주 소 ㅣ 경기도 파주시 한빛로 70 507-204

신고번호 ㅣ 제406-2011-000024호
신고일자 ㅣ 2011년 3월 7일

ISBN ㅣ 979-11-5636-091-9 (03810)

원고 투고 ㅣ maumsesang@naver.com
원고 투고 ㅣ maumsesang@nate.com

* 마음세상은 삶의 감동을 이끌어내는 진솔한 책을 발간하고 있습니다. 참신한
원고와 번뜩이는 아이디어가 있으시다면 망설이지 마시고 투고하세요.

이 도서의 국립중앙도서관 출판예정도서목록(CIP)은 서지정보유통지원시스템 홈페이
지(http://seoji.nl.go.kr)와 국가자료공동목록시스템(http://www.nl.go.kr/kolisnet)에서
이용하실 수 있습니다. (CIP제어번호 : CIP2017013632)

당신을 만났습니다

문연주 지음

마음세상

들어가는 글

사람들은 저마다 살아가는 삶의 방식이 다르고 소중히 여기는 가치관이 다르다.

살아온 삶이 누구나가 쓰기만 하면 대하소설이요, 명작이 아니라고 말할 수 있겠는가.

나의 이야기와 일련의 살아온 일들을 써보고 누구에겐가 내 마음이 전달되어 이 세상의 단 한 사람이라도 읽어 줄 누군가가 있다면 기꺼이 세상 속으로 내 이야기를 담아내고 싶었다.

배움을 갈망하던 십대 꿈 많았던 소녀 시절에는 가난과 처절하게 싸워야 했던 시절이 있었고 오십이 넘어서 꿈에도 그리던 대학에 가게 되었다. 아이들이 자라서 엄마의 손이 필요하지 않을 때 홀로서기 연습 삼아 꼭 필요했던 일이었던 것은 아닐까.

4년의 만학 생활이 결코 짧은 시간이 아니었지만 수많은 인연들과 함께 한 시간들이 주마등처럼 스쳐 지나가고 있을 때 또 다른 무언가를 위해 가슴에 불타고 있던 감성들을 정리해보는 기회를 맞이해 보는 이 시점이 된다.

　나에게 주어진 시간을 보람 있는 일로 내 속에서 흐르는 역마살의 기운은 건강과 직결되고 삶과 연결고리를 만드는 취미로 사진 생활까지 즐겁게 하고 있는 내 나이 벌써 육십을 바라보지만 나이는 숫자에 불과하다는 말을 하게 만들고 싶다.

　모든 일에 열정을 가지고 백세 시대, 흔히들 말하는 인공지능 시대가 다가 오고 있는 이즈음에 문화에 뒤떨어지지 않는 삶, 후대에 주인이 될 손자, 손녀 와 시대 흐름을 공감할 수 있는 그런 삶을 살아야 하지 않겠는가!

　이 글속에서 가장 핵심이 인연인 만큼 모든 일이 행하여지는 일도 인연이 있고 난 후에 모든 행로가 정해진다고 말하고 있다. 혈연, 지연, 학연 모든 인 연들을 소홀히 할 수 없는 소중함을 주로 다루어진 나의 이야기들로 꾸며진 글들 이렇게 글을 쓸 수밖에 없었던 이유도 갖가지 인연을 만나고 지금까지 이어진 인연들로 살아가는 모습이었기에 그런 것 같다.

제1장

인연이란 무엇인가?

일상 속에서 누군가를 만난
다는 것. 어디선가 한번은
본 듯한 인연 중에도 놓쳐
버리기 쉬운 인연. 어떤 인
연을 만나도 그 인연을 끝까
지 소중하게 지켜내는 사람
이 있는가 하면 지어진 인연
도 끊어 버리는 몰인정한 사
람도 있다. 열 사람 소중한
내편보다 한 사람 악연을 만
들지 말라는 옛말이 있듯이
살면서 참 많은 일들을 접하
고 지나간다.

서로
기대어
걸어가는
인생

5인방은 창원대 경영대학원 AMP과정 23기 동기생들이다. 어린 시절부터 키가 컸던 탓인지 앞자리 한번 앉아보지 못한 나는 특강수업 때마다 앞자리에 앉았다. 첫날 함께 앉았던 짝이 석현이라는 친구다. 일 년 동안 함께 앉았던 이 친구와 생일도 챙겨주고 커피도 자주 마셨다. 내가 일하는 사무실이 창원대학교 바로 앞에 있었기 때문에 직장에서도 대학원 동기들을 가끔 볼 수 있었다. 오후가 되면 '라온제나'라는 사무실 앞 커피숍에서 자주 만났고, 가끔 점심시간에도 특별히 회를 먹거나 뮤지컬을 보러가기도 했으며, 취미생활이 비슷한 사람끼리 모여 즐거운 시간을 보내기도 했다.

다섯 명 중 정숙이란 친구는 산과 물을 좋아하고, 똑순이라고 불리는 미경은 참으로 알뜰하며, 똑소리나게 모든 일에 앞장서는 동생이다. 서 회장은 최초 원우회에 초대회장이었으며 어시장에서 3대째 혹보상회를 운영하는 사장이다. 석현은 한신건기 주식회사 대표이사다. 원우회 모임에서 5인방은 알짜배기 회원들이다. 항상 무슨 일이든 참석률이 100%이며 등산반에도 회원 5명이 모두 가입되어 있다. 해외여행도 빠지는 일 없이 4년을 잘 유지해왔는데 2016년부터는 자주 가지 못했다. 5명 생일이 6월까지이면 끝나는 상황이라 마지막 서 회장님 생일에 만나고 몇 달이 흘렀는데 보자고 하는 사람이 없다. 올해가 다가기 전에 12월 원우회 정기 총회에선 만날 수 있을지 모르겠다.

정숙이란 동생을 처음 보던 날 웃음이 너무도 예뻤던 동생으로 기억한다. 산을 좋아해서 매주 금요일마다 설악산 비박산행을 다닌다는 파워풀한 동생. 네팔 히말라야 첫 산행 때 4천 고지를 걸었다는 이 동생은 산이 좋아 산과 사는 사람 같다. 명절에도 해외산행을 하는 산꾼이다. 한라산 등반을 함께 했을 때 정숙은 마치 발바닥이 땅에 붙지 않는 듯 걸음을 걸었다. 시골에서 태어나 어린 시절 소를 먹이며 산을 날아다니던 때가 나도 있었는데 싶었다. 그래도 꽤 많은 운동을 한 덕분에 요즘은 옆집에 마실 다니는 것처럼 힘들지 않게 산행을 한다.

똑순이 미경이는 몇 년을 같이 다녔음에도 보험 영업을 하는 동생이란 사실을 3년이 지난 후에야 알았다. 항상 자신의 일보다 남의 일부터 먼저 실행에 옮기는, 말 그대로 똑순이다.

미경이를 알고 난 후 우리 회사 차 여덟 대를 보험에 가입했다. 내가 편하기 위해서다. 남을 위해서 헌신적인 미경이 덕분에 실비 보험을 들어준 지 5개월 만에 이렇게 시기적절하게 쓰게 될 줄은 몰랐다. 갑상선암 진단 결과가 나와 미경이 덕을 많이 본 것 같다. 실비에서 나오는 돈과 암 판정을 받아 나오는 돈은 수술비 5%를 내고도 남았다. 어려운 일이 있을 때마다 부탁을 했었는데, 네네 치킨 물류창고를 살 때 역시 마찬가지였다. 암 수술을 받고 퇴원하던 날 집 앞을 지나다가 창고 급매 나온 것이 있다고 전화가 왔다. 하루만에 계약이 이루어 졌다. 일 년 만에 준비해 두었던 자리에 물류창고를 짓게 되었다.

이 모든 것이 좋은 인연 덕분이다. AMP 과정을 졸업한 지 5년이 지났다. 12월 정기 총회를 며칠 앞두고 윤 사장님께서 전화가 왔다. 내 위 연장자들은 모두 회장직을 수행한 것 같다면서 올해 수석부회장 자리에 나를 지명한다. 우리나라 처음 여성 대통령이 되던 때부터 여성 원우들도 회장을 해야 한다며 나이 순서대로 지명해 놓고 다그치기 시작한다.

명분이 없어서 신랑이 하던 일을 올해까지 하고, 그만두게 되어 여력이 안 된다고 우기긴 했는데, 무슨 까닭인지 올해는 여러 곳에서 옥죄여 온다. 초등학교 회장직도 미루어 됐다. 대학에 다닌다는 이유로 졸업하고 나면 하겠다고 했는데 중학교 송년회에도 똑같은 말을 해야 한다. 중학교 소모임 김, 창, 일오회도 창원에서 회장이 나올 차례라며 나를 지목한다. 무슨 조화인지 몸이 몇 개라도 모자라겠다.

5년 전 활력이 넘치던 그때와 지금은 너무나도 다르다. 갑상선암을 진단받고 수술하기까지는 아무 걱정도 하지 않은 채 수술대에 올랐다. 방사선 치료까지 받아도 걱정이 없었다. 수술 이후 일 년이 지난 지금에 와서 생각해보면 많이 달라져 있다. 잘 먹지 않아도 마냥 부풀어 오르듯 살이 쪘다. 근력이 떨어져 헬스를 다녔다. 헬스는 일주일에 3번 정도 나갔으며 하루 운동을 30분 정도 하는데도 힘겨웠다. 운동을 갈 때마다 갈등의 연속이었다. 2번째 요오드식이 시작될 무렵 지난 8월 14일까지 다니다가 그만뒀다. 2016년 9월에 4학년 2학기 시작하며 졸업논문과 씨름하다보니 운동을 다시 시작해 볼 엄두도 못 냈다.

　라이딩을 하면서 살이 조금씩 빠지기 시작하더니 보는 사람마다 많이 빠졌다고 한다. 몸에 변화가 생겼다. 약간만 쬐는 바지를 입어도 울퉁불퉁 튀어 나오는 알레르기, 누워 자고 일어났는데 히프에 널찍한 알레르기가 생긴다. 브레이지어까지 하고 잠자던 옛날과는 딴판으로 헐렁한 잠옷을 걸치고 자는데도 아침이면 발광을 하게 된다. 내일은 꼭 가봐야지 하면서 낮이 되면 잊어버린다. 이런 몸으로 무엇을 맡겠다 말인가. 누가 믿어주지도 않겠지만 내가 말하면 핑계로 밖에 들리지 않을 텐데 걱정이다.

　몇 일전 석현이가 필드에 가잔다. 일 년 동안 남모르게 피나는 노력으로 골프를 새로 시작했단다. 체영이와 서 회장과 나, 석현이 이렇게 한 팀이 되어 창원CC에서 하루를 즐겼다. 초보 같지 않은 초보와 걸어서 다녀야 했던 하루였다. 오랜만에 운동을 한 탓인지 그날 밤 난 시체가 된 듯 이튿날 낮까지 줄 곳 잠에서 깨어나질 못했다. 내 몸의 에너지가 이 정도 밖에 되지 않는다. 신체에 많은 변화가 왔다. 호르몬 조절기능 갑상선이 이렇게 중요한 것인 줄 몰랐다. 한쪽이 암으로 전이 되지 않았음에도 양쪽 다 제거하라고 권유받았고, 두 번 생각해보지도 않은 채 떼어내 버렸다. 후회가 되었지만 이미 늦어버린 일이라 적응하기 위해 노력해야 한다. 내일이면 부산대학병원 예약 진료가 있는 날이다. 산부인과 재검을 받아야 한다.

　나이가 든 탓이라 그런지 자꾸만 무기력해지는 것 같기도 하고, 체력이 급격히 떨어지기도 한다. 에너지가 충분했던 내 몸이었는데 변화된 몸에 적응하기도 쉬운 일이 아니다.

　아침나절 컨디션으로 하루 일과를 시작하다보면 오후 3시쯤이면 지친다. 겉보기엔 소라도 잡겠다고 남들은 쉽게 말한다. 남성스럽게 생긴 이미지 때문인지도 모른다. 뼈 자체가 통 뼈이기도 하다. 보기와는 다르게 대수롭지 않게 생각했다. 갑상선 호르몬 생각보다 많이 힘든 병이다. 남들은 쉽게 말하기를 갑상선암은 암도 아니라고 말한다.

몇 일전부터 알레르기가 심했다. 갑상선 약물로 인하여 알레르기가 생긴 것인지 궁금하여 네이버에 물어봤다. 알레르기에 대하여 아무도 언급하지 않았는지 네이버 상식에는 나오지 않는다. 가려울 땐 미친다. 이렇게 글 쓸 때 신경을 한곳에 모으고 있을 때라 그런지 쉽게 잊어버린다. 갑상선 전체 크기가 4센티미터 정도 인데 암 모양이 일 센티미터라면 달리 생각해봐야 한단다. 갑상선이 만들어 낸 호르몬은 마치 리모컨처럼 체온, 심장 박동, 호흡, 위와 장의 운동을 실시간으로 조절한다. 이렇게 중요한 역할을 하는 갑상선이다. 감상선암은 착한 암이기는 하지만 특별한 증상이 없는 것이 대부분이라고 한다.

흔한 증상인 쉰 목소리를 낼 경우엔 이미 3기 이상 진행된 경우가 많다고 한다. 병기가 흐를수록 예우가 나빠진다. 조기 1, 2기엔 생존율이 거의 100%에 가깝지만 4기가 되면 50%까지 떨어진다고 한다. 크기가 작으면 무조건 수술이 필요 없다는 것도 오해란다. 미세한 암이라도 종양이 신경 가까이에 붙어 있거나 임파선에 전이 등이 있으면 무조건 수술해야 한단다. 이렇게 상세한 이야기를 아침에 접하고 난 후 내 마음이 한결 가벼워졌다. 모양이 나쁘다고 무조건 중환자 등록을 해줬던 내분비과 의사 선생님의 말씀을 들었다. 지금은 회복기일 거라고 항상 긍정적인 생각을 하고 있음에도 학교 내 앞자리 앉은 호연오빠는 항상 날 꾸중한다. 무리하게 사진촬영과 여행을 하며 다니는 나를 걱정해서다.

호연오빠 집사람 언니도 수술한 지가 5년차에 접어 들었다고 한다. 처음 수술했을 때 언니도 우울증과 함께 동반한 무기력함에 많이 힘들었다고 한다.

일 년 정도 이제 약을 복용하고 나면 부작용이 생기기도 한다고 전해줬다. 체질변화가 왔다고 한다. 경험한사람들이 하는 이야기라 신중하게 들린다. 신경이 예민한 나였는데 요즘은 그렇지 못하다. 글쓰고 눕는 순간 잠을 자고. 누웠다하면 10시간은 보통 자는듯하다. 식전 약 먹으라고 깨울 때까지 세상 모르고 잔다. 새벽에 물류 오는 소리도 듣지 못하고 잠을 잔다. 수술 전엔 잠귀가 참 밝은 편이었다.

남편이 술을 먹고 늦게 오늘날엔 잠도 오질 않았는데, 요즘은 내 스스로 지쳐서 잠을 잔다. 남편이 오는지 가는지도 모르고, 이른 새벽에 사무실을 몇 번이나 들락거려도 듣지를 못한다. 이래도 되는 건지 잠에서 깨어나지 못하니 죽은 시체와 무엇이 다를까. 변화된 내 몸에 적응해야 하며 꼭 이겨내야 할 것이다. 예전에 에너지가 넘치던 그때처럼 여기저기 어느 곳에서든 나를 필요로 하면 달려갈 수 있었던 그때와 같이 건강해야 한다. 혼자의 힘으로는 할 수 없는 일들이다. 일오회 회장도 친구들이 필요하고, 23기 수석부회장도 하려면 원우들이 도와줘야 한다. 초등학교 동창회도 마찬가지다. 나의 에너지가 원상복귀 되는 날에 모든 일들을 할 수 있는 게 아닌가. 운동도 열심히 하고 약도 잘 챙겨먹고 건강이 허락하는 날까지 열심히 살아볼 것을 약속한다.

독불장군은
없다

마지막 남은 한 과목의 종강 날이다. 마음이 기쁨 반 허전함 반이기도 하다. 8시 반에 등교를 했다. 전날에 서울에서 온 석현 거사님의 고마웠다는 문자를 확인하고 카카오톡을 주고 받으며 학교에 도착하니 9시가 조금 넘었다. 종강 날이라 그런지 결석이 잦았던 동생들 얼굴도 보이기 시작했고, 대학원 가는 동생들도 왔다. 함께 한 지난 시간을 되돌아보니 조금 서운하기도 하다. 또 다른 시작일 것이니 희망차기도 했다. 수업 중에 동창생들이 전화가 온다. 수신 거부 해놓고 두 번 연달아 오는 친구 미화에게 쉬는 시간에 전화를 했다. 먼저 출발하라고 했다. 구례에서 전원생활을 하고 있는 미화는 어제 거제의 시어머니 댁으로 왔다가 김장준비를 했단다.

명예 퇴직한 남편과 구례에서 합류한지 한 달쯤 되다 보니, 혼자 있고 싶은 마음에 일찍 출발했다고 문자가 왔다. 연락되는 친구가 없어 무작정 주 남 우리 집으로 내비게이션을 맞추었고, 혼자 구경하고 있다가 오후 수업 끝나고 나랑 합류하기로 했다. 오늘따라 마지막 강의 첨단기술을 열정적으로 가르쳐 주시는 추 교수님 이셨다. 12시까지 완벽하게 시간을 채우고 갈치 정식 점심을 먹기로 했다가 취소하고 목촌에서 모였다. 수육과 곰탕을 점심으로 먹었다. 마지막 학년장님의 건배사로 종강 점심은 끝났다. 7일 기말고사 날 만나기로 약속한 뒤 집으로 달려왔다.

구경을 하고 있던 미화가 나보다 몇 초 빨리 도착했었다. 김장김치 두 포기와 친구들에게 준다고 직접 담근 된장 두 통을 정성스레 담아 왔다. 항상 남을 위해 일하고 봉사 활동을 많이 하는 친구다. 중학교 다닐 때 미화 어머니께서는 일찍 세상을 떠나셨다. 어린 시절부터 남다르게 자라온 미화는 지금도 참 씩씩 하다. 오늘 동창회 마치고 새벽이라도 달려가야 한단다.

내일 남편 부부 모임을 주최해야 된다고 벌써부터 졸라댄다. 지난여름 다낭 여행에서 같은 방을 3박 5일 동안 함께 했던 룸메이트이기도 한 미화는 따뜻하고 정이 많은 여자다.

아담한 체구이지만 모든 매사에 긍정적인 사고와, 활동적인 여자이다. 둘째 며느리로 시집 가서 지금껏 시어머니를 모시고 산다. 대단한 친구다. 이 친구와 창원에 있는 친구 중에서는 남자친구 용웅이만 동창회에 가고 장유 기숙이와 4명과 만났다. 뒷일은 생각하지 않고 내 차에 4명을 태우고 울산으로 달려간다. 시간이 많은 관계로 약속 시간보다 한 시간 반 빨리 도착했다. 몇 달 전부터 총무가 보내온 송년회 모임 문자 2016년 토요일 언양으 한 식당에서 에 이루어졌다. 송년을 보내며 유심히 바라본다. 코흘리개 친구였던 동창들은 이제 중년을 지나 노년기에 접어드는 시기이다. 뜻깊은 송년회를 가졌다. 총무의 성의에 많은 친구들이 모인 자리였다.

부산, 밀양, 울산, 김해에서 모이기 쉬운 중간 지점이 언양이었다. 올해 회장이 울산에 거주하고 있는 까닭이기도 했다. 동기회 주최 측 운영진 친구도 그 시간에 도착했다. 점심을 건너 뛴 미화는 저녁을 재촉했다. 나도 요즈음 먹어도 허전하고 속이 빈 듯하다. 점심에 돼지고기와 곰탕을 먹었는데도, 저녁에 석쇠구이 내가 제일 맛나게 먹은 것 같다. 하나 둘씩 모인 친구들이 54명 방 하나를 가득 채웠다. 서울에서 6촌 동생도 오고 중학교 모임에 처음 오는 춘호는 가까운 부곡에 산단다. 시골동네 귀농하여 사는 친구도 이제 몇 명 된다. 미용실을 하다가 접고 귀농한 장희, 창녕에서 택시하는 친구 정원이 이번 송년회엔 참만은 인원이 모인 것 같다.

젊은 날 청춘을 불태웠던 학생들이 벌써 할아버지, 할머니가 되기도 했다. 주말이면 결혼식이 매주 있는 것 같다. 한우로 저녁을 먹고 둘째 시간은 당연히 음악 시간이다. 시골 언양에 노래방 하나를 통째로 빌렸다. 50여 명의 친구들이 모여 놀 수 없는 노래방에 18명씩 3칸에 나눠졌다. 열정의 시간을 보내는 춤추는 방과 조용한 노래로 앉아서 노는 방도 있었다. 일차로 마신 술이 과한 친구는 노래방에서 난리다. 탁자 아래 위를 오르락내리락 하며 광란의 밤을 보내는 시간이었다. 구석진 자리에 앉은 나는 생각나는 친구들이 있었다. 이 맘때가 되면 내 맘이 아픈 친구다. 함께 했던 시간보다 더 많이 아파해야 하는 친구들이다.

학교 다닐 때 회장이었던 친구와 4대 회장 김창순 친구가 떠올랐다. 언젠가는 한번 가야 할 곳이지만 십수 년 먼저 떠난 친구들을 생각해보며 잠시 눈시울이 뜨거웠다. 유달리 나 혼자만이 감성에 빠진 듯했다. 회장 친구가 좋아했던 노래는 나훈아 노래 '고향 역'이었다. 항상 말없이 앉아 술만 좋아하던 재율이는 친구들의 권유로 마지막 즈음에야 그 노래를 부르곤 했다. 이젠 그 노래 마저 들을 수 없는 곳으로 가버린 너를 잠시 기억해봤다. 많이 보고 싶고 아픈 시간이었다. 남겨진 자의 슬픔이 아닐까. 밤 11시가 되어도 끝나지 않은 열정들 하나 둘씩 빠져 나가고 미리 정해 놓은 일박 숙소는 연수원에 방 3칸을 빌렸단다.

언양에서 떨어진 거리가 23킬로미터 되는 거리였다. 친구들과 함께 달려간 곳 너무 늦은 귀소라고 구박하는 소리를 들으며 이젠 노는 것도 힘이 들었다. 따뜻하게 데워진 방에 이부자리를 펴고 한 시간쯤 누워 있었다. 오십을 넘게 살면서 술 못 먹는 친구라고 구박덩어리가 되었다. 운전 걱정 없이 창원서 함께 갔던 3명은 나를 믿고 엄청 많이 마신 듯했다. 미화 걱정 때문에 집으로 다시 돌아와야 했다. 숙소에 남겨진 친구들과 더 이상 추억 만들기를 못해 아쉬웠다. 다음을 약속하고 어두운 밤길 헤집고 무사히 도착했다. 새벽 두 시 반 주남마을 인기척에 개짖는 소리가 고요한 주남마을을 흔들었다. 이층 방에 불이 켜져 있었다.

14살 중학교 1학년 학연으로 만난 우리들이다. 어느새 예순을 바라보는 중년들 마음만은 어린 시절 그때로 돌아갔던 하루였다. 역대 회장들이 다 모였었고 총무소개로 현회장만 간단한 건배사와 함께, 청도7회의 자부심으로 항상 건강이 함께하는 동창이 되길 소망했다. 친구들과 함께여서 더욱 빛나는 자리였다. 졸업생 210명 중에 동창회 때는 80여 명 가까이 모인다. 청도7회라는 다음카페가 2006년 8월에 개설되었다. 나는 3대 카페지기로 활동을 열심히 하기도 했다. 스마트폰 모바일이 활성화 되면서 청도 중7회 밴드를 만들었다. 104명의 친구들이 지금까지 활동해오고 있다.

경사와 흉사 등등을 기록하고 축하 하며 좋은 추억을 만들기도 한다. 늦게 만난 인연의 동창부부 영희 와 찬해 둘이 오늘 노는 모습을 지켜보았다. 친구들 모습을 하나하나 사진에 담았다. 사진 찍기를 좋아 하는 내가 셀카봉 덕분으로 여러 광경들을 소상하게 남겨 놨다. 혼자 둘이 혹은 여러 명 단체 사진 등등 밴드에 30여 장의 사진을 올렸다. 함께 한 시간들이 추억의 한 페이지로 장식되는 날, 그날의 시간들에 감사하며 서로가 댓글로 안부를 전하고 있다. 어제 만남 속에 아쉬운 이별이야기도 쓰며 밴드가 시끄러운 하루였다. 즐겁고 신나는 하루 일과였지만 신체리듬이 깨어진 나는 꽤 오랜 시간이 되어야 회복이 되는 거 같았다. 새벽에 잠을 잔 까닭으로 낮 시간까지 잠에서 깨어나질 못했다.

점심약속이 있다며 외출했던 남편이 전화가 왔다. 차 마시러 올 테니 정신차리라고 한다, 비몽사몽 깨어나 보니 12시 40분이었다. 충북지사장님 내외분께서 찾아와 주셨다. 지난해 문경세재를 약속 없이 찾았던 그때 지사장님의 융숭한 대접을 받았다. 치킨과 인연을 맺으며 만들어진 인연들이었다. 그로 인해 오늘까지 찾아주게 된 것이다. 10여 년 동안 열심히 일했고 함께한 시간들이 주마등처럼 스쳐 지나갔다. 올해 시작된 AI가 충북 음성에서부터 살처분을 시작으로 많은 타격이 있다고 하신다. 십년세월이 지난 지금도 그때 AI는 잊을 수 없다. 처음 치킨장사 시작하던 해 2월에 오픈하고 삼월에 AI가 들이닥친 때였다.

아침 아홉시에 문 열어 새벽한 시까지 장사를 해도, 하루 열 마리 팔려면 힘들었던 시절의 이야기다. 팔려나가는 닭보다 재고가 많아 어쩔 수 없이 아파트 청소 아주머니들과 관리소 어린이집, 사랑의집 등에 튀겨 보내기도 했다. 시식회까지 강행하며 장사를 계속할 수밖에 없었던 이야기들과 추억이 된 전설적인 이야기도 했다. AI에 걸리면 로또 당첨된 거나 마찬가지라고, 역설주

장 전단지를 제작해서 붙이기도 했었다. 학교 앞 시식회 때 눈앞에서 펼쳐지는 교사들의 말이었다. "너희들 이거 먹으면 죽는다"는 말에 화가 난 남편은 설득력 있는 AI에 대한 설명도 함께 진행되었다

　시식회를 하루도 빠지지 않고 했었던 지난날들을 돌이켜 보았다. 이제 그 모든 힘들었든 치킨과의 인연은 접고, 또 운명적으로 다가오는 인연에 접해본다. 제주도에서 보내온 밀감 한 봉지를 담아서 차에서 드시라고 보낸다. 12월 1일에 창고를 다른 곳으로 옮겨간 덕분에 마당 구석 여기저기에 날아든 찌꺼기들과, 오랫동안 비질을 하지 않았기에 흙먼지로 가득 차 있는 골목들을 쓸어 내며 지난 일들을 떠올려본다. 넓은 벌판엔 가을걷이를 쓸쓸한 들판 나락 뿌리만 서 있다. 주남저수지 철새들은 겨울 차비를 위해 날아왔는지 해질녘이면 끼룩끼룩 창공을 날고 있다. 대문 앞 2차선엔 줄지어 퇴근길 차량들이 소음을 내며 달려간다. 먼 산 서쪽 하늘엔 오늘따라 유난히 노을이 아름다운데 일하다 말고, 사진 찍으러 달려 갈수 없음에 가슴으로 담아 놓았다.

나를
만나는
시간

생활이 바뀌고 새로운 인연이 지어지면서 부처님 전에 와 있었던 오랜 시간이 흘렀다. 삭발이란 커다란 과제가 주어지고, 기도를 시작한 지가 오늘 꼭 백일째 된 날이다. 백일이 얼마나 긴 시간이라고 말하려는 건 아니고, 자신 알기와 현실적응을 위해 시작한 기도가 많은 변화의 마음을 가져왔다. 절을 시작할 때 기본 마음 자세부터 경건해지고, 하심하는 마음을 갖게 한다. 가슴속에 품었던 모든 것들을 토해내면서 부터 한 배, 두 배 가라앉게 되는 마음이다. 다리 관절에선 소리가 나고, 입안에서는 가슴에 맺혔던 한숨이 나오면서 관세음보살을 되뇔 때 마다 지나간 일상들을 떠올려 본다.

현재 처해진 현실을 생각하기도 하고, 골똘히 나를 위주로 생각해본다. 또 다른 명상 속을 헤매이기도 한다. 처음 절을 접할 때는 눈을 감아야만 생각이 떠오르던 것이, 시간 흐름으로 지속되는 날들이 계속되면서 바라는 마음도 좁은 테두리 속으로 들어오게 된다. 눈을 감지 않아도 무엇인가 부처님께 가슴에 염원하는 마음이 되어간다. 정성스런 마음으로 기도를 드리게 된다. 나 또한 나를 비롯해 고통 받는 주위에 모든 사람들에게 참회하는 마음을 갖게 된다. 여기까지 오게 된 것에 감사하는 마음을 내려놓는다.

살아온 세월과 집착의 끈을 놓지 못했었고, 울분을 터뜨리지 못해 가슴 한쪽이 늘 답답했었다. 부처님과 인연이 되어 이만큼 성숙된 자세로 살게 되었다. 삶이 집착과 욕심만으로 이루어지지 않는 것을 알게 되었다. 나를 스쳐 지나간 그 모든 인연들도 악연이었으면 고통에서 벗어나주길 기도했다. 선의 인연들만이 인연은 아니지만 집착의 세계를 벗어날 수 있는 지혜의 눈을 달라고 기도 해봤다. 무념무상이 이렇게 어렵게 이루어진다는 것을 조금은 알 것 같다. 마음으로는 오늘 백일째 기도를 회향하고, 108배 절 명상이 생활화해야겠다고 마음 먹었다. 지금 이대로가 편하고 가슴이 아주 맑은 상태다. 주어진 생활 속에서 기대치가 높지 않는 보통의 삶을 살아볼 것이다.

이제 오월이면 산사를 떠나 그동안에 편하지 못했던 마음을 잘 정리하면서 살게 될 삶에 대하여 편안하게 속죄한다. 새로운 인연들이 지어질 그날을 향해 한 걸음 다가가 보리라.

위에 글은 2007년 보광사 일상의 일기장에서 가져온 내 이야기다. 그 이후 산에서 내려와 오작교를 거쳐 장유에서 치킨 사업을 시작하게 되었다. 치킨 시작 하자 말자 AI로 첫해를 맞이했다. 힘든 날들 속에 살면서도 3년의 업장 소멸해야 한다고 믿고 있던 차라, 결국 사찰 생활 2년 6개월 밖에 하지 못했다는 이유로 내 마음의 108기도를 시작했다. 6개월이든 일 년이든 계속 해보리라고 마음을 먹었던 때였다. 7개월 접어들던 어느 날 100배하고 일어서는데 허리에서 통증이 왔다. 그날은 그렇게 겨우 절 명상을 끝냈다. 그 다음 날 늘 해오던 것처럼 108배 중 3배만 남겨 놓은 상태에서 엎드린 상태로 일어 날수가 없었다. 무엇인가 허리에서 흘러내리는 것 같은 느낌을 받으며, 방안에서 잠자고 있던 남편을 깨울 수가 없었다.

겨우 전화기 있는 곳까지 안간힘을 다해 기어갔다. 살고자 하는 욕망이었는지도 모른다. 부축해서 겨우 일어날 수 있었는데 병원에 가보니, 척추 뼈 3번 4번 사이 인대를 보호하고 있는 물렁뼈가 흘러내렸다고 한다. 하늘이 무너지는 듯 했다. 이대로 척추를 못 쓰는 건 아닌가 하루 동안에 만가지 생각이 들었고 혼자 서럽게 울었다. 일도 하지 못하고 오랜만에 침대에 누워서 그렇게 많이 울어 본 적도 없었던 것 같았다. 지인 형님께서 부산의 한 병원으로 가보라신다. 이녁의 딸이 경륜 선수 시절에 서울의 같은 계열의 병원에서 같은 증세로 시술한 적이 있으며, 십년이 지난 지금도 괜찮다고 용기를 주셔서 아침 해가 뜨기도 전에 병원으로 갔다.

집에서 요양해도 된다고 그날에 바로 퇴원을 했었고, 그로 인해 며칠간은 편히 쉴 수 있었지만, 치킨집 특성상 그냥 두고 볼 수 없었다. 전화라도 받아주겠다고 일주일 정도 쉬었던 것 같다. 의사께서 어쩌다가 이랬냐고 여쭤 보기에 108배를 7개월 정도 지속했다고 했다. 멍청한 짓을 그만하라고 말씀하셨다. 지속적으로 반복되는 현상으로 긴 시간 노동을 하며 운동을 한다는 것은 몸을 망가뜨리는 자세라 말씀하셨다. 척추는 반듯하게 서서 8시간 노동이면 무리가 오는데 이상 징후가 나타나면 무조건 편히 눕는 자세가 가장 이상적이라고 말씀하셨다. 그 이후 엔 나도 그렇게 쉼을 결정하곤 했다.

그렇게 치킨 업종에 몸 담은 지가 10년 세월이 지났다. 2년 전 부터 시력도 나빠지고 지각능력도 떨어지는 것 같아 경리를 두고 업무를 하게 되었다. 수

많은 시간의 흐름에 익숙해지는 걸까. 이젠 둘만 생각하고 잘 살면 된다. 2015년이 되어 신체에 이상이 생기기 시작했다. 호르몬 밸런스가 맞지 않아 병원을 찾게 되었다. 의사 선생님께서 농담처럼 말씀하신다. 내 몸이 많이 아프니 조직 검사 한번 해보자고 하시드니, 일주일 후에 결과를 보러 오라고 하셨다. 악성 종양이라고 말씀하시면서 갑상선 암이라는 진단을 하신다. 암이라는 소리 들으며 혼자 반신반의 한마음으로 의료 보험 공단에 중증환자 등록을 하게 했다. 기분이 참 묘했다. 하지만 받아들여야 했다. 그동안 심신이 피로했던 것이 그것 때문이었다라고 믿게 된다.

지난 해 봄 5월 병명을 알고 학교 핑계를 대면서 북유럽에 다녀와서 수술 날짜를 잡았다. 부산의 한 대학병원에서 수술하기 전날에 수술 동의서를 쓰면서, 한쪽에는 전이가 안됐고 한쪽만 악성종양이라 수술해봐야 알지만, 속성으로 검사하는 시간이지만 한 시간 이상 집도해놓고 기다려야 한다고 했다. 그래도 정확한지 아닌지는 속성 검사는 조직을 떼어내서 검사하는 것 보다 정확치가 않다고 한다. 양쪽을 다 떼어낼 것인지 아닌지는 나보고 판단하라고 한다. 한번쯤 더 생각해 볼 걸 하고 후회스러웠다. 수술하고 난 후에 조직검사 결과는 내 생각과 일치했다.

한쪽은 전이되지 않았지만 이미 늦었다. 항암치료를 간단하게 받고 평생을 약을 복용해야 한단다. 참 어이없지만 때늦은 후회일 뿐이다. 요즈음은 너무도 흔한 병이 되어버린 갑상선 암이다. 내 경험을 들려준다. 일단 암이라면 자세히 조직 검사할 것, 웬만하면 양쪽을 제거한다는 것은 많이 재고해볼 일이다. 약물 치료만 하면 이상이 없을 줄 알았던 것은 착각이었다. 많이 힘들 때가 있다. 예전과 달라진 현상을 말하자면 오후 3시나 4시쯤 되면 급격히 체력이 소진된다. 정상일 때 70%의 체력으로 살아가고 있다. 그렇게 좋아하던 여행도 아침에 생각과 오후 생각이 달라진다. 취미 생활로 사진 출사를 자주 다니는데 오후가 되면 마음이 급격히 집으로 오고 싶다는 생각만 든다. 야간 학교를 다니다 보니 11시 이후에 마치는데 8시쯤 되면 급격히 체력 저하 현상이 온다.

과거와는 물론 다르겠지만 나이가 있긴 해도 근력 등 운동에서 오는 피로와는 매우 다르다. 오랜만에 5인방 3인과 체영이가 잡아놓은 필드 경기를 오후 1시 30분에 티업 했다. 보슬비를 맞으며, 6개월 만에 처음으로 운동을 했다. 산속에서 불어오는 바람과 잔디 위에 내린 비 운무가 끼인 정상이다. 좋은 사람들과의 인연으로 운동을 하고 난 시각이 꽤 오랜 시간을 소비했다. 밀리기도 하고 라이터를 켜고 운동 하는 시간까지 있었다. 요즈음 일몰 시간이 빠르기도 하지만 늦게 끝나기도 했다. 저녁은 낙지를 먹고 주남마을로 돌아온 시간이 9시쯤 되었나보다. 둘만 사는 공간에서 남편도 외출이 잦다. 혼자 잠자는 일수가 많아진다. 자연스런 현상인가 젊은 날엔 혼자 있기를 원했던 적도 많았다.

나이 드는 탓인지 불 꺼진 집에 들어오기가 쓸쓸해진다. 오랜만에 운동했던 결과인지 몸은 가눌 수 없이 피곤했다. 비몽사몽이라는 표현이 어울릴 것 같다. 식전에 먹어야할 약 때문에 벨이 울린다. 아침 7시였다. 다시 잠으로 빠져 들었다. 전화소리가 울렸다. 신랑에게서 온 전화다. 잠이 덜 깬 목소리로 받아보니 아침 약 먹을 시간이란다. 하루에 세 번 먹는 약으로 신체변화에 적응해 가고 있다. 일 년이 지났는데도 아직 예전처럼 그런 힘이 나지를 않는다. 많이 변화한 내 모습이다. 아침공기를 마시며 라이딩 갔던 날도 한 달 이 지난 것 같고, 깔끔했던 내 모습도 사라졌다.

세탁한 빨래는 그대로 뭉쳐져 있고 걸레질을 해 본지도 오래된 것 같다. 10시쯤 전화가 왔다. 사진 동아리 동생이었다. 요즘 동아리 활동도 뜸하신 것 같은데, 어디 안 좋은 일 있냐고 물어 왔다. 아무 일 없다고 했다. 사실은 글쓰기. 책 쓰기가 요즘 나의 일상에 많은 시간을 할애하는 것 같다고 말하고 싶었지만 참았다. 나를 돌아보면 무수히 많은 변화를 가져온 게 분명하다. 이제 어떤 방향의 나로 무슨 일을 하며 살 건가, 더 이상 큰 욕심 없이 내가 하고 싶은 여행과 사진 가끔은 일기장처럼 글을 쓰며 편안한 것을 추구하게 될 것 같다. 육체가 허락하고 정신이 건강한 날까지 나를 돌아보는 시간 속에서…….

옷깃만
스쳐도
인연입니다

친구와 개 비릿길을 걸었던 시간이 너무나 좋았다. 새벽 안개가 며칠 주남 마을을 뒤덮고 있다. 조금 이른 아침이 시작되었다. 화요일마다 한양대학교로 향하는 남편 덕분이다. 치과 예약이 되어 있어서 아홉시가 조금 넘어 출발한다. 나도 따라서 목욕바구니를 들고 부곡으로 향했다. 옥선이에게 문자로 알려놓고 도착한 시간이 열시쯤 되었나 보다. 신라호텔 대중탕은 평소보다 한산한 것 같다. 유황온천에 오기로 한 것은 몇 일전부터 자고 일어나면 온몸에 알레르기 증상이 나타났다. 고무줄 자국이 있는 곳과 머리부터 발가락 사이까지 온몸이 가려웠다. 원인 모르는 가려움증이 발병하여 온천물로 씻으면 괜찮을까 해서다.

비누로 온몸을 깨끗이 씻고 따뜻한 물에 담가본다. 일차 몸을 풀고 한증탕으로 들어갔다. 예순쯤 되어 보이는 아주머니 두 분께서 심각한 이야기를 나누고 계셨다. 삐죽이 열어 놓은 문 틈사이로 열기가 빠져 나간다. 문 앞을 가로 막고 앉은 아주머니 사설이 길다. 들리는 이야기가 가슴 아픈 이야기였다. 아주머니 나이는 예순둘 이른 나이에 큰딸과 남매를 낳았단다. 딸이 크면서 부모님께 무척이나 사랑받는 일을 잘하는 착한 딸이었다고 한다. 딸과 여행도 많이 다니고 백화점이며 목욕탕이며 안 가 본 곳 없이 다녔다고 한다. 사랑을 독차지하던 딸이 결혼하였지만, 아이가 생기질 않아 시험관 아기를 네 번 시도 끝에 임신을 했었단다.

　시험관 아기를 시도하며 너무 힘들어 하는 딸에게 입양해서 키우지 왜 아이를 얻기 위해 죽을 고생을 하느냐고, 물어보면 엄마는 아들, 딸 둘이 낳았으니까 그런 말씀하지 말라고 했단다. 애타게 아기를 기다리던 딸이 출산하다가 아기도 보지 못한 채 먼 곳으로 떠났다고 했다. 딸을 잃은 그 분께서는 그의 5년이란 세월 동안 삶의 의욕도 상실한 채 아무것도 하지 못했단다. 딸이 없는 이 세상에 살아 뭐하냐고 자살하고 싶은 충동이 많았다고 한다. 이제 그 일이 일어난 지 6년째 접어들면서 마음을 내려놓았다고 한다. 그러던 어느 날 마누라 잃은 사위는 일 년도 채 못 되어 새로 장가들었고, 아들과 딸을 낳고 잘 살고 있는 모습을 볼 때, 엄마로서 애간장이 녹아내린다고 말했다.

　한편으로는 운명이었고 거기까지가 인연이었다고 체념해보기도 했단다. 딸 기제사가 다가오면 사위가 한번쯤 와줄까 하고 기다려지기까지 한단다. 아들이 결혼하여 같은 동네에 살게 되었고, 그 사위도 재혼하여 한동네에 살고 있단다. 사위와 외손자를 볼 때마다 딸이 더욱 불쌍해졌단다. 사위의 자식이고 외손자니까 과자를 자주 사주지는 못해도 만 원짜리 한 장 쥐어 주는 할머니였단다. 처음 딸이 죽고 안면까지 바꾸던 사위였는데, 부곡에서 가끔 만나게 되고, 사위의 아이들과 자신의 친손자들과 자주 만난단다. 아주머니께서는 불교를 믿는다고 말씀하신다. 모든 것이 내 업보라고 생각하시는 아주머니였다. 죽은 자는 말이 없고 살아있는 사람만 불쌍하다고 말씀하신다. 지난일이고 세월이 약이라고 말씀하신다.

먼저 보낸 딸 생각에 봄이 오거나 가을 단풍이 아름다운 날에는 더욱 미칠 듯이 애절한 엄마의 심정이 된다고 하신다.

"산사람은 살아지더라."

매주 화요일이면 신라호텔을 오신단다. 나를 바라보며 자주 만나자고 인사를 건넨다. 친화력이 대단한 분이셨다. 오늘 옷깃만 스쳐도 인연이라는 이 글을 쓰면서 그 분들을 생각해본다. 두 시간의 목욕을 끝내고 나와 옥선이에게 전화를 걸었다. 창녕복지관에서 도서 대여를 하고 있단다. 점심시간이 되었다. 뒷집 언니네 에서 메주콩 한 말 사달라고 해서 싣고 왔다. 옥선이 차에 메주콩과 서리 태를 실어 주고 우리는 간단하게 콩나물 국밥 한 그릇을 먹기로 했다.

4천 원짜리 콩나물 국밥이라 그런지 서빙도 셀프요, 반찬도 셀프란다. 직접 끓여 내주는 콩나물 국밥에 계란 하나 넣고, 매운 고추 다진 것과 양념 조금 넣고, 깍두기, 무짠지 두 가지반찬으로 따끈한 국밥을 먹었다. 요즘 식당엔 커피를 입맛대로 다 갖춰 놓는다. 순한 맛 커피 한잔 천 원주고 둘이서 맛있게 나눠 먹었다. 오후 시간을 함께하자고 약속이나 한 듯이 창녕 개비릿길로 향했다. 날씨는 조금 쌀쌀하였다. 그래도 늦가을 풍경을 늦게 만끽하기엔 그럭저럭 괜찮은 날씨이다. 뚝방을 거슬러 창녕 남지읍에 도착할 때 쯤 선이가 동생네 하우스에 들리자고 한다.

읍내길 사방엔 은행잎이 노랗게 날리었다. 이윽고 동생네 하우스에 도착했는데 문이 잠겼다. 전화했더니 금방 달려 오마하더니 오분 이내로 도착했다. 오이 하우스, 참 오랜만에 들여다보는 듯했다. 낙엽이 지던 가로수 길과는 딴판인 하우스다. 푸른 잎과 주렁주렁 달린 오이가 탐스러웠다. 옥선이 동생부부는 대학교 교수님까지 하시던 분이었다. 귀농을 하여 고향에서 하우스를 하고 있었다. 작년에는 단호박과 케일 등을 심어서 소득이 되질 않았다고 한다. 이를 지켜보던 동내 사람들의 도움으로 올해 벌써 오이가 두 번째 수확이란다. 동절기 지낼 수 있는 하우스 시설이 아니어서 갑자기 날씨가 추워지면 오이가 못쓰게 된단다.

아깝기도 하고 안타까웠다. 싱싱한 오이는 참 맛있었다. 옥선이가 싱싱한 오이 껍질을 채칼로 대충 벗겨주어 두 개나 먹었다. 파릇하고 신선한 냄새의 오이는 목구멍으로 잘 넘어갔다. 올해 농사는 수확하기가 무섭게 농협에서 경매로 가져가서 제법 재미있는 오이농사를 지었다고 한다. 모범 영농 하우스인지라 많은 학생들이 견학을 온단다. 너무 깨끗한 환경을 만들어 놓았다. 동생 성격을 엿볼 수 있는 장면이었다. 어느 한 곳 지저분한 곳을 찾아 볼 수 없이 정리 정돈이 잘되어있었다. 오이 두 박스를 트렁크에 실었다. 친구 동생 덕분에 오이한 박스 선물 받고 보니, 무턱대고 찾아온 행운이랄까 고마운 분들과 작별을 고했다.

개비리길을 걷기 위해 차 마시는 것도 포기한 채 둘이는 뚝방 끝에서 차를 멈추고 걷기 시작한다. 몇 달 전에 내가 찾던 그 개비릿길 옥선이 덕분에 오늘 오게 되었다.

개비릿길의 유래가 너무 재미있어서 소개할까 한다.

이 길에는 재미있는 전설이 있다. "영아지 마을에 살던 황 씨 할아버지의 어미 개가 새끼 11마리를 낳았는데, 그 가운데 병약했던 젖먹이 새끼(조리 쟁이 : 못나고 작아 볼품이 없다는 뜻의 지방 사투리)가 시집간 딸이 있는 용산 마을로 갔다. 그런데 며칠 후 친정의 어미 개가 와서 새끼에게 젖을 먹이고 있는 것이 아니겠는가, 어미 개가 매일 젖을 주려고 산을 넘어 두 마을을 오간 것이다. 이후에도 딸이 어미 개를 살펴보니 폭설이 내린 날에도 여전히 용산마을에 나타났고, 하루에 꼭 한 번씩 새끼 개에게 젖을 먹이고 간다는 것을 알게 됐다. 이를 기이하게 여긴 마을 사람들이 어미 개가 어느 길로 왔는지 확인하기 위해, 뒤따라가 보니 길이 없는 낙동강 절벽면을 따라 새끼에게 젖을 주려고, 산을 넘어 다녔던 것을 확인한 것이다. 이때부터 사람들은 높은 산 고개를 넘는 수고로움을 피하고, '어미 개가 다닌 이 개비리길'을 이용하게 됐으며 '개 비리'라는 길 이름으로 지금까지 전해오고 있다. 경상도 지역 지명에 종종 등장하는 '개 비리'의 '개'는 강가를 말하며, '비리'는 벼랑이란 뜻의 벼루에서 나온 사투리로 강가 절벽 위에 난 길의 뜻으로 벼랑을 따라 조성된 길을 의미한다."

선이와 난 이 길을 처음 걷는다. 강을 따라 늦가을의 정취를 마음껏 누릴 수 있었다. 상수리나무 잡목들 낙엽이 산길을 소복이 덮어줬다. 가는 곳 마다 빈 의자는 편히 쉬어가는 길손을 기다리는 듯하다. 둘은 오랜만에 아들 이야기 손자 이야기, 살아오면서 한 번도 이야기 해보지 않았던 서투른 정치와 나라 이야기까지 했다. 4.5킬로미터를 걷는 동안 우리는 진주서 내려오는 남강과 낙동강이 합하여 강을 이루는 합강까지 갔다. 해질 무렵의 강에 비치는 반영들을 감상하며 걷는다. 조금 가다 보니 하늘을 찌를 듯이 올곧은 대나무도 있었다. 어린 시절 소먹이 하러 다닐 때 간혹 오빠들이 캐주던 칡넝쿨도 보였다.

둘은 정답게 셀 카도 찍고 서로를 찍어 주기도 하며 소녀 적 감성을 되살려 본다. 한 시간 이상을 걷다보니 반대편 뚝방길이 나와 유턴하여 되돌아왔다.

오던 길에 선이의 고향마을 함께 살았던 동네오라버니도 만났다. 요즈음은 다섯 시면 그의 어둠이 내린다. 개비릿길 전체를 한 바퀴 둘러보지 못한 채 집으로 발길을 돌렸다. 한참을 돌아오는 길에 나의 콧망울 아래가 이상하게 부풀어 오르는 것 같았다. 껌을 싫어서 그런지 혓바닥도 부풀어 오른 느낌이 들었다. 요즘 자주 몸에 이상 징후를 발견한다. 내심 걱정은 하면서 어둑해진 길을 서둘렀다. 부곡까지 되돌아 와서 보니 어둠이 주위를 엄습해왔다.

　종종 걸음으로 다음 날을 기약하며 옥선이와 오늘 함께해 준 인연에 감사하며 집으로 향했다. 동읍에 들려 약국으로 향했다. 알레르기 반응을 이야기하며 왜 그런지를 여쭈어 봤다. 약사의 대답이 영 마음에 걸린다. 오랫동안 약 복용 탓도 있겠지만 체질 변화가 가져온 이상징후이기 때문에 잘 낫지 않을 거라고 말씀하신다. 체질개선 약이 있기는 해도 잘 듣지 않는단다. 어쩔 수 없다며 항히스타민제 이천 원 어치를 구입했다. 갑상선을 제거해서 그런 거냐고 반문해봤다. 그럴 수 있다고 대답하셨다. 왠지 석연치 않았지만 그냥 집으로 왔다. 오늘 하루는 부곡 온천부터 시작하여 친구 동생네를 둘러 옥선이와의 뜻하지 않은 데이트까지 만족했다. 남편 없이 혼자 외로운 저녁을 먹었다. 오늘 만난 모든 이들과 억겁의 인연이 있었던 건 아닐까. 옷깃만 스쳐도 인연이라는 말을 생각해본다. 내일도 아름다운 연들이 이어지길 기대하면서…….

꿈
많았던
오작교

오작교라는 이름을 걸고 찻집을 시작한지 십년 만에 간판을 내렸다. 건물을 허물기까지 강산이 변한다는 십년의 시간이 흘렀다. 2007년 9월이었다. 차와 식사라는 간판을 걸었다. 발우 비빔밥과 발우 수제비를 차와 같이 팔기로 했다. 봉문스님께서 지어준 "끽 다거"란 이름은 간판으로 사용할 수 없었다. 인테리어 안 사장의 창의력을 발휘하여 오작교 이름에 맞추어 지어준 가게였기 때문이었다. 전통 차의 종류는 대추차, 쌍화차, 솔잎차, 유자차, 모과차, 쑥차, 감잎차, 뽕잎차, 녹차, 등등 많았지만 손님이 많은 동네가 아니었다. 숙박업을 위주로 하던 골목이다. 간간히 친구들과 지인들의 찾아 주었고 지나다가 잠시 쉬었다갔다.

차 한 잔 값이 오천 원 주품목이었고 수제비 역시 오천 원이었다. 사찰 때가 지워지지 않았던 때라 법복이 어울렸다. 삭발했던 과정에서 길러오던 머리여서 상고풍 스타일이었다. 인터넷 쥐띠 동호회에 친구들이 주로 오는 손님이었다. 쥐 건강세상 친구들이 자주 찾아 주었던 놀이터였다. 그러던 어느 날 남편이 치킨 집을 형님과 운영하게 되었다. 그로 인해 시누이에게 넘길 수밖에 없었다. 저녁 장사를 마치고 오작교로 넘어와 휴식을 취하기도 했다. 장사가 끝나야 편히 쉴 수 있었던 터라 뒷방에서 자기 일쑤였다. 내 짐 보따리가 정리되어 장유로 넘어가기 전 일이었다.

몇 달 지나지 않아서 시누이 집에서 나와 장유에서 생활했었다. 오작교와는 점점 멀어져 갔다. 맡겨 놓았는데 무슨 간섭이냐고 할까봐 지켜만 봤다. 곧잘 장사하는 것 같더니 내가 관리하지 않고 부터 전통주점으로 바꾸어 놓았다. 한 두해가 지나고 오작교 건물에 가게가 3칸 있었다. 족발집을 운영하던 사람이 그만두면서 그 자리에 치킨을 넣어볼까도 생각했다. 세 주는 것 보다 신경이 많이 쓰일 것 같았다. 깨끗하게 수리하여 복순이네 식당이 들어왔다. 1호점은 대패 삼겹살 집을 하고 있었다. 오작교 달세는 한 달도 미루지 않고 잘 들어오던 가게였었다. 2015년 말쯤부터 한두 달 밀리기 시작했다. 전반적인 경제가 어려워서 장사가 안 되나 보다 하고 지켜보고 그냥 넘어가기도 했었다.

그러던 2016년 3월에 시누이를 찾아갔다. 장사가 안 되나 왜 가게세가 밀리냐고 물었다. 느닷없이 눈물을 흘리는 게 아닌가. 울기는 왜 울어. 혼자 사는 이가 뭐가 힘들어 이 장사하냐. 울 만큼 힘들면 그만두라고 했다. 너도 좋고 나도 좋다. 다른 사람에게 가계 세 주었으면 할 말이라도 하지 넌 도대체 뭐냐고 닦달해봤다. 언니야. 월요일 날 두 달 밀린 월세 한꺼번에 준다고 하더니 월요일에도 기척이 없었다. 남편을 보냈다. 무슨 영문인지 세를 안 준다. 이제 그만 정리하라고 부탁하려고 보냈는데 엉뚱한 소식이 들려온다. 가게에서 일하던 주방 아줌마가 사장이 서울로 가서 안 온다는 것이었다.

아무래도 이상하다고 뒷방 문을 열어봐 달란다. 이미 옷 보따리며 모든 것을 정리해서 도망가고 없었다. 아줌마에게 문 닫을 것을 요구했다. 주인 없는 집에서 장사 하면 뭣하냐며 새벽 한 시쯤 문을 닫았다. 가게 문을 닫고 보니 들리는 소문에 집 앞에 검은 복장을 한 젊은 남자들이 보초를 선다는 것이었다. 무슨 영문인지는 모르나 이미 장사하던 주인은 가고 없었다. 기가 막힐 노릇이다. 주류 도매상에 전화를 해줬다. 물건 정리해가라고 알렸다. 가게 열쇠를 새로 바꾸고 문을 꼭 닫았다. 그러기를 몇 달이 지났다. 들리는 소문이 장난이 아니었다. 노름하다가 빚이 많아 도망갔다는 사람, 남자 따라 갔다는 사람, 정작 남매지간이나 어머님은 까마득히 모르고 있던 사실들이 하나 둘 밝혀진다. 어이없게 시누이라 붙잡아 뜯어 죽이지도 못하고 속이 시꺼멓게 탔다. 어디로 도망친 줄을 모르니 어떻게 잡을까만 저지르고 달아난 뒤가 문제다.

십년 세월을 믿고 살아온 혈육이다. 어머니마저 속여가며 떠나버린 시누이. 미워해본들 무슨 소용 있을까 하지만 무척 미웠다. 전기세, 물세. 밀린 방송이용료 아직도 8개월이 지난 지금까지 끝나지 않은 뒷마무리 때문에 지난여름 내내 골치가 아팠다. 어머님의 하나뿐인 딸이다. 결혼도 하지 않았고 어머니를 의지하며 서로 위로가 되었던 모녀지간이었다. 야속하게 남몰래 떠날 때는 뭔가 큰 잘못을 저질렀기에 그런 게 아니었을까. 들리는 소문에 혼자 살면서 외로웠던지 나쁜 사람들의 꾐에 빠져 노름을 했다고 한다. 기가 찰 노릇이다.

삼남매 막둥이로 태어난 시누이다. 아버님의 사랑은 혼자 차지했었고, 달리기를 잘해서 중학교 다닐 때까지 육상선수로 활동했던 딸이었단다. 사랑을 듬뿍 받고 태어난 딸이 삶에 애착도 많았다. 나보다 두 살 어린 시누이다. 남들에게 퍼다주는 건 너무도 잘했었다. 외삼촌께서 농사지어 고구마, 감자, 고추 찹쌀 부쳐 오기만 하면 형제보다도 더 이웃을 챙기던 그녀였다. 어쩌다 그런 길로 빠졌는지 안타깝다. 혼자 잘 살아 보겠다고 열심히 살았던 흔적들이 있다. 해물장사 및 전통주점을 하기 위하여 냉장고에는 해물이 가득했다. 매운 고추 다진 양념은 냉동고 한 대에 가득한 물량이 있었으며 김치 냉장고에도 김치 4통이 그대로 있었다.

가게 안에 만들어놓은 실내 어항에는 금붕어 가족 여섯 마리가 정겹게 놀고 있었다. 모이 주는 주인이 없다. 이를 어쩌랴. 금붕어들을 작은 연못에 풀어주었다. 여름 내내 가동한 냉장고 때문에 전기료가 밀린 것이 백만 원이 넘었다. 물세 또한 사십만 원이 넘었다. 기막힌 일 중에 하나였다. 그 동네 얼굴 들고 간다는 자체도 부끄러웠다. 보기 싫었다. 동네 사람들 이목이 두려웠다. 시누이였다는 그 사실만으로도 몇 개월이 지난여름에 남편과 의논 끝에 그 건물을 팔기로 결심했다. 내가 17년 간 소유했던 건물이었다. 오작교 찻집을 만들 때 꿈이 컸던 나였다.

이천 도자기 집에서 특별 주문제작된 발우 도자기와 쌍화찻잔, 작은 발우 등 주문 제작하여 보관해왔다. 여름 내내 몇 바퀴를 돌며 실어다 날랐다. 한심하기 짝이 없었다. 유기견을 얼마나 거둬 먹였는지 주방 내에 있는 작은 방안에 주인 없이 새끼를 낳았다. 몇 개월 닫아놓은 창고 안에도 고양이들이 득실거렸다. 새벽에 유기견 먹이 주는 동물애호가들 때문에 집주변 환경이 강아지들과 고양이집을 방불케 했다. 오래 보유 하고 있던 건물이 팔리게 되었다. 아쉬움 보다는 시원섭섭한 기분이 들었다. 오랜 세월 붙잡고 있었던 모든 것을 놓아버린 허전함과 이제 다시는 창원이란 곳을 돌아보지 말고 살 수 있겠다고 생각했다.

현재 사는 곳도 지명으로는 창원시 의창 구에 속한다. 애착을 버리려면 모

든 걸 버리고 왔어야 했다. 현재 살고 있는 주남. 집차방에 있는 물건들이 그
때 사뒀던 물건들로 꽉 차 있다. 찻집할 때 선물 받았던 자수 액자이며, 짚으로
만든 공예품이며, 도자기 수반들 모든 것이 오작교를 정리하고 가져온 물건들
로 꽉차있다. 사람이 살다 보면 별의별을 다 겪는다. 하지만 이렇게 엄청난 일
을 저지르고, 도망간 사람이 가족이라니 기가 찰 노릇이다. 팔순 노모는 하나
뿐인 딸을 얼마나 애타게 기다릴까. 밉도록 저주스러운 그녀가 어디서 죽지는
안고 살아있기는 한지 의문이다.

어머니 역시 심근경색이 있고 아주버님 또한 그 병이 있으며, 남편과 시누
이는 당뇨를 앓고 있다. 십년이상 건강 체크를 하고 살고 있다. 날이 이렇게
추워지는 날이면 미워도 걱정은 된다. 이것이 인정일까? 나쁜 짓 하고 남을 못
살게 하고 떠났으니 어디에선가 잡혀서 죄는 달게 받아야 한다. 그러면서 어
디서라도 건강하게 살아있기를 바라는 마음 이맘은 또 뭘까? 부동산에 매도
를 부탁했다. 이 와중에도 빨리 매도가 되어 등기가 완료되었다. 이따금 건물
소식이 들려온다. 이번 여름 태풍에 물이 잠겼다는 소식도 들었다. 일층 건물
허물어 내고 주차장으로 쓴다는 소식은 들었다.

그 집주변에 가긴 했어도 직접 가보진 않았다. 시누이에게 돈 빌려준 사람
이 소송을 했다. 어머님께서 두어 번 불러 갔었는데, 이번 화요일엔 날더러 모
셔다 달란다. 싫었다. 다른 일은 몰라도 어머님을 법정에 모시고 가는 일만은
나에게 부탁하지 말아달라고 했다. 섭섭하시겠지만 못 모시고 가겠다고 말해
버렸다. 서운하셨는지 아무 말 없이 끊어버린다. 내게 시련을 주는 시누이도
밉지만 어머님도 함께 미웠다. 딸이 하는 일은 꼭꼭 숨겨 둔 채 말 한마디 없었
다는 이유로 미워할 수밖에 없다. 어머님 모시기를 최선을 다해 하고 있지만
주변 사람들이 나를 힘들게 한다.

시누이뿐만 아니라 시아주버님까지 힘들게 했던 적이 한두 번이 아니다. .이제 나 머지 여생은 아주버님이 어머님을 잘 모시라고 했다. 지난 추석 전에 만나 따끔하게 한마디 했다. 하지만 나도 자식 된 도리로서 내가 해야 할 부분이 또 있지 않겠는가. 지난 화요일 법정에 다녀오셨다고 엄니께서 어제 전화가 왔다. 이제 그만 오라고 하신단다. 다행인지 불행인지 조금 편한 마음으로 계실 수 있게 된 어머니다. 잘하셨고 나머지는 시누이의 몫이라고 했다. 그동안 마음고생 심하셨을 어머님께 도움 드리지 못해서 죄송하다고 말씀드렸다. 가족 모두가 나에게는 상처 주는 일뿐이다. 내가 짐 지고 가야 할 업장이 두터워서일까? 업장 소멸이라도 해야 하는 건가. 많은 숙제를 남기는 그들이다.

그때
만났던
우리들

월요일, 뚜렷한 계획 없이 하루 일과를 시작한다. 밤 사이에 내 몸에서 일어난 변화들에 놀라면서 집안 청소를 해보기로 했다. 구석구석 뒤집고 쓰지 않던 물건 하나를 끄집어 내어봤다. 안마의자를 들여놓은 지가 꽤 오랜 세월이 지났다. 그때 들여 놓을 때는 아마 남편의 건강이 별로 좋지 않아서였다. 경락도 자주 받았던 것으로 기억이 된다. 매일 3만 원씩 주고 열 번을 받기도 했었다. 안마의자는 아마 방송을 시청하다가 주문했던 것으로 안다. 자리를 마노이 차지했었다. 처음 들여놓고 몇 번은 안마를 받았었다. 그 이후로는 구석진 자리 차지하는 쓸모없는 것으로 변해 버렸다.

안마의자를 이용하지 않았던 것은 여태 지금처럼 한가로운 시간이 없었던 탓이기도 하다. 내 몸은 면역력이 점점 떨어지는 것 같다. 집안에서 시간 죽이기를 하고 있던 터라. 침대 끝에 자리하던 놈을 오늘은 거실로 끄집어 내 보았다. 벽면 한쪽이 늘 자기 자리인 양 고집하던 퍼팅기를 버리기로 결심했다. 그 자리를 치워 간단한 운동기구를 옮겨 놓았다. 거실이 큰 편이 아니어서 거실

입구에 안마의자를 놓고 청소를 한다. 자리변동만 약간 있었을 뿐인데 기분이 상쾌하다. 안마의자가 거실로 나오면서 분위기는 달라졌다. 경락을 받으며 TV를 본다. 소파에서 보던 남편은 안마의자에 몸을 반쯤 뉘고 보다. 수면을 취하게도 되었다.

월요일이 시작함과 동시에 집안 곳곳이 정리 정돈되었다. 낮부터 인수인계로 바쁘게 움직이던 남편은 어둠이 잦아드는 저녁 약속이 있다고 나갔다. 늘 그래왔던 것처럼 덩그러니 내 방에 들어와 과제를 보내고 잠자리에 들었다. 2주전부터 내 몸에 이상이 있기 시작했다. 가려움증이다. 꿈속에서 비몽사몽간에 몸이 왜이리 가렵지? 침대위에 깔아 놓은 전기장판에 몸을 뉘기 전에 온도를 높여둔다. 발이 시리다는 이유로 숫자판 고열에 놓는다. 8시간만 켜지는 타이머 작동 때문에 잠들기 전 한 번 껐다가 다시 켜고 잠을 청한다. 가을이 시작될 무렵이다. 추위를 참지 못하는 내 몸인지라 그렇게 해왔었다. 근데 자다가 보니 몸에 땀이 나기도했고, 좀처럼 잠자다가 깨지 못하는데, 잠에서 깨어나 가려웠던 부분을 쳐다본다.

온몸에 부풀어 오른 알레르기가 징그러울 만큼 크게 퍼졌었고, 잠에서 가려워 긁었던 탓에 피부 발진이 심했다. 자다 깨어 혼미한 정신으로 내일은 꼭 병원에 가봐야지 하는 마음이 든다. 사그라질까봐 모든 알레르기 현상을 촬영해두었다. 옛날 내 동생이 영양부족에서 오던 그 현상을 보았던 적이 있다. 내 몸에 일어난 알레르기와 흡사했다. 그때, 엄마는 민간처방으로 검정 보자기를 둘러씌우던 생각이 났다. 이불을 걷고 전기장판을 뺐다. 온몸에 솟아난 가려운 증상들을 억지로 참으며 이불 뒤집어쓰고, 또다시 잠을 잤는데 찹찹한 이불속 기운이 느껴지며 사그라지기 시작한 알레르기가 추위를 느끼며 다시 발진이 솟아올랐다.

이때 아침 식전 약을 들고 온 남편이 나를 깨운다. 약속 때문에 나갔던 남편이 집에 오는 시간도 모르고 잠을 잤다. 남편 얼굴을 보는 순간 가려웠던 부분을 손짓해가며 정말 가려워서 죽겠다고 응석을 부려본다. 혼자 찍어둔 사진을 보고 애처로운듯 어서 병원으로 가보란다. 산부인과에 예약되어 있는 날이라 밤사이 나를 힘들게 했던 알레르기가 미세먼지 때문인가 싶기도 하고, 이른 아침부터 매트며 전기장판이며 모두를 걷어서 햇볕에 일광욕시키기로 했다. 베개, 이불껍데기 등 세탁기에 집어넣었다. 아침식사 마치기가 무섭게 병원으로 달려갈 참이다. 밖으로 나와 보니 날씨가 가을 날씨처럼 따사로웠다. 병원으로 향하는데 대구에 사진밴드 동생이 전화가 왔다. 오늘 누님 별 일 없으면 찾아뵙겠다는 전화였다. 밤 사이 일어 난일을 소상히 전해줬다. 내일 시간이 나면 사수 방에 내가 들리겠다고, 약속했다.

병원에 도착하니 11시 반이었다. 내분비과를 찾았다. 담당 의사 선생님 오늘 휴진이라고 한다. 내일 다시 오라는 간호사와 예약을 했다. 산부인과는 한시 반 예약이라 한두 시간 정도의 틈이 있었다. 양산에 살고 있는 영옥이 친구에게 전화를 해봤다. 부재중이었다. 만덕친구네 다녀오자니 시간이 부족할 것 같아서 네네 치킨 사모님께 전화했다. 늦은 시간까지 장사를 하시면 일어나시기 좀 이른 시간이었지만 반갑게 맞이해주셨다. 우리와 함께 가맹점 시작을 했던 점주이며 남편과는 절친인 최 사장님 사모님과 오랜만에 만났다. 듣기보다 건강이 많이 좋아보이는 최 사장님 얼굴이었다. 최 사장님도 오늘 병원 다녀왔다고 한다. MRI 결과 보러 갔는데 자신도 모르는 사이에 심근경색이 지나갔다고 한다.

결과를 보며 천만 다행이라고 의사소견을 말했다. 범어 사장님 내외분은 늦은 아침이었고, 난 좀 이른 점심이었지만 추어탕집으로 향했고 파전과 추어탕을 놓고 네네치킨 지사업무 종료일을 물어왔다. 12월 31일로 그만 두게 된 건 알고 있었단다. 오랜 시간 만나지 못해 일련의 사정들은 잘 몰랐다. 대산 공장 부지에 물류센터를 지었다는 소식과 신임 지사장님이 월세 계약을 했다는 이야기 범어 사모님께 일어났던 모든 일들을 이야기하며, 장사가 잘 될 때 이야기보다 힘든 지금이 더 지혜가 필요하다고 말씀하신다. 남편은 아프고 아르바이트생을 쓰며 장사해서는 답이 안 나오는 일이라, 요즘은 가족 모두가 매달려서 일한다고 한다. 작은 아들 큰아들 둘과 사모님 마음은 편하다고 하시며 애써 웃으신다.

병원 약속시간이 다 되어 다음 날에 만나길 약속하고 병원으로 향했다. 초음파 진단과 함께 10월 1일에 떼어낸 용종 자국은 깨끗하며 6개월 후에 다시 진찰 예약을 하고 병원을 나서는데, 아침에 나설 때 새로 장만한 카메라를 메고 나왔으니 어디를 가든 출사를 한 곳 들렀다가 가야겠다고 마음 먹었는데, 정해진 곳은 없고 막막해서 경옥에게 전화를 걸었다. 며칠 쉬다가 오랜만에 미소님이랑 지금 출사지를 찾고 있다고 한다. 도착하사마사 사진을 찍을 장소를 부탁했더니 명지에 있는 무인카페로 오라고 한다. 설렌다. 언제나 사진 촬영은 오랜만에 해보는 일 같다. 낙산사에 다녀오고 이제 새로 구입한 카메라로 4번째 촬영이 된다.

내비게이션 주소 신호동 225-3번을 찍고 보니 사십 분 후에 도착이라고 나온다. 낙동강변도로를 달려 김해공항을 지나서 녹산동으로 열심히 달려 도착했는데 무인 카페는 보이지 않았다. 생뚱맞게도 무인카페 주인이 엉뚱한 주소를 불러줬던 것이다. 오분 후에 도착하고 보니 명지 앞바다가 보이는 곳이었다. 내가 와 본 곳이기도 했다. 지난 여름날 명지 이곳에 치킨 가맹점 문의가 있어서 우리 반 근희가 관심 있어 해서 미리 와 본 그곳이었다. 여름과는 사뭇 다른 바다 바닷물이 많이 빠져 있었고, 바닥이 드러난 갯벌엔 조개잡이 하는 어부들과 아낙들의 진풍경이 눈에 들어 왔다. 노을 촬영까지는 시간이 제법 한시간 반 정도 남았다.

대구사진 전시회를 마친 이후에 셋이서 모인 것은 이번이 두 번째로 일 년 만에 일이다. 반가웠다. 이 바다노을을 찍기 위해서 미소님은 3번째 촬영왔단다. 옥이는 처음이라 미소님의 안내로 왔다고 한다. 사진이 참 좋은 취미기는 하지만 쉽게 손을 놓아버리기도 한다. 사진기를 새로 장만하기 전엔 사진기 탓을 했다. 이제 최고급 사양으로 장만했으니 실력이 부족하면 금방 눈치 챌 것 아닌가. 아무렴 어떤가. 화장실에 다녀온다고 슬쩍 언급해놓고, 차로 와서 사진기를 메고 나타났다. 저만치 바다 억새도 담아보고 달리는 모터보트도 찍어보고, 저녁 무렵이라 인근 아파트 아줌마들과 강아지도 모델이 되어준다.

해는 찬란한 노을빛을 자랑하며 서산으로 기울기 시작한다. 열심히 셔터를 눌렀다. F값도 올려 찍어 보기도 하고 ISO 자동에 놓고 찍어보기도 했다. 어느새 심취하다가 보니 바다 밑으로 어둠이 깔려 왔다. 황홀했던 노을도 찰나의 순간에 잦아들었다, 망원 70-200도 찍어 보고 24-70도 바꿔 찍어봤다. 느낌은 달랐지만 별반 차이를 느끼지 못했다. 마지막으로 폰을 꺼내어 찍어본다. 우와 넓은 시각으로 들어오는 느낌은 폰으로도 참 좋다. 바다와 어우러진 풍경을 마음껏 담았다. 좋은 작품을 기대하진 않지만 실력껏 담아 봤다. 저 멀리 강아지를 데리고 나온 아저씨 무슨 상상에 빠졌는지 강아지도 주인의 등 뒤에 물끄러미 서 있다.

미소 친구와 옥이도 담아봤다. 둘이 정답게 사진이야기 속에 빠진 모습도 담았다. 멀리 거가대교도 찍고 바다 끝에 세워둔 배도 담고, 정겹게 걸어가는 부녀지간 등등 시간흐름이 아쉬우리만치 담았다. 일 년 만에 만났다는 이유로 저녁 먹고 헤어지기로 했다. 명지동 맛집을 검색해봤지만 특별한 메뉴가 눈에 들어오지 않는다. 해가 지고 쌀쌀해진 날씨 탓으로 뜨끈한 국물 생각이 났다. 길 모르는 것은 미소님이나 나나 똑같았다. 내가 먼저 앞장서서 골목길을 들어서다 보니 보쌈 칼국수 집이 눈에 보인다. 비상 깜박이를 켜고 수신호를 한 뒤 보쌈집으로 안내했다. 보쌈 대자 하나와 칼국수 두 그릇을 시켰다. 맛은 다른 곳과 별로 다르지 않았다. 셋이서 수다를 떨며 먹었던 터라 칼국수 맛이 짜다는 것은 입맛이 알아봤다.

출사 나올 때 항상 준비하는 커피와 유자차 덕분인지 배고픔을 크게 느끼지 못했다. 경상 방사진 밴드 이야기며 일 브리핑에 올랐던 대작들을 이야기 하고, 경방 전시회 이야기 등등 재밌는 이야기는 많지만 울산까지 가야 하는 미소님과 동래까지 가야 하는 경옥이 주남마을로 와야 하는 나 갈 길이 바빴다. 다음 출사나 모임을 기대하며 헤어졌다. 한 시간 동안 달려 왔다. 불 꺼진 집 도착하니 주나미와 옹이가 반겨 주었다. 개밥은 먹었는지 밥통은 깨끗이 비워져 있었다. 아침에 널어 놨던 일광욕 이불들이 그대로 널려 있었다. 남편에게 부탁했던 세탁기 안의 이불은 그대로 널지도 않은 채 있다. 집 나간 시간이 길면 집 모양새가 이런 모습이다.

저녁 약 기운이 떨어질 때라 그런지 집에 도착하여 보니, 알레르기 현상이 무지 심하게 바지 고무줄 따라 튀어 올라와 있다. 홀러덩 벗어 던진 채 세탁기 이불을 건조에 맞춰 돌려 놓았다. 약 한 봉지를 먹고 침대커버 베개 등 벗겨 뒀던 자리를 마무리한다. 오늘 찍었던 사진들을 컴퓨터로 정리해 보았다. 오랜만에 찍었던 터라 어색했다. 셋 중에 가장 먼저 도착하였던 터라 밤 시간에 먼저 포스팅해봤다. 하루 일과를 마무리 하며 주제 없이 써온 나의 일상이야기이었다.

인연의
의미를
알기까지

2005년부터 인연이 되어 왔었던 석현 거사님이 창원에 온다는 소식을 접했다. 이틀 전 11월 마지막 날 카카오톡에 짧은 문자글로 "연주 보살님, 안녕하세요? 날씨가 겨울모드로 감기조심하시구요. 모레 2일 날 오후에 창원에 가는데 저녁에는 지인들과 약속이 있고, 시간 되면 4시부터 5시경 차 한 잔 가능할까요?" 날아왔다. "네, 가능합니다. 몇 시차로 오시나요? 모시러 가야지요." "네. 오전에 부산 업무보고 오후 3시쯤 창원에 도착 예정이에요. 부산에서 출발할 때 연락할게요." 이러고 문자가 끝났다. 그날이 오늘이었다. 아침부터 부산하게 움직여 은행 업무를 마치고 사무실에 도착했었다.

새벽에 잃어버린 열쇠가 행방이 묘연하여 경리에게 물어봤지만 잊어버린 이유를 모르겠단다. 한참을 고민 끝에 캡스를 열어보기로 하고 검색하는 중에 전화가 왔다. 수신거부한다. 일할 때는 일에만 몰입하는 성격이라 두 통의 전화를 거부했더니 다시 카카오톡으로 문자가 왔다.

"연주보살님, 3시쯤 넘어 창원 시외버스 터미널 도착."이란다. 하던 일을 멈추었다. 2시 40분 출발 내가 먼저 도착하여 기다려야 할 사람이었다. 5분쯤 늦었지만 시외 터미널 좌측별 길모퉁이에 서있는 중년의 신사가 멀리서 봐도 석현 거사님이셨다. 일년여 동안 만나지는 않았지만 카친친구로 댓글을 아주 정성껏 달아주는 거사님이시다. 일일이 올리는 글마다 댓글은 200자 에 가깝도록 쓰시는 분이다.

보광사에 처음 상주하게 되던 그 해부터의 인연이 지금까지 이어져 온다. 작년에 심진 스님 음악회 초청도 해주셨다. 본인의 정진하시는 모습 등을 카카오톡으로 공유하며 지내왔다. 창원에는 일 때문에 가끔 오시긴 하여도 나에게 연락을 직접 해왔던 것은 이번이 처음이었다. 주남 저수지 사진을 가끔 올리고, 동판지 사진도 올렸고, 문화재 보호 225호 주남. 돌다리도 사진으로 보기만 했다는 거사님을 모셨다. 주남 저수지 약 180십만 평 규모 그 속에 피고 진 연꽃대와 둑에 핀 갈대 등을 철 따라 찾아온 철새들을 구경시켜 드렸다. 수로 따라 600m정도 내려오면 돌다리가 눈에 들어온다. 창을 내려 차에서 주남 돌다리를 찍으라고 권유했다.

3시 반쯤의 하늘과 어우러진 돌다리 전경이 참 멋스럽게 담겼다. 돌다리에서 300m정도 떨어진 곳에 위치한 우리 집에 도착하셨다. 11년 간 인연이 이어져왔다. 처음으로 주남저수지를 구경했다며 가슴 설레어 하던 거사님과 남편이 첫 대면하게 했다. 남자들은 만나면 악수가 첫 인사이며 두 번째로는 명함을 건네받기인 듯했다. 차방에 오작교 시절에 비빔밥까지 맛보셨다는 거사님께서 발우를 보더니 그 생각에 잠기는듯했다. 발우와 쌍화찻잔에 얽힌 이야기도 하고, 살아온 나의 57년의 삶을 이야기하다가 요즘 책쓰기, 글쓰기 공부를 시작해서, 하고 있는 중인데 나의 고민을 털어놨다. 살아온 세월이야 기중에 어느 한 부분 말하고 싶지 않은 곳이 있다고 했다.

모든 사람이 일급 비밀은 있는 듯하나 작가님의 말씀처럼 진실하게 다가가지 못함에 대하여 이야기하고 고민했다. 감춰진 내면의 이야기들을 끄집어내고 쓰면서 홀가분해질 필요도 있지 않겠냐고 조언하신다. 거사님의 행신역에서 출발하는 아침 이야기를 먼저 하신다. 옆자리에 앉은 사람이 노신사였는데 아침에 커피 한 잔 하시려고, 매점에 가신 뒤를 따라 같은 자리에 앉게 되었단다. 같이 자리하게 된 기념으로 커피 한 잔 사드린 후의 이야기가 나왔다. 3시간 동안에 부산역까지 오시면서 나눈 이야기 중에 고위 공직에 계시던 분이었다는 사실을 알았다고 한다. 인연을 항상 소중히 여기는 석현 거사님이었기에 오늘의 인연 또한 너무나 소중하다시며. 서로 명함을 주고 받으며 연주 보살님 안마당까지 오시게 될 줄 몰랐던 일이라고 하신다.

나 또한 마찬가지다. 자비행 보살님께 먼저 전화를 넣었다. 카친 석현거사님과 이야기 중이라고 했다. 깜짝 놀라신다. 방금 카카오톡을 했다며 연주 이야기는 안하던데 하시며 웃으신다. "거사님 오늘 중으론 보내드릴게요." 하고 전화를 끊었다. 보광사 신도회장님이시며 석현거사님 부인이시다. 2005년 그때 보광사 홈페이지를 운영하시던 거사님의 실수로 우리들의 글들이 없어지긴 했지만, 지금에 그런 일들을 소중하게 생각하기 때문에 신도회와 거사회에서 홈페이지 관리를 하신다고 한다. 역사적으로 길이 남아야 할 보광사 이야기다. 매년 주지스님이 바뀌시면 홈페이지의 개념도 달라지곤 했단다. 스님은 떠나지만 신도는 떠나지 않는데 주인에게 그 일을 맡기는 게 맞는 일이라고 말씀하셨다.

4년 간의 임기가 끝나면 스님께선 떠나지만 신도는 항상 그 자리에 있다는 것을 늦게야 깨달았다고 했다. 보광사에 올라갈 때 인연된 스님 이야기며 그렇게 밖에 갈 수 없었던 사연 이야기를 했다. 석현 거사님께서 이번 가을에 며느님을 보게 되었다. 우리가 결혼할 때는 주례사가 꼭 있었다. 아들 혼례식에 양가 아버님들께서 주례사 역할을 대신하게 되었다고 한다. 사돈이 대신 인사해줄 것을 부탁받고, 외동딸을 키워서 며느리로 보내기까지 서운하셨던 마음을 이해한다며, 거사님 또한 딸 없는 집안에 예쁜 딸을 하나 얻었다고 기쁜 마음을 전했다고 하셨다. 아들 없는 사돈께 아들 하나 생긴 대신으로 마음을 백 번 헤아리며, 주례인사 대신해서 했단다. 많은 박수갈채를 받았다는 이야기도 들려주셨다.

거사님의 기도 정진을 보고 나 또한 백일기도를 시작해서 마쳤었다. 그때 거사님의 1000일기도하시는 모습을 보고 자비행 보살님이 놀랐다는 일화도 들려주셨다. 이런 인연으로 아직도 서로를 염원해준다. 거사님 덕분에 많이 위로 받으며 살고 있는 내 모습을 참 보기 좋게 보셨다. 머슴애 같이 생겨서 하는 일 마저도 남자 같은 줄 알고 계셨을 거사님이다. 오늘 우리 차방에 들리시어 남편과 아웅다웅 잘 사는 모습을 보고 흐뭇해 하셨다. 보련화보살님 이야기도 물었다. 관도 거사님 이야기도 여쭸지만 이미 고인이 되신 관도 거사님 참 안타까운 연세였다. 올해 59세의 나이셨다. 하던 일이 힘들어 스트레스를 많이 받았다고 한다. 온천에 가셨다가 온천욕 뒤 평상에서 주무시다가 돌아가셨다고 한다. 참으로 마음 아픈 일 이었다. 49제 봉행을 보광사에서 했지만 가보지 못해서 미안한 마음이 들었다.

일요일이면 파주 문산 등에서 법회를 오셨는데 그 중에 84세 고령으로 오시던 어머님 한 분이 계셨다. 울 엄마보다 더 많은 연세이신 보련화보살님이셨다. 4월 초파일 행사 때엔 꼭 등 만들기 법회에 참석하시던 보련화보살님 엄마라고 불렀던 보살님이 아직도 건강하시단다. 누군가가 모시고 오면 오신다고 했다. 올해 연세가 96세란다. 참 오랜 세월을 사셔도 정정하시다니 언젠가는 한번 가서 봐야겠다고 다짐했다. 보광 사 도솔천에서 직접 대추차를 끓여서 보시했던 연주였다. 오늘 우리 집 차방엔 쌍화차도 없고 대추차도 없었지만, 10년지기 인연을 만나고 보니 벌써3시간이 훌쩍 지나갔다. 6시 30분쯤에 지인과 약속있으시다는 시간에 맞춰 차방을 나서는데 어둑어둑해졌다.

남편에게 거사님 가신다고 전화를 넣었는데 새벽에 일찍 일어나기 때문인지. 피곤해하던 남편은 끝내 작별인사는 하지 못하고 다음을 약속했다. 오늘 와 주셔서 너무 감사했다. 내 이야기만 실컷 하고 거사님께 미안한 마음도 있었다. 하지만 또 다음을 기약했다. 서울 나들이를 가서 꼭 이야기 들어드린다는 말을 남긴 채, 일산 글쓰기, 책 쓰기에 꼭 참여하라는 말도 했다. 중년 신사처럼 십 년 전 그때 연세를 기억하고 있었는데 오늘 다시 여쭤 봤다. 거사님의 나이에 놀랐다. 나와 십년 차이가 난단다. 그 연세에도 이렇게 건강하시고 일선에서 아직도 건강하시게 일하고 계신 걸 보면서, 대단하다는 생각을 했다. 이렇게 긴 인연이 이어져 오는 건 인연법을 소중히 여기는 사람들과의 만남이기 때문일 것 라는 말도 아끼지 않는다.

항상 다니던 창원대 뒷길이었지만, 오늘처럼 신나게 달린 적은 별로 없지 싶다. 함께 하지 못한 저녁이 아쉬운 날이었다. 오랜 시간 동안에 서로의 살아온 삶을 이야기했다. 터 놓고 이야기하다 보니 숙제가 풀린 것 같아 더욱 마음이 홀가분해졌다. 12년 전 구매한 자동차가 내 몸뚱이 같이 친숙하다. 삼십만 킬로미터를 더 탄차이지만 이차로 보광사 들어갈 때 타고 갔었다. 주지스님보다 좋은 차타고 다닌다는 보살 이야기에서도 있었다. 아직도 버리지 못하는 차 내 곁에서 나를 지켜주는 수호신 같은 차라 팔기도 버리기도 아깝다는 이야기를 했다. 양산에서 보광사까지 거리는 상당했다. 2년을 넘게 한 달에 한 번씩타고, 휴가 나갈 때 마다 전국을 끌고 다녔던 차다.

주인을 잘 못 만나 제일 힘든 자동차가 내 차라고 하고 웃었다. 10월 6일에 서울 갔을 때 금강 정사에 템플스테이 주관하는 방사에서 자고 왔던 이야기를 했다. 거사님이 마음 먹고 계시는 일중에 하나가 보광사 템플스테이관한 일을 맡아서 해보시겠다고 한다. 전국 큰 사찰을 다니며 템플 주관하는 사찰을 보며 느낀 일 중에 하나이기도 하단다. 이제 본인이 좋아하는 일을 하며 살 나이도 됐다고 말씀하셨다. 몇 일전 남편이 하는 말과 비슷했다. 가슴 뛰는 일을 하고 싶다는 남편 무언가 보람된 일이 하고 싶다는 말일 것이다. 멀리 일산에서 창원에 있는 나까지 챙기는 인연, 이런 인연이 의미를 알기까지는 수많은 시간이 흘렀고, 그 속에서 잊히지 않은 끈 역할을 해왔던 서로의 노력이 있지 않았을까?

거사님을 모셔다 드리고 돌아오는 차 안에서 내가 먼저 톡으로 문자를 넣었다. "거사님, 오늘 너무 고마웠습니다. 고운저녁 되시고 내일 일 잘 보시고 천천히 올라가서요. 자비행 보살님께 안부 전해주시구요. 제 이야기 너무 많이 해서 죄송합니다." 라고 보냈다. 답변이 참 감사했다. "제가 더 고맙습니다. 좋은 곳 안내해주시고 맛있는 커피, 감귤 잘 먹었고 늘 행복하세요."

이렇게 문자 답변을 주고받으며, 오랜 세월의 인연으로 감사의 의미를 알게 해주신, 석현 거사님 내외분께 항상 긍정의 힘을 받는 연주는 오늘도 행복해 한다. 이제 오늘 이 밤이 지나면 내일 4년이란 세월의 대학생활을 최종 마무리하는 종강 한 과목만 남겨 두고 있다. 다음 주 수요일이면 기말고사다. 17일 종강 파티와 함께, 대단원의 막을 내리는 나의 대학시절 마지막이란 생각에 오늘밤은 쉬이 잠이 오지 않을 것 같다. 모든 인연 지어진 사람들과의 감사의 의미를 되새기며 이 밤은 깊어만 간다.

제 2 장
왜 인연이 소중한가

이 많은
사람들
중에

창원대 CEO AMP 23기 과정을 수료하던 중에 신산업경영학과 1기생을 모집한다는 정보가 들어왔다. 두 번 생각해볼 겨를도 없었다. 남편과 상의한 끝에 대학의 문턱을 밟지 못했던 아쉬움이 이제야 이루어질 것 같았다. 희망을 안고 접수하였다. 2013학번을 달고 국립 창원대에 입학하던 날이었다. 창원 KBS 방송국에서 금난새와 해설이 있는 음악회를 겸해서 입학식을 하였다. 36명 중에 조성국 학우와 단 둘만이 참석한 입학식은 끝났다. 학우들과의 첫 만남은 창원대 신 도서관 건물에서 오리엔테이션 있던 날 자기소개를 시작으로 대학 생활이 시작되었다. 주3회 강의가 있었으며 1학년 학년장을 뽑는 날 우리 반에서 가장 키가 큰 사람이 되었던 것으로 기억된다. 멀쑥한 정호군이가 학년 장이 되었고 가문의 영광 우리 종씨 문정근이가 1학년 총무를 맡았다.

수업은 야간으로 진행되었고, 21세부터 71세까지 연령대가 골고루 입학된 학과이다. 그날부터 호칭은 아무리 나이가 많아도 오빠, 형, 누나 서열이 정해졌다. 억울하게도 나와 2달 차이 나는 오빠도 있었다. 위로 오빠 셋 그리고 내가 4번째 연장자가 되었다. 갑장 친구 한 명 그리곤 모든 학우가 동생들로 구성되어 있었다. 처음 MT가 있던 날, 대학 생활에서 첫 엠티이기도 하지만 늦깎이 나이로는 흥미로운 엠티였다. 산청 산속에 위치한 펜션이었으며 관광버스 한 대로 떠났던 엠티다. 첫 휴게소에서 아침 겸 새참을 먹기로 했는데, 왕오빠가 준비한 호박죽 전복죽 두 들통에 횟감은 아이스박스로 하나 가득이었다.

문산 휴게소에서 죽 먹던 날 펜션에서의 윷놀이, 학창 시절에 지켜야 할 사항 등등 교수님과의 첫 엠티에서 시작이 반이라고 했지만, 그때가 어제 같은데 벌써 4학년 졸업이 코 앞으로 다가왔다. 학우들과 만학 분위기 속에서 4년이 언제 지나간 지 모르게 지나간 것 같기도 하다. 지나온 삼년 일련의 일들을 나열하지 못할 만큼 많다. 학년 체육대회 스승의 날 행사, 대동제, 하나하나 쌓아온 연혁들과 그 순간들을 잊을 수 없다. 체육행사 때엔 청백으로 나눠서 발야구, 피구, 배구, 줄넘기 등을 하며 서로를 응원하기도 한다. 서로 다른 편과의 싸움에서 쟁쟁한 경쟁도 벌이며 걸어온 길이 내일 모래면 졸업이란 명제 앞에 두었다. 졸업 논문을 위해 1학기의 시간을 보내기도 했으나, 이제 마무리 되어가는 논문이기도 하다.

지난 4학년 1학기 6월에 졸업 여행이 있었다. 황산으로 졸업 여행을 갔던 우리는 36명 중에 20명만 참여했던 안타까운 시간이었다. 황산에서의 일출과 추억은 이루 말할 수 없었다. 함께 했던 4년 세월이 짧은 세월이 아니었다. 더욱 의미있는 시간들이다. 4학년 올라오면서 주2회 수업도 시간의 흐름에 따라 아쉬움이 더해만 간다. 오늘도 수업이 있던 날이다. 사회적 기업 경영론을 배우는 과정에서 '정의란 무엇인가?' 열강을 들을 수 있었다. 이상빈 교수님의 강의는 항상 열정적인 언변구사와 학구열을 불지르는 매력을 지니신 분이다. 자유지상주의와 공리주의를 배우는 과정에서, 서양철학의 특징 중에 너와 나, 우리의 관계 특이점을 알게 된다. 인간만이 좋음과 나쁨 옳음과 옳지 않음, 그리고 그밖에 모든 것들에 대한 인지를 할 수 있다는 점에서 동물과 비교할 수 있는 특이점이라고 배웠다.

오늘은 그 과정 중에 자본주의 5.0에 대한 특강 시간이 남태훈 학우에게 주어졌다. 40분의 짧은 메시지 전달 시간이었다. 그동안 말없이 묵묵히 수업을 받아오던 태훈 오빠가 오늘에야 그 진가를 발휘하는 시간이었다. 총 90페이지 분량의 파워포인트 수업이 우리에게 준 엄청난 메시지는 강렬했다. 짧은 시간 특강의 여운이 오랜 시간 남는 수업이었다. 남다른 책과의 시름에서 자기와의 타협은 항상 승자가 될 수 있었다 한다. 남들과 달리 가지고 있는 라이선스가 몇 개나 된다. 도전하는 모습으로 아직 못다 이룬 라이선스를 위해 열심히 노력하는 멋쟁이 오빠 남태훈 학우의 강의를 마쳤다. 어쩜 졸업 이전에 전 학우모임이 몇 번이 있을지 모르겠지만, 그의 대다수가 다 참석한 뜻 깊은 자리에서 입지를 굳힌 셋째 태훈 오빠가 남 달리 커 보이는 시간이었다.

몇 번 남지 않은 수업 일정에 학우들과 친목도모 2부 수업시간으로 일식집 안주와 술자리가 있었다. 그냥 갈 수 없어서 음악시간을 한 시간 가졌다. 늦게 학교 생활하면서 이렇게 멋진 동생들과 함께 음악시간을 가져 보았던 것은 처음이다. 내 짝지 김진권도 있고, 첫 날 학교 등교 일에 누나로 정해준 김익수도 있다. 지금 최고의 학년장 이창언, 일일이 나열할 수 없었다. 아우들과 교수님 두 분 좋은 시간 함께 했었다. 모처럼만에 학과장님의 노래도 들을 수 있었던 의미 있는 밤이었다. 함께 한 4년 세월이 결코 헛되지 않았음을 인식하는 시간이었다. 교수님 두 분 모시고 간결하고 우정이 넘치는 모임을 수업 후 2교시는 자정에 마치고 집으로 돌아온다.

　창원대학교 25호선 국도를 수없이 왕래해온 길이지만 오늘밤엔 유난히 정겹게 느껴지는 밤이었다. 신산업 융합학과에 입학할 때 느꼈던, 그 감정과 이제 얼마 남지 않은 졸업이란 명제 앞에 놓인 이 시점에서는 많이 달라져 있는 나의 모습이기도 하다. 많은 사람들이 고생했다고 격려해주고 사랑스런 나의 자식들도 인정해준다. 이제 졸업 후면 무엇을 해볼까? 고민도 해본다. 어떤 주어진 현실이라도 달게 받아들이겠지만, 거부하지 않은 긍정의 힘으로 살아온 날들보다 살아갈 날이 많은 의미가 있는 날들이라 생각한다. 살아있는 그날까지 무엇이든 해볼 것이라고 마음먹고 있다. 내 또래 나의 친구들을 보면, 할머니가 제법 있긴 한데 손녀 봐주는 친구도 있고, 아직 일선에서 무슨 일이든지 열심히 하는 친구, 각양각색의 친구들이 많지만, 학구열에 불태우는 친구는 별로 없다.

　나 자신에게 나를 칭찬해보는 저녁이었다. 열심히 했고 후회 없는 4년을 보내기도 했다. 교수님들과 우리들이 함께 달려온 많은 날들이다. 외부특강 중에서도 정말 좋은 인연들과의 만남이 행복했던 학창시절로 기억될 거라고 말하고 싶다. 1학년, 입학하여 예술과 경영시간에 여행을 좋아하고, 예술을 좋아하시는 박명주 교수님을 만나 세계에 어울리는 여행을 시작하게 된 동기도 학교에서 만난 인연이시다. 여행을 처음 시작한 때는 후진국에서 선진국을 가봐야 된다고 하셨다. 난 교수님을 여행 마지막 부분에서 만났기에 서유럽 쪽을 제일 먼저 떠났다. 9박 10일 동안의 긴 여행 중에 스페인과 네덜란드를 처음으로 1학년 때 다녀왔다. 이후에 2년마다 한 번씩 떠난다. 교수님과 두번째의 여행도 함께 했었다. 서유럽에 이은 북유럽까지 여행에서 느낄 수 있는 모든 것을 좋은 인연과 함께 했던 지난날도, 학창 시절에 이루어진 잊지 못할 추억 중에 하나가 되었다. 그로 인해 여행의 맛을 알게 된 것 같았다. 이젠 혼자서도 곧잘 다닌다. 친구들과도 함께 이번 여름엔 몇 군데를 다녀왔다. 여행에서 느끼는 또 다른 멋을 알게 해 준 교수님 덕분으로 말이다.

내 스스로 인연법을 소중히 생각하는 인연 중에 학연이 있고, 그 시절에 맺어준 시절 인연 덕으로 많은 것을 깨우치는 대학 4년의 생활이 으뜸이었다. 이 많은 학우들과 교수님들과 사람들 중에 요즈음 새롭게 인연된 교수님이 계신다. 4학년 동안 두 번의 가르침을 주신 성남주 교수님이시다. 57세의 나이가 되도록 살아오면서 몇 명의 글 쓰는 분을 만나기도 했었다. 지금 남양주에서 명성이 있는 새벽이라는 호를 가진 안 택상 시인도 김해가 고향인 분이다. 예전부터 띠 동방에서 알던 그 친구도 평범한 채신 공무원이었다. 안택상 새벽 시인으로 등단을 했었다. 사찰에서 만난 중광스님의 상좌 봉문스님도 등단을 했으며, "그곳에 스님이 있었네." 집필하신 임 효림 스님도 역시 나와는 인연이 있는 분이기도 하다.

노동호 여행 작가와는 직접적인 인연이 있는 사람이다. 보광사 인연으로 사찰에 있을 때, 처사님으로 잠시 공부하러 와 있었던 분이다, 입문 시절에 함께 했었던 인연이었다. 지금 현재 창원대학교 교수님이신 이 분은 여름방학 끝나고, 2학기 첫 개강 시간에 방학 동안에 한 일 중 가장 뜻 깊은 책 쓰기, 글쓰기를 하셨다고 했다. 말씀하시던 중에 글을 직접 써보고 싶은 분은 추천하신다기에 제일 먼저 달려 갔었다. 그날이 글쓰기, 책 쓰기를 만나게 된 계기가 되었다. 4학년 중에 가장 고급 진일인지도 모른다. 살아오면서 항상 해보고 싶었던 일 중에 하나이기도 하다. 신산업 융합학과에 입학하게 된 계기도 그래서다.

어떤 인연 중에 학연이 지어지면 또 다른 길로 창작 문예학과에 진학해보고 싶은 욕망이 있었기 때문인지도 모른다.

2015년에 우연하게 앞으로 내가 대학원 진학을 하게 된다면 하고 자신에게 질문해보았던 때가 있다. 잘하는 것이라고 없는 나에게 문득 떠오른 게 창작 문예에 대하여 좀 더 공부를 해보고 싶었다. 디지털대학교 대학원 검색을 해보기도 했다. 졸업을 하게 되면 글공부를 좀 더 해보고 싶기도 했다. 수많은 인연들과 이 많은 사람들 중에 이렇게 인연 지어진 글쓰기, 책 쓰기 작가님을 만나게 된 것도 행운이라고 생각한다. 하는데 까지 열심히 글쓰기 책 쓰기에 몰입해보겠다고 다짐하며, 주남집 아침 햇살 기운을 받아 오늘 하루도 행복한 글을 쓸 수 있는 날이 되어 보기를 소망해본다.

지금
이 순간
당신과
함께
있습니다

닭에 묻혀서 살아온 세월이 10년이다. 2007년 1월에 장유에서 시작한 치킨 사업 창원에서 치킨 장사하겠다던 당신을 끝까지 말리지 못하고, 기꺼이 장유로 보냈던 그 세월이 주마등처럼 스쳐 지나간다. 친구가 일찍 두 대동에서 닭 장사를 하는 걸 본 나는 남편이 치킨 사업에 뛰어들겠다고 이야기할 때 극구 부인할 수밖에 없었다. 칼로 쫓아서 튀기던 시절에 봐왔던 일이다. 반대를 해도 형님과 함께 해보겠다고 했다. 마음 내키지는 않았지만 허락할 수밖에 없었다. 무연고지에서 시작하는 업종이라 무척 힘들게 시작했던 것으로 기억된다. 막막한 시장에서 첫 발을 내딛을 때 생각해본다. 걸어서 팔 판 동네를 헤집고, 다니면서 한 달 동안 준비과정이 필요했던 때였다.

학원가이고 가장 번화가라 자부하는 건물 학원 건물 1층에 자리 잡았다. 플랜카드를 내걸고 오픈 선물로 도자기 수저통 사진을 걸어났다. 시설을 시작한 지 한 달 만에 영업 개시를 하였다. 삼일만 도와달라고 당부하던 말에 오픈 날만 봐주겠다고 시작했다. 결국은 십 년 세월을 치킨과의 인연을 짓는 동기가 되고 말았다. 아주버님과 시작한 치킨 장사가 힘들었다. 서울 표준말을 쓰시던 형님과 아주버님을 모셔왔다. 형님이 전화 받게 했던 결과가 잘못된 것임을 알았다. 오픈 날 장사 한 후 느꼈다. 형수님은 경상도 말을 알아듣지 못해서 전화 통화 불가능이 되었다. 프로그램 동작도 어려움이 이만 저만 아니었다. 그 결과는 내게 큰 행운인지 불행이었는지 지금 돌이켜 보면 잘 된 일 같기도 하다.

오작교를 시누이에게 맡기고 치킨집에 붙잡히게 된 그때를 생각하면 믿기지 않은 현실이었다. 3년을 치킨사업에 몰두한 결과 지사를 맞게 되었다. 처음 51개 가맹점을 인수 받아 90개의 가맹점을 늘렸다. 매출 백억 목표 달성도 작년에 해보았다. 어떤 일이든 새로운 일을 하게 돼 는데는 인연을 먼저 만난다. 나의 생각이 맞아 떨어진 지도 모른다. 전국 18개 지사 중에서 지역이 가장 광범위 하고 지방에선 잘나가는 지사 중에 한 곳이었다. 네네치킨 경남지사를 6년 4개월을 끌고 온 지금이다. 이제 편하게 하던 일을 접으려는 남편의 생각에 적극 동참하기로 했다. 함께 한 시간들은 열정으로 그 곁에서 보살펴 줬었다. 몇 일전에 본사에서 공채로 지사를 맡아 줄 점주님이 선정이 되었단다.

본사에서 올해 안으로 넘기라는 인수인계 사인도 받았다. 십년세월을 치킨과 함께 치킨만 생각하면서 살아온 남편은 한편으로는 허전하기도 하겠지만 시원섭섭할 것이라고 믿는다. 그 사람이 지금 내 곁에서 아무런 생각 없이 잠들어 있다. 어제 까지만 해도 바쁘게 움직이던 남편, 어제 경기도 쪽에 클린 네네 마치고 늦은 귀가를 하드니 새벽에 일어나서 날 깨운다.

"여보, 홀가분하게 오늘 우리 여행 가자."

"정말? 진짜?"

"응".

"그럼 준비해."

"알았어요. 근데 어제 친구가 담가준 알 타리 김치랑 국이 있는데 먹고 가면 어때?"

"그래. 인생 뭐 있어."

사무실 내려가 경리에게 "할 일 좀 정리해주고 올게."하는 동안, 옥선이가 어제 갖다준 생강 생각이 났다.

새벽부터 바쁘게 움직인다. 장화를 신고 함지박에 담가둔 생강을 밟아서 깨끗하게 씻어 이층으로 올린다. 이건 내가 녹즙기에 갈아준다고 했다. 차분히 10킬로그램을 즙으로 짜준다. 항상 무슨 일이든지 도와달라고 말만 하면 시간을 내서라도 해준다. 너무나 살뜰히 보살펴 주는 남편이 내 곁에 있다. 밥 준비하는 동안 생강 10킬로그램의 즙을 다 짰다. 리터로 개량해보니 7리터였다. 설탕과 생강즙 일대일로 담근 후 사진을 찍어 밴드에 올렸다. 연주의 조리법으로 차분히 준비를 끝냈다. 하루정도는 다녀와도 아무 이상없이 해놓았다. 설악 콘도에 방이 있는지 알아본다. 미리 예약하지 않아서 무료티켓은 사용할 수 없었다. 23평짜리 방을 예약해주었다. 5시간에 걸쳐 고성에 있는 콘도에 도착을 했다. 체크인을 하고 속초 앞바다로 나갔다. 속초에서 맛집을 검색해보기도 했다. 남편은 회보다는 게를 좋아한다. 게 맛집을 택했다. 선택이 잘된 것 같았다. 10년 치킨 장사를 하면서 항상 따로 여행을 다녔다. 함께 여행을 가본일이 오랜만인 것 같다.

일과 연관된 사람들과의 어울림도 좋다. 인연 지어진 모든 사람들과 함께하는 일도 좋긴 하다. 남편과 둘이 떠나온 여행 마음속으로 행복해했다. 이것을 원했던 일이었는지도 모른다. 남편은 항상 일이 있었다. 일손을 놓고 여행 온 다는 것을 꿈꾼 적 없어도, 후회해 본적은 없다. 오늘 새벽에 일어나서 장시간 운전으로 피곤했던 것 같다. 저녁 시간에 반주 한 잔이 녹녹한 잠을 불러온 것 같다. 집 떠나와 여행지에서 코골이하는 남편의 곁에서 이렇게 글 쓰는 것도 또 다른 일상의 경험이다. 참 많은 이야기를 했다. 치킨 장사 시절 웃지 못할 일화를 이야기하기도 하였다. 스트레스를 받아서 닭 장사 집어 치우라고 소리 지르던 나였다. 당신 말대로 그때 집어던졌으면 지금의 이 순간이 있었겠냐고 반문하는 남편이 고맙기도 하며, 할 말이 없는 시간이기도 했다.

남 밀양에서 출발하여 내륙 고속도로를 통과하였다. 인제와 한계령을 넘어서 속초까지 뚫린 시원한 도로를 달려왔다. 늦은 가을 저물어가는 시간 가을 비가 촉촉이 내리는 밤이다. 올해 초부터 참만은 변화와 안 좋은 일을 많이 겪기도 했다. 그 또한 지나갔다. 5년을 남편의 외조 덕분으로 창원대 AMP과정을 거쳐 대학 4년을 뒷바라지 해준 공덕을 높이 평가했다. 남편에게 정식으로 감사함을 표현 할 수 있었던 오늘 이 시간이 정말 감사했다. 포유리조트 회원권은 남편의 전성기 시절에 선물로 받았던 리조트다. 여러 업체를 거치고 변경되어오면서 보증금도 인상되었다, 그때 소유권을 포기하지 않고 잡아둔 덕분으로 오늘 문득 찾아와도 좋다. 오붓하게 남편과 함께 할 수 있는 편안한 공간에 감사한다.

미국에서 온 아들과 함께 시간을 맞추지 못했다, 아들은 일요일에 친구 결혼식 준비로 함께 하기가 힘들다고 한다. 월요일에 주남. 집으로 들려달라고 말했다, 둘이 떠나온 펜션의 밤은 깊어간다. 사돈과는 한 번도 여유로운 시간을 가지지 못했다. 지나온 시간들을 돌이켜 보며, 이제는 주위 사람들도 둘러

보며 살자고 약속했다. 10년 동안 한길로 가고 있는 남편이다. 성공한 인생이라 말해주고 싶었다. 앞으로 어떤 일을 하던지 10년은 더 활발하게 움직일 수 있는 나이라고 생각한다. 남편이 나의 말에 동참해줬다. 당신과 나 함께 치킨 사업에 뛰어 들지 않았으면 지금 어떤 인생을 살고 있을까?

잘살고 있었겠지만 지금과는 다른 일을 하지 않았겠냐고 한다. 모를 일이다. 어떤 일을 하던 이제 나는 아무것도 시키지 않겠다고 다짐하는 남편이다. 무엇을 하고 어떻게 놀면 잘 노는 건지 노는 일만 연구하라는 남편에게 내가 말 한다. 힘들게 일하던 사람 손에서 일 놓고 편하면 아프다는데 아프면 어떡할 것이냐고 물었다. 빙긋이 웃는다. 건강관리를 잘하고 큰 욕심 없이 살자고 말했다. 항상, 은행 빚에 쪼들려 큰소리 한번 못 치고 살았단다. 이번 네네 치킨을 정리하면 대출도 갚고 회사도 다이어트 한단다. 가슴 뛰는 일이 어떤 것인지 몸소 느끼게 해줄 거란다. 작년 이맘 때였다. 대연식품 회사에 모든 것을 은행에 맡겼다. 믿었던 주거래 은행에서 지급보증을 써주겠다던 약속을 불이행을 했다. 지급보증약속 한 금액은 만큼은 아니었지만 한 달 시름 끝에 겨우 써줬다. 그렇게 힘들었던 그 일은 올해는 하지 않아도 된다. 10년은 그렇게 바동대며 살았다. 최소한의 경비로 알뜰히 살겠노라고 다짐한다.

도심 복잡한 곳 아파트에 떠나온 지 몇 년째다. 한적한 시골마을 공기 좋은 자연 환경에서 살아온 지 4년이 지났다. 주남저수지 가까이 환경단체에서 자연보호를 노래하는 곳이다. 경제 활동을 몇 년이나 더할 수 있을지는 모르는 일이다. 10년은 지금처럼 그다음 십년은 지금의 반으로 방하나 부엌 하나여도 좋다. 작은 집이지만 시골에는 문만 열고 나오면 정원이다. 작은 공간 하나있고, 당신과 함께라면 무엇을 더 바라며, 그것이 가장 큰 행복 아닐까 말해본다. 순간의 기억과 현실을 범벅시키는 하루였다. 2016년 11월 포유 리조트에서 신혼 같은 밤, 추억의 한 페이지로 역사를 남기는 날이다. 삶의 보금자리에서 떠나면 모든 것이 생소하고, 불편함이 지배하는 시간이다. 지금 이 순간에도 함께하는 당신이 있어 행복하다.

계획 없이 무작정 떠나온 여행이다. 행해지는 대로, 발길 닿는 대로 가보는 것도 매력일 것이다. 내륙으로는 올 때 코스였지만 내일은 동해바다를 끼고 해변을 거쳐 내려갈 것 같다. 어떤 일이 주어 지더라도 희망의 메시지로 받아들이면서, 곤히 잠자는 남편의 얼굴을 바라본다. 2010년 7월 아들이 미국가기 전에 딸과 함께, 설악산 신흥사 낙산사를 함께 여행을 했던 추억이 떠오른다. 치킨업에 종사하는 당신은 그때 함께 할 수 없었다. 딸과 아들 이모랑 함께 추억을 만들었던 그때였다. 몇 년 전 만해도 아이들이 많이 어렸을 때 같다. 아들이 장가들기 전이었다. 세월은 참으로 빠르게 지나간다. 세월의 흐름으로 인연도 변해 있다. 동생이랑 그때는 지금처럼 이런 사이가 아니었다.

서로 아프면 안아주고, 이해해주던 혈육 하나뿐인 동생이었다. 그러고 보니 내안에 변화가 너무도 많다. 살아갈 날이 많고 많으니 언젠가는 웃으면서 함께 할 수 있을 거라고 믿어 본다. 같은 나이 같은 시대를 살아가는 동갑내기 부부로 인연이 되었던 당신. 지금 이 순간 당신과 함께 행복해 하며 오늘을 갈무리 한다.

오늘
스쳐간
인연들

새벽아침 열쇠소동이 벌어졌다. 남편 때문에 열쇠 찾는 일에 하루가 걸렸다. 어제는 수능 전야의 밤이었다. 자녀들이 수능시험을 보는 학우가 4명이나 있었다. 학년장이 도서상품권 하나씩을 전달했다. 단축수업이 있는 날이다. 다른 날보다 일찍 하교했다. 어두운 주남. 길가로 등불이 환하게 비친 집에 반가이 맞이 해주는 남편이 있었다. 평소보다 집안이 어둡게 느껴졌다. 남편이 전등교체를 하고 있었다. 방마다 하나씩 전등불이 나갔단다. 남편이 오늘 있었던 일들을 자초지종 묻는다. 집에 있는 식구는 남편과 나뿐이다. 사람 사는 것 같지도 않다. TV를 보며 이런 저런 이야기 나누다 가을 단풍구경을 한 번도 못 가본 이야기가 나왔다. 오늘밤 과제 마치면 내일은 선운사 아니면 경주, 통도사로 가을 단풍을 담기 위해 가고 싶다 말했다. 과제물 책 쓰기를 해놓고 잠을 청한다.

본사 물류가 매일 새벽 4시반이면 도착한다. 자동으로 기상하게 되는 신랑은 항상 잠이 부족하다. 잠보따리를 풀고 나보다 먼저 꿈나라 여행을 떠났다. 혼자 두 시간 매달려 과제물을 끝내고 잠이 들었다. 새벽녘에 들락거리는 소리에 눈 뜨는 아침에 식전 약을 들고 나타난 남편이다. 눈 비비고 일어나 항상 약부터 먹는다. 그런 날 위해 한결같은 남편의 고마움을 어찌 잊을 수 있을까. 물류센터를 다 짓고 하고 있는 일을 접게 되어 물류창고를 임대로 주었다. 이제 서서히 정리를 하는 마당이었다. 계약기간이 한 달 남았지만 그 안에 모든 걸 넘겨주려고 한다. 넘겨줄 열쇠 모두를 준비하라고 하더니 큰 대문 열쇠가 하나 없단다. 본적 있냐고 묻지만 난보지 못했다. 그 사건으로 오늘 아침 8시 50분 KTX로 서울에 가기로 되어 있던 날이었다.

사무실 과 집 아래 위를 다니면서 열쇠 찾는데 혈안이 되어 혼자 바쁜 모습이었다. 사무실 보조키와 차방의 열쇠, 신축창고 합이 3개가 없는 것이었다. 찾지 못하고 바쁘게 서울로 갈 준비를 했다. 기억력이 없는 당신이랑 난 이제 서로가 문제 삼을 나이는 지났다고 말했다. 핸드폰을 들고도 찾는 나이라 남 탓할 수 없지 않는가요? 아무 말 없이 열쇠를 찾던 남편은 시간이 촉박한지 허둥대기 시작한다. 아침밥을 먹지도 않고 사사불통이 난 것이다. 화가 난 듯 화장실로 들어가 으악 큰소리로 고함지르는 남편 소리에 놀랐다. 좀처럼 화내지 않는 남편이기에 아무 말 못하고 가만히 놔둬야만 했다. 말 한번 잘못하면 내게 불똥 튈 것 같은 예감에 티셔츠도 찾아주고 잘 다녀오라고 인사까지 했다.

"다녀오마." 하고 떠난 남편이 출발한지 10분쯤 지나고 전화가 왔다. 한참을 달려가다 소리 지른 생각을 했는지 미안했나보다. 전화가 왔다.

"여보, 오늘 나 아침 먹었어?"

생뚱맞은 질문이 우스웠다.

"아침은 무슨 아침. 화낸다고 그냥 아침은 굶고 갔지."

"그래, 알았어. 잘 다녀올게. 약 잘 챙겨 먹고 잘 있어."

남편은 밀양 역으로 간다고 한다. 새벽에 깨어 있던 남편을 위해 따뜻한 무국을 끓였었다. 찰밥과 국물 한 숟갈 먹지 못하고 가고 난 뒤에 걱정을 했다. 옛날 말에 집 나간 사람 걱정은 하지 말라고 했는데 남편이 나간 후 오전 내내 큰방을 뒤지고 또 뒤졌다. 나오지 않는 열쇠를 찾느라 정리정돈만 잘해 둔 채로 사무실로 내려갔다. 열쇠를 좀 찾겠다고 경리실장님께 말하고 사무실 서랍부터 정리하기 시작했다.

출근과 동시에 바쁜 일들이 쌓여 있어서 그런지 책상 위와 손이 닿지 않는 곳에는 먼지가 뽀얗게 쌓여 있었다. 쓸모없는 문서는 이면지로 보내고 서랍 내부를 다 엎어버렸다. 찾아지지 않는 열쇠 덕분에 오전을 쉽게 보낼 수 있었다. 2년 되어가는 경리 실장님이랑 개인 이야기는 거의 나눈 적이 없었다. 나이는 들었는데 동안 미모라 어려 보인다. 마음은 태평양 한 바다 같다. 가맹점 주님들과 대화하는 과정에서도 화내거나 짜증내는 적이 없다. 90여 개의 가맹점주들의 칭찬을 한 몸에 받고 있는 경리실장이었다. 그런 그녀와 오늘은 같은 공간에서 이야기나 누면서 열쇠 찾기에 몰입했다. 오전 내내 찾았다. 책상 서랍과 장식장 모던 곳을 뒤졌지만 나오지 않는 열쇠 꾸러미다. 한 달만하면 십년동안 해오던 치킨 사업에서 그만 둘 준비를 하는 중이다.

모닝 차에도 뒤지고, 전기차에도 뒤지고 내 차에도 뒤지고, 샅샅이 뒤졌지만 보이지 않는다.

점심시간이 되었고 경미 씨가 점심 먹고 오겠단다. 카카오톡으로 오늘이 경리 실장님 생일이 알려져 있었다. 축하한다는 인사와 오늘은 명 길게 오래 살라고 국수 대신 짬뽕을 두 그릇을 시켰다. 바쁜 시간대라 한 시간쯤 되어 배달 왔다. 비록 짬뽕그릇을 앞에 놓고 소리 내어 축하했다. 감사해하는 경미 씨 항상 그 모습이 좋았다. 수줍게 미소 지으면서 하고 싶은 이야기는 다 한다. 그런 그녀가 난 좋았다. 오후가 되어도 열쇠는 보이지 않고 전화가 걸려 왔다. 부곡 사는 옥선이가 생강을 가지고 온다는 소식이었다.

사무실 옆 공간 차방에 음악을 틀고, 이야기를 나눌까 했는데 편하게 이야기할 수 있는 집으로 오라고 했다. 10킬로그램 생강 한 부대를 들고 왔다. 달여 놓은 쌍화차 한 잔에 분위기를 내어본다. 살아 온 이야기며, 아이들 키울 때 이야기를 하면서, 나를 힘들게 하는 요소들을 이야기를 하다가 내 편이 되어준 옥선이 앞에서 눈물을 흘렸다. 큰 딸 아이와 같은 자모 엄마이며 오랜 세월 친구가 되어준 옥선이다. 나를 힘들게 하는 오빠 이야기를 듣고, 내 편이 되어준 친구가 있어서 마음을 열고 이야기할 수 있는 오늘에 감사한다. 우린 언제나 그랬듯이, 큰아이 자모로 만나서 여태 친구가 된다는 건 옥선이의 품성이 곱고 착했기 때문인지도 모른다. 호르몬 밸런스가 잘 맞지 않은 오십대 갱년기를 겪어오면서, 떨어져서는 살 수 없었던 희야는 요즈음 많이 소원해져 있음도 이야기했다.

신불산 정상을 다녀오며 힘들고, 지쳐 있을 때 서로 이해하지 못하고 마음을 닫아버린 이야기를 했다. 풀고 잘 지내라고 했지만, 요즘 내 성격에 문제가 많은 것인지 영 마음을 열 준비가 안 되어 있다. 옛날에도 이러고 살았던 것처럼 그냥 익숙해지길 바라는지도 모른다. 한 시간의 여유만 있어도 찾아주던 희야와 나 사이에 커다란 벽이 서있다. 조금 서운해도 풀면 되는데 그러고 싶지 않은 내 마음이 문제인 것 같다. 닫힌 마음이 봄눈 녹듯이 녹을 날을 기다려본다. 한참 동안 풀리지 않을 것 같은 예감으로 난 나를 가둔다. 옥선이와 얼어붙었던 마음을 터놓고 나니 조금 후련해진 것 같기도 했다. 부곡 온천 옆에 사는 이유로 매일 하와이 온천에 수영을 다니는 옥선이가 때론 부럽기도 하다.

오늘 나도 목욕 가려고 마음먹고 있었는데 열쇠 소동이 벌어져 갈 수가 없었다. 서산에 해질 무렵 약속이 있다는 옥선 이는 떠났다. 집 앞 마당에 물류차가 한대와 있어서 사무실에 가봤다. 최 기사님과 실장님이 계셨다. 운전 기록을 보내기 위해 들렀단다. 교통법이 까다로워지면서 2.5톤 물류차 역시 90킬로미터 규정 속도를 지켜야 한단다. 당연히 안전수칙을 지키며 운전해야 하고, 방어 운전이 필수가 되어야 한다는 사실도 알지만, 세상은 참 무서운 교통사고로 아까운 목숨들을 앗아간다. 나쁜 짓하는 사람들을 보면 당대에 벌을 받는 경험담을 이야기했다. 짧은 하루 삼년이상 배송직에 전념하고 있는 최기사와 오랜 시간 이야기를 털어 놓았다.

어느 날, 최 기사의 집사람이 가슴이 아팠다. 검사 결과 암세포가 퍼져 유방 절제 수술을 했단다. 투병중인 마님을 뒷바라지하면서도 최기사님은 전혀 힘든 내색을 하지 않는다. 아침에 라이딩 하는 날에 얼굴을 볼 수 있는 기사님들이다. 새벽 출근지이지만 늦잠꾸러기 나를 볼 수 있는 기회는 없다. 사무실 일에는 전혀 관여하지 않는 덕분이기도 하다. 함께 했던 지난 몇 년간을 돌이켜보면 기사님들의 노고가 있었기에 경남지사가 원활하게 돌아갔을지도 모른다. 고마운 분들이기도 하다. 4명의 기사님들께 항상 마음으로 감사함을 느낀다. 김 팀장, 우 기사, 허 기사, 김 기사, 최 기사, 이렇게 5명이 주축이 되어, (주)대연식품의 물류를 담당하는 일꾼들이다.

중년을 넘긴 나이지만 아직 결혼하지 않은 우 기사님도 있고, 늦은 나이에 결혼 하여 부인과나이 차이도 많이 나는 허 기사님도 계시다. 허 기사님은 평생을 직접 돈 벌어보기는 우리 회사가 처음이란다. 우리 회사에 일해 왔던 일년이 가장 인간답게 살아온 시간이라고 말씀하신다. 몇 주 전 월요일 휴일이었다. 마님과 함께 단감 한 박스를 들고 찾아 왔다. 아주 멋진 벙거지 모자를 쓰고, 마님은 짧은 스포츠머리를 하고, 남들이 쉽게 탈 수 없는 오픈카를 타고 찾아오셨다. 우리 회사 근무하게 해준 지사장님이 계셨기 때문에 인간답게 살게 되었다고 깍듯이 인사를 했다. 평소 어머님 소원이 당신 아들 허 기사가 직접 돈 버는 모습을 보고 임종 하시는 것이 유언이셨다고 했다.

살아생전에 우리 회사에 일하는 모습을 보고 선물로 외제 오픈카를 싸주셨단다. 자랑도 할 겸마님과의 외출이었다. 올해 12월 말 네네 치킨과 마지막인 지사장님 그동안 잘해주셔서 아쉽고 받기만 했던 터라 단 감 한 박스 미흡하지만 받아달란다. 그 진정성에 너무 감동한 시간이었다. 마님의 수줍은 미소는 천진난만한 소녀 같은 모습이, 처음 봤지만 친근감이 들었다. 이렇게 만나는 모든 인연들이 소중한 인연이라고 말하고 싶다. 지사 일을 하면서 가끔 생각해왔던 일이긴 했지만, 갑작스럽게 올해 그만두게 되어 많이 아쉬움은 더했다. 최고를 달릴 때 정리 할 수 있는 시간에 감사하며, 오늘 스쳐간 인연들이 어디서 또, 만날지는 모르겠지만 항상 건강과 행복한 삶이기를……

나는
당신에게
어떤
의미
입니까

　논산 원불교에서 실행했던 동사섭 193기 기수가 되었다. 스님께서 알려준
동사섭 초급반에 입문하였다. 문명과 단절되고 휴대폰은 압수당했다. 교육장
내부에는 TV도 없었다. 한 방에 6명이 생활했다. 용타스님이 주관하는 동사섭
교육 때 모든 원생은 별명으로 불렀다. 용타스님별명은 거울스님이었고, 한
국 귀신 사에 회주로 계셨다고 했다. 기본 주제로는 마음알기, 마음 다루기, 마
음나누기, 명상의 종류도 많았다. 침묵명상, 죽음명상, 울음명상, 개소리 명상,
맑은 물 명상, 5박 6일 동안의 교육 내용에는 한 시간 교육한 시간실습 일대일
교육법으로 193기까지 긴 역사가 되어 왔다. 수많은 남녀노소 직업을 불문하
고 많은 인구가 이 곳을 다녀갔다.

함양동 사섭 교육장이 지어져 월례회가 매월 이루어지고 있다. 배출된 기수에게 전자 우편으로 위의 사실들을 알린다.

"내가 있음으로 이 세상이 존재하게 되고, 우주만물이 존재하며 나를 위대하게 생각해야 한다."

나를 발견하는 공부를 하고 사찰로 돌아와, 동사섭 가기 전에 스님께서 하셨던 말씀, 삭발의식에 대해서 여쭤봤다. 아직도 유효하냐고, 연주보살이 원하면 기쁜 마음으로 제가 불자 삭발의식 꼭 해주시겠다고 하셨다. 약속을 하고 2005년 10월 돌아가신 아버님의 첫 기제사를 다녀와서 삭발하겠다고 말씀드렸다. 아버지 제삿날 동생에게 알렸다. 2006년 12월 삭발의식을 거행된다고 말했다. 양산에서 동생이 예쁜 법복 한 벌을 준비해서 딸과 함께 사찰에 왔다.

설 법전에서 동일스님의 제가불자 삭발의식은 거행되었다. 세숫대야에 물 8부쯤 붓고 백지를 깔았다. 부처님 앞에 나란히 앉아서 스님의 불공이 있었다. 의식에 참여했던 현묘화보살, 자비 행 보살, 보명처사, 원만 심 내 동생보살, 딸, 등이 참여했다. 삭발의식이 진행되는 동안에 아무도 사진을 찍거나 증거를 남기는 일은 하지 않았다. 나의 긴 머리는 비누거품을 발라 도루코로 밀기 시작 했다. 아무런 느낌 없었고 생각이 멈춰 있는 듯했다. 그냥 시원하다는 느낌이었다. 반쯤 밀어 올렸을 때 내 모습이 궁금했다. 그것도 잠시 머릿속이 그렇게 희다는 것을 그때 알았다. 빛을 받지 않아 푸석하게 보였던 종잇장 같던 머리였다. 힘없이 잘려나간 긴 머리카락을 내손으로 흰 창호지에 싸서 사진한 컷 남기고 보관해둔다.

46세의 삭발의식은 그렇게 끝이 났다. 삭발 후 빨간 법복과 검정색 사폭바지를 입었다. 예쁜 두상이었다. 그때가 인생에서 가장 아름다웠다고 내 스스로 말한다. 누가 봐도 비구니스님 아닌 비구스님이라고 해도 손색이 없는 꽃

미남이라고 놀려대곤 했다. 지금도 자칭 내 생에 가장 예뻐 던 시절이 그 시절이라고 말하곤 한다. 머리를 삭발하고 나니, 또 다른 인생이 보이는 듯했다. 날마다 일문스님께서 도솔천에 오셔서 연주보살 스님 해볼 생각이 없느냐고 회유했었다. 나의 대답은 한결같았다.

"꿈에도 생각해 본 적 없으며 불교 불경 공부 너무 어려워 못합니다."

스님께선 불경 공부 단독으로 시켜주신다고 했다. 생각 있으면 말씀하시라고 하셨지만 동일스님 생각은 많이 달랐다.

연주보살 사주는 스님될 사주가 아니란다. 그해 겨울은 잠깐 지나는 것 같았다. 한겨울 내내 모자를 쓰야했다. 사찰복 회색은 입지 못했던 겨울나기였다. 하루가 다르게 자라는 머리 일센티미터가 넘어야 파마를 할 수 있었다. 아주 짧은 고슴도치 머리서부터 안 해 본 것이 없던 머리 모양이었다. 뉴 헤어스타일 나에게 가장 빛나던 연주의 삭발이 마무리 되었다. 2007년이 어느새 4월 초파일 되었다. 행사가 끝나기 무섭게 인사이동이 있었다. 주지스님, 동일스님, 스님들 발령이 줄을 이었다. 종무원들도 뿔뿔이 흩어지게 되었고 3년 정도의 사찰생활은 그렇게 끝이 났다.

사찰생활이 오랜 세월은 아니었다. 사찰에서 떠나온 후 또 다른 삶이 시작되었다. 푸르미 횟집을 월세 놓고 사찰로 올라갔다. 횟집 장사했던 사장은 월세도 못낼 만큼, 엉망으로 만든 가게에서 쫓겨나는 신세가 되었다. 인정사정 볼 것 없이 보내고 싶었다. 뒷마당에 만들어 놓은 컨테이너 방 때문에 이사비용으로 일백만 원을 줘서 내보냈다. 그 자리에 다시 내가 할 수 있는 무언가 없을까? 사찰에서 전통찻집 운영해본 경험을 토대로 발우비빔밥, 녹차수제비와, 전통 차를 팔기로 했다. 횟집으로 꾸며놓은 푸르미 횟집을 개조했다. 전통스타일로 인테리어를 바꾸고 찻집을 시작했다. 처음 몇 개월은 지겹지도 않았

74

다. 음악과 함께, 나만의 공간으로 장사에 물들어 갈 때였다.

　남편이 부산에서 하던 부동산 컨설팅일이 끝나고, 서울로 다시 가야 하는데 하는 일을 접고, 다른 일을 하고 싶단다. 혼자 서울로 가기 싫단다. 나와 함께 무슨 장사든지 해보고 싶다고 했다. 뜬금없이 치킨장사라고 하는 말에 승낙할 수가 없었다. 내 친구 정연이가 장모님 치킨을 하면서, 팔 아픈 모습을 보았기 때문에 선뜻 허락할 수가 없었다. 남편은 막무가내 나의 도움 없이도 시작하겠단다. 완강한 결심이라 끝내 외면할 수 없었다. 준비과정이 한 달 넘겼다. 오픈하던 날 딱 3일만 봐달라고 하던 말이었다. 그 말에 얽혀 지금껏 손 놓지 못했다. 창원에서는 닭 장사하는 것을 원치 않았다. 형이랑 둘이 장유에서 해보겠다고 시작한 치킨 장사였으나, 3일 만에 내가 하던 일을 접게 만든 남편이었다. 그로인하여 장유에서 네네 치킨 3년을 하게 되었고, 장사하는 중간에 정말 이혼하고 싶을 정도로 어려움이 왔었다.

　부부는 같은 공간에서 일을 하게 되면 쉽게 이해되던 일도 힘이 들었다. 심지어는 천원을 두고 다투기도 했다. 일이 힘들면 서로를 위해야 할 텐데 짜증내기 일쑤였다. 도망가고 싶었던 때가 한두 번 아니었다. 처음 오픈 하고 AI를 맞는다. 누구도 비켜갈 수 없었든 그 시련을 겪고 지나간다. 오픈 한 달 만에 최고 매출을 올렸던 그때 이후에 AI가 지나가기까지 일 년 정도 힘들었던 것 같다. 힘든 고비를 넘겼다. 장사란 고객과의 약속이었기에 아침 9시 30분이면 어김없이 치킨 가게는 오픈을 했었다. 새벽 1시 30분에 문 닫는 고객과의 약속을 철저히 지킨 결과 3년 만에 우리에게 희망의 빛이 보였다.

　경남지사를 맡아보라는 제의가 들어온 것 이었다. 이유 없이 무조건 시작하라고 했지만 3년 벌어 모은 돈 정리해보니 턱없이 부족한 자금이었다. 지금 돌이켜 보면 같은 건물에 새마을금고가 있었던 덕분으로 경남지사를 차릴 수 있었다. 금고에 하루 한 번 매일같이 저금 했던 돈, 돈보다 사람과의 신뢰였던 것 같다. 근면과 성실 무엇과도 바꿀 수없는 재산이었다. 새마을금고 이사장님이 남편을 성실한 사람으로 봐주셨기에 가능한 일이었던 것 같다. 담보 물건이 있긴 했지만 3억 원이라는 거금을 빌려주셨다. 1금융에는 할 수 없는 일이었다. 새마을금고의 믿음으로 네네치킨 경남지사 주식회사 대연식품을 설립하게 되었고, 지금까지 맥락을 이어오고 있다. 경남지사 대연식품 맡을 때 어려운 점이 많았다. 전 지사장님은 인수인계는 해주지 않았다. 사무실 열쇠하나 달랑 던져주고 떠났지만 원망해 본 적은 없었다.

평정 프로그램을 숙지하는 데는 6개월이 걸렸고, 법인 매출이 높지 않았다. 처음부터 경리를 쓸 형편이 못되었고, 내 스스로가 회사에 얽매이게 되었다. 살면서 내 이름으로 법인을 운영해보긴 처음이었다. 경영이 쉬운 일이 아니었음을 인식하게 되었다. 회사에만 얽매이는 건 더욱 안 되겠으며 뭔가를 배워야겠다는 욕심이 생겼다. 주경야독으로 고등학교 졸업을 끝으로 배움을 포기할 수는 가난한 시절을 떠올렸다. 창원대학교 앞 사림 동에 사무실이었다, 창원대학교가 가깝게 있다 보니 학교 소식을 자주 접하는 계기가 되었다. 남편이 먼저 경영대학CEO 과정을 다니게 된 이유도 학교가 가까운 인연이었다.

남편 졸업식 날 졸업장에 참석했다가, 나도 가고 싶다는 욕망이 생겼다. 나도 가고 싶어 보내 달라고 했다. 창원대학교 경영대학원 CEO 23기를 다니고 보니 나에게 또 다른 인연이 주어지게 된다. 특성화고졸 선 취업 후진학과가 생겼다는 것이었다. 2013학번을 달고 창원대학 경영대학 신산업경영학 공부를 시작하게 되었다. 어떤 일이든 인연이 먼저 온 후 일이 주어지게 된다 하시던 스님의 말씀 따라 나 또한, 그런 인연법으로 학교를 선택하게 된 지도 모른다. 1학년에 입학할 때는 언제 4년을 다닐까 멀고 멀었지만, 4학년 2학기를 맞이하고 보니 세월이 유수 같다는 생각을 해 본다. 20대에서부터 74세까지 모인 우리학과의 자랑은 출석률 90%이상으로 자랑거리다.

주경야독하는 만학도 36명은 내년 2월 17일에 창원대 졸업이라는 명제를 남겨두고 있다. 오늘 이 시간 글쓰기에 참여하게 된 동기는 교수님 추천이 있었다. 여름방학이 지나고 개강 날 성남 주 교수님께서 방학 동안에 하신 일 중에 글쓰기에 참여하셨고, 글 쓰고 싶은 사람은 개인적으로 말씀해달라 하신다. 그 말씀이 귀에 쏙 들어 오는 이야기였다. 항상 동경해오던 일이었다. 창작문예과에 다니고 싶었기에 이 기회를 놓칠 수는 없었다. 꿈을 꾸면 이루어진다. 내가 가진 장점인지 모른다. 새로운 일에 도전하는 정신이 나의 모토다. 2006년 삭발도 마찬가지였지만, 살면서 행해지는 모든 일들 중에 해보지 않은 일을 좋아 한다. 어떤 일을 하던 당신에게서 난 어떤 의미였는지 한 번도 물어 본 적 없지만, 생에 가장 으뜸일 거라고 착각하며……

학연, 지연의
만남

　가을이 오면 행해지는 일 중에 하나 청도중학교 동문들이 모여 산행이 하는
날이다. 며칠 전부터 문자로 행사일정과 산행시간과 장소 등을 알려왔다. 밀
양에서 명소로 알려진 암새들에 각기 수들끼리 모여들기 시작했다. 이곳 사장
님은 나의 초등학교 친구다. 전교 학생회장과 학년 반장을 역임했던 초등학교
남자친구의 집이다. 나보다 세 살이나 많았는데도 같은 학년에 다녔다. 그때
시절에 좋아하는 감정이 있었다고 동창회 때마다 이야기하는 친구다. 여학생
들이 고무줄 놀이를 하면 남학생들이 몰려와 고무줄 끊기가 일쑤였다. 개구쟁
이였던 남학생들 중에 한 명이었다. 강변 체육공원 옆 넓은 주차장 시설이 잘
갖춰져 있으며, 암새들 주변을 둘러싸고 강물이 흐른다.
　일자봉은 코끼리 코 모양으로 뻗어있고, 사철 남천강물이 흘러내리는 곳이
다. 넓은 잔디 축구장과 족구장을 두루 갖추고 있는 명소가 암새들이다. 동창

회와 큰 행사를 많이 하는 곳이기도 하다. 야외 웨딩홀이 준비되어 연중행사로 음악회까지 열리는 곳이다. 경찰 공무원 용웅이 친구가 산행에 참석한다고 함께 가자며 이른 시간에 전화가 왔다. 내 인생에서 빼놓을 수 없는 친구 중에 한사람은 희야다. 9시에 우리 집에 모여서 가기로 했었나 보다. 희야는 간월산, 신불 산을 다녀온 후 2주 이상이 된 오늘 나를 만나러 온 셈이다. 조금 서먹하기도 했지만, 아무 말 없이 희야 차로 모임에 참석하기로 했었다. 사무실 옆 나의공간에 끓여놓은 커피한잔 마시고 밀양으로 간다.

암새들 도착과 동시에 친구 사장님께 들렀다. 수제 원두커피 한 잔과 색소폰 한 곡 멋진 소리와 함께, 귀에 익은 곡명으로 한 곡조 시원하게 뽑으신다. 무슨 일이든 손에 잡으면 끝장을 보시는 암새들 사장님은 요즈음 색소폰 삼매경에 빠진듯하다. SNS에 본인이 직접 연주한 노래식력을 뽐내기도 하는 실력자이시다. 오늘 만나 남편 이야기도 했다. 남편도 한때는 나를 위해 불어 주신다던 색소폰 몇 달 연습하시더니 접어둔 상태다. 재능을 보이는 남편을 암새들로 보내 보란다. 약속은 하지 않았다. 요즘 남편이 많이 바빠 보였다. 10시가 되어 사장님 사무실을 나왔다. 가을단풍잎이 떨어진 웨딩 장소를 빠져 나와 체육시설이 있는 주차장으로 갔다.

많은 동문들이 보이고 7회 동기 친구들이 20여 명 와 있었다. 진행요원들의 빠른 인원 체크가 끝나고 준비된 검정 비닐봉지 하나씩 받아든다. 물과 떡 산에서 먹을 밀감 몇 개 사탕 등 등산 배낭에 넣고 산행을 시작한다. 시작과 함께 평길 걷기 보다는 힘든 산행 앞 다투어 올라가는 친구들, 경옥이랑 웅이랑 나 셋이서 뒤에 처진다. 산을 오르며 요즈음 사는 이야기도 하고, 글쓰기, 책 쓰기에 한번도전해 보라고 권유도 해본다. 가을 단풍잎이 예쁘게 물든 산 사진도 찍고 즐겁게 산행했다. 산성산은 뒷동산 보다 조금 높은 387m 정상을 정복하고, 기념으로 사진 몇 장을 남긴다. 내려오는 길이 가파르다. 나이 들어 다리에 무리가 올까봐 천천히 하산했다. 동기생 20명중에서 다섯 명만 뒤늦게 산행에서 돌아왔다.

밀양 시내를 한 아름 안은 채 뒤돌아보지 않고 내려오다 보니, 어느새 행사장입구에 도착했다. 큰 솥에 끓인 어묵탕, 과 오징어 초무침, 돼지고기 등등, 먹을 것들이 준비되어 있었는데, 진행요원 총무님의 문자 발송 중에 오차가 생겼는지, 각 기수마다 따로 식사하는 줄 알고 있는 우리 기수는 암새들에 점심 예약이 있었다. 다른 기수들도 도시락을 준비하기도 했다. 밥과 반찬을 해오는 기수도 있었다. 점심 시간 어수선한 틈을 타서 우리 기수는 암새들에 준비된 양념 불고기를 먹기로 했다. 허겁지겁 점심을 먹은 뒤에 동문행사에 합류했다.

기수별 인사 후에 꼭 노랫가락이 이어졌고, 누구라 할 것 없이 흥겨운 한마당이 펼쳐졌다. 우리가 함께 자랐던 한동네 앞뒷집 매야, 미야, 애야 등등 동생들도 많이 만났다. 동생들이 먼저 인사하지 않으면 몰라보게 달라져 있는 동생들이다. 세월의 흐름을 눈에 보는 듯했다. 자랄 때 나이 차가 많은 줄 알았는데 동생들도 오십이 넘어 함께 늙어간다. 이 동생, 저 동생들과 사진도 찍고, 우리가 어린 시절에 부모님들이 관광차 전세 내어 놀든 그때 광경이 펼쳐진 강변 야외무대에서 기수마다 노래 자랑이 펼쳐졌다. 우리기수도 빠질 수 없었다. 최다 참가상을 탄 죄로 모두 나가서 노래를 부르고 춤도 추고 놀았다. 이런 열렬한 과정을 그치며 노래자랑이 겨우 마무리되어 갔다.

옛날에 놀이문화가 작았던 우리 엄마, 우리 아버지께서 노셨던 그 장난감으로 바뀌어가는 거 같았다. 남들 보는 눈도 있고, 눈치 보며 멈칫거려 본다. 곧 긍정적인 생각으로 바꾸기로 했다. 하루 노는 거 이왕이면 신나게 눈치 보지 말고 놀자. 모른 척하고 신나게 놀았던 오늘 하루다. 말춤도 추고 막춤도 추면서 노래 몇 곡 부르는 동안에 열심히 춤을 춰 보았다. 어쩔 수 없는 나이다. 노는 것도 힘든 나이가 되었나보다. 한참 우리보다도 6년이나 작은 동생들과, 이제 어깨가 무거워진 선배기수가 되어 가는 지금 다시 한 번 우릴 돌아보기로 했다. 우리기수 위에 6기 선배밖에 오질 않아서, 참 무거운 어깨가 된 것을 실감하는 하루였다.

선배 기수들이 활발히 활동할 때는 아무런 생각 없이 하루를 잘 지냈는데 형 기수들이 없으니 많이 부담스러웠다. 그래도 흥겨운 하루 놀기로 마음먹었던 만큼 열심히 도전한 것 같은 하루였다. 신나는 음악과 함께 맛있는 음식도 먹고 선물도 받고 흥겹게 놀고 올해 최다상을 받은 기수 7회다. 올해만큼은 뿌듯하게 돌아 올 수 있었다. 어제 삼성궁 동행 동아리 여행에 이어 오늘 일 자봉 산행까지 마치고, 나 혼자만 잘 먹고 잘 놀다가 집으로 돌아오는 시간이 되니 마음이 쓰였다. 남편의 하루 일과는 어땠을까? 하고 문자를 보내본다. 점심은 드셨냐고 여쭤 보니 라이딩 중이라고 했다. 조금은 안도의 한숨을 쉬며 귀가 시간이 어제보단 일찍 들어가야지 마음 먹어본다.

오늘 하루를 돌이켜 보면 세월은 흘러도 고향 사람들의 인심은 참 좋은 것 같다고 적고 싶다. 비록 행운권 추첨은 없었지만, 수건 선물과 청량초 한 봉지를 들고, 밀양 네네 치킨동생 집 들렀다가 파출부 커피 한 잔 마시고, 난후에 오랜 시간 머물 수 없어서 집으로 돌아왔다. 늘 불편하게 지냈던 희야와는 오늘도 그럭저럭 하루가 지나간 것 같다. 청량초 한 봉지를 선물로 받아들고, 마당을 들어서는 순간 봄부터 마당 귀퉁이에 심어둔 고추 열 두세 거루가 튼실한 고추 생산을 하더니, 요즘 쌀쌀한 날씨에 고춧잎이 시들어감을 확인했다. 내일이면 저 고추대를 뽑아서 고춧잎은 반찬하고, 풋고추를 따서 친구들과 나

뭐 먹어야 하겠다고 다짐해본다.

가을 단풍이 울긋불긋 수 놓인 산이며 형형색색의 등산복들이 수놓은 강변에서의 행사를 무사히 마치고, 선배 기수들 사진을 많이 찍어놓은 까닭에 집에 오자 말자 카카오톡으로 사진 보내기를 끝냈다. 늦가을이라 여름보다 해가 빨리지는 것 같았다. 밤이면 초겨울이 온 것 같아 피부 깊숙이 쓸쓸한 마음이 되어 간다. 내일 멀리 떠나는 신랑은 초저녁 잠 초읽기에 들어갔다. 글공부도 해야 하고, 사진공부도 해야 하고, 졸업반이니 만큼 과제 또한 열심히 해야 하는데, 오늘 하루는 또 이렇게 흘러간다. 낮에 찍었던 사진 중에서 마음이 아픈 동생하나가 있었다. 나와 똑같이 갑상선 암을 앓고 있던 6촌 동생 순희는, 내 친구들이 말할 땐 얼굴이 좋아 졌다라고 이야기 하는데 어떻게 보면 그런 거 같기도 하지만 내가 보기엔 걱정이 된다.

동갑 나이에 같은 병명을 앓고 있는 환자로 나는 암이라는 소리를 듣자 말자 수술했다. 동생은 수술을 하지 않고 견디고 있기 때문이다. 어느 것이 정답이라고 말할 수는 없지만 암 덩어리를 안고 살아간다는 것이 무섭기도 했다. 난 작년 10월에 수술하고 경과가 좋은 편에 속하지만 평생을 약봉지를 달고 살아야 하는 어려움도 있으나, 하루하루 적응되어 가고 있는 것 같다. 에너지가 넘쳐났던 옛날에 비하면 말할 바 아니지만 적당히 견뎌낼 수 있다고 생각한다. 순희가 알아서 잘하겠지만, 덧없는 걱정을 하는 밤이다. 많이 늙어 있었다. 가슴 아픈 하루였다. 만년화원을 하고 있는 꽃 소녀라고 부른다. 밝은 성격이라 많은 동창생들을 일일이 찾아내었고, 동기회에 큰 도움을 준 동생이기도 하다.

북유럽을 함께 여행하며 웃지 못할 일화를 남겼든 동생이다. 집안이긴 해도 결혼한 후에는 서로의 삶이 있으니 동창회 때나 볼까? 일 년에 몇 번 볼 수 없는 형편이었다. 오늘은 청도 중 6회의 자격으로 왔었고, 나는 7회에 후배로 만났다. 깍듯이 선배대접을 해야 할 분위기였다. 선후배가 아닌 친정에서 만나면 언니 동생으로서의 걱정이다. 늘 제부가 말한다. 순희가 고집이 세다고 자기 몸은 자기가 알아서 하겠지만 동병상련이라고, 아파본 사람이 아픈 심정을 잘 알기에 더욱 마음이 쓰이는 하루였다.

너와 나
우리들
이야기

　세월이 참 많이 흘러갔었구나. 어찌 나로 인해 고통받는 이들이 이렇게 많은지, 오늘 새삼 난 나를 돌이켜 보면서 눈물을 흘려본다. 내 인생에서 가장 큰 고통이었고, 지키지 못했던 나의 울타리이었지만 새삼 한 번 더 생각해 보지 않을 수 없었네. 나를 이 세상이 있게 했음에, 이따위 고통쯤이야 참을 수 있다고 생각했다. 나의 사주팔자 운운하면서 너무나 많은 세월을 눈물로 얼룩지며, 살았는데 진작 내 주위에 사람들이 나로 인해 고통 받는 사람을 위해서 기도 한 적은 없었던 것 같다. 오늘에야 엄마, 그리고 나와 함께 한 내 핏줄 우리 형제 나의 분신 내 곁에 나로 인해 인연 지어진, 그 모든 이들을 고통에서 벗어나게 해달라고 참회했다.

　관세음보살님 전에 엎드려 참회의 눈물 흘려본다. 가슴에 맺힌 응어리는 쉽게 풀리지 않았다. 비록 엄마만 그러한 것이 아닐 테지? 나를 가장 잘 아는 너, 세상에서 그 무엇과도 바꿀 수 없는 너, 네가 있었음에 죽고 싶을 만큼 끓어오르는 분노를 삭일 수 있었다. 내가 고뇌에 차 있었던 시간 너는 나로 인하여 또 다른 고통을 받는 것 같아서 내 마음이 아프구나. 나, 너, 그리고 우리, 가족뿐만이 아니라, 나로 인한 인연 등등 악연의 굴레를 벗어나지 못한 수많은 이들도 얼마나 자신들을 비참하게 생각하면서 살까? 나 혼자만 잘 살려고 이렇게 살아 있었던 건 아닌데 말이다. 너무 행복한 때도 있었지만 운명이 이러했고, 이럴 수밖에 없는 내 팔자인데 왜 다들 가만 두질 안는지?

혈육의 정을 나누었다고 나를 이해할 수 있겠나? 누가 이 설움을 이해하겠니? 그렇지만 단 한 번도 누굴 원망하거나 나로 인해 고통 받는 사람들 때문에 울어 본적이 없었어. 나 때문에 울고, 내 인생이 왜 이래 하면서 울고, 이렇게밖에 살수 없는 나의 지혜 부족을 원망하며, 이렇게라도 살아 있음에 어떨 땐 감사 하게 살고 있단다. 인간이란 누구나 홀로서기 연습이 힘들고 외롭겠지만, 고통도 낙이라 생각하게 된 것이 얼마 안 된다. 나를, 부처님 전에 이렇게 인도한 사랑하는 너 아니었으면, 이렇게 참회눈물 흘릴 수 있는 내가 되었겠니? 참 많은 세월이 지났구나. 내가 가진 모든 걸 욕심내고, 욕심을 부여잡고 있을 땐 내 곁에 아무것도 없더라.

허상과 실체는 있었어도 내 것이 아니었었는데, 지금은 모든 걸 다 버리고 내 것이 나의 것이 아니었다고 느낄 때, 나의 분신도 나를 일깨워 주었고, 나를 비롯한 내 주위 사람들도 돌아봐지드라. 사람은 누구나가 선입견이 있지만, 어떻게 보면 외로운 사람끼리 공생공존 하는 인생이 아닐까? 어떤 인생이 잘 살았다라고 정답이 없는 게 인생일 텐데, 아직도 끊을 놓지 못하는 울 엄마 살아 온 인생이 그랬는데 이해가 되겠나? 오늘 난 참 가슴 아팠다. 나로 인해, 또

밤잠을 못 이룰 만큼 큰 사태로 생각하지 않았던 나의 실수로, 너와 고통 받은 엄마위해 기도 했다. 이젠 누구도 원망하지 않는다. 하지만 내 인생은 내 것이다. 나 때문에 고통을 받는 거 원치 않아, 정답 없는 인생인데 아무렴 어떨까.

언제 네가 말했듯이 자매는 100% 비밀 보장이라고 말할 때, 참 많이 널 애간장 태우게 했었다고 날 되돌아 봤다. 미안한 생각도 들었다. 하지만 언니 인생이 있잖아 누가 잘 못살고 싶은 사람 어디 있겠나? 때론 시행착오도 있을 테고 맘에 안 드는 짓도 할 때도 있지만. 인간이기 때문에 그럴 수 있는 게 아닐까? 혼자 살면 편하고 좋을 거라고 믿었던 때가 있었다. 하지만 가족과 떨어져 혼자 생활 한다는 게, 얼마나 큰 아픔인지는 경험해보지 않은 사람은 모를 것이다. 엄마, 아버지, 오빠, 그리고 나의 자식 그 누구도 몰라. 나를 아는 사람은 아무도 없어, 나 자신이 제일 나를 잘 알고 믿고 사랑하는 사람이나 내마음알까? 그렇지만 한 번도 원망 안 해. 나의 삶이니까!

엉터리로 살든 바르게 살든 살아 있는 현실에 만족하면서 때론 비뚤어진 길로도 갈 수 있고, 때론 가파른 길로도 갈 수 있고, 그러다 보면 탄탄대로도 만날 수 있겠지? 그래도 사랑하는 네가 있었기에, 부처님 전에 이렇게 속죄 할 수 있는 나를 만들게 됐음을 감사 하게 생각한다. 이젠 정도를 걸을 줄도 알고 어떻게 살아야 할 지도 알지만, 아직은 많은 인생 공부가 필요하다. 죽는 날 까지 해야 할 공부가 남아있음으로 연습 없는 인생을 산다. 아우야, 오늘은 엄마 때문에 눈물 흘렸겠지만 이것이 혈육이었고, 부모 자식 간이기 때문에 나누어지고가야 할 운명이었다고 생각하자. 오전 내내 무거운 마음이었다. 지금도 마찬가지 앞으로도 마찬가지일 거야, 나로 인해 고통 받는 인연들이 편한 마음이 될 때 까지 나의 기도는 계속 될 거야, 항상 고맙다 그리고 사랑한다.

남쪽 하늘을 바라보면서 눈물짓는 날 없이, 미소만 가득할 수 있는 그런 날 오리라고, 살아 있음에 행복했노라고, 왜 칠 날 꼭 있으리라고 믿어본다. 남은 인생이 얼마 남지 않은 엄마가 살아있기 때문에 그럴 수밖에 없는 거 아니겠니. 80 평생이 이해가 안 되는 엄마를 잡고 이젠 시름 그만하자. 놓아버리자. 현실에 익숙해지고 문명 해택을 더 많이 받은 우리가 엄마를 이해하자. 이젠 어떤 식으로든 엄마 앞에서 나의 아픔을 내색하지 않을게. 내 안의 고통이 어떤 것이든 나로 인해 고통 받는 자 없게 할게. 아직은 언니가 젊잖아. 꼭 일어설 거야! 어떤 이유에서건 내 삶속에 연결되어 있는 가족이란 구성원 때문에 힘든 것 아닐까?

이젠 그만 아파하고, 이렇게 살 수밖에 없는 내 현실을 안타깝게 생각도 말자. 난 이대로 충분히 행복하니까! 지나온 몇 년 동안 많은 인생경험을 했으니까! 너무 오랜만에 푸념 한 번 했단다. 이젠 울 일 만들지 말자. 사랑한다. 아우야!

2007년 4월6일 언니가

삶의 가장 힘든 시간을 보냈을 때 이야기다. 동생에게 편지를 썼던 글이다. 지금은 추억이 되어버린 글이지만, 애태우며 편지 보냈든 동생과도 지금은 소원해져 있다. 서로의 삶을 예견하지 못한 채로 입장이 바뀌어 버린 동생이다. 부처님 법에서 이야기 하는 업장 소멸이 되지 않았던 탓일까? 또 이렇게 너와 나 우리들이야기가 진행 중이므로 언젠가는 웃으면서 이야기 꽃 피울 날을 기대 해보며, 오늘 이 시간에 추억해보는 편지 글이었다.

당신과
함께라면

　주남으로 이사 온 지가 꼭 삼년을 맞이했다. 아침햇살은 눈부시게 비추는데
나에게, 느껴지는 느낌은 어제와는 사뭇 다른 감정으로 다가온다. 10분도 그
냥 있을 수 없었든 내 몸뚱이는 피부과를 찾았던 이후에, 약으로 진정이 된듯
하다. 에너지가 조금이라도 충족되는 시간이면 내 발에 발동이 걸린다. 어제
창원대학 AMP과정 여성원우 10명 중에 7명이 모여서 샤브젠에서 점심을 먹
었다. 2017년 5기 원우 회 회장님 선출을 앞두고 그간에 있었던 일들을 이야기
하며, 잠정적으로 회장님으로 추대될 윤 사장님과 여성 원우들과 만남이 있
었다. 12월에 행해질 원우 회 취임식이 역대에 해오든 상황에서 조금 탈피하
여, 시국과 경제 사정을 합하여 모든 원우회 회비며, 회장 특별 회비 등을 조정

하여야 했다.

여성 원우 중 누구라도 특별회비 부담 없이, 하고 싶은 사람은 누구나 회장 직을 위임할 수 있도록 하겠단다. 운영위원 회의 안건과 조언을 듣고, 이번년 도에도 역대에 해오든 것처럼 한복 또는 드레스 안건이 나왔다. 이제 나이가 육십을 바라보고 더 늙기 전에 한번 입어 보자는 사람도 있지만, 또 그에 반대 하는 사람도 있다. 누구의 의견을 듣기 보다는 내 마음 움직이는 데로 행해지 는 일들이 가장 깔끔할 것이라고 나도 의견을 제시했다. 12시 반부터 모였던 모임은 2시 반에 끝이 났고, 알레르기는 약물로 진정되어 몸이 가렵지 않으니 어디로든 출사를 하고 싶었다. 요즘은 풀잎도 말랐고, 온자연이 마른 잎으로 뿐이다. 노을이나, 안개 등등 찍을 것들이 정해져 있는 가운데 오늘 간단 번개 가 밴드에 올라왔다.

청도 혼신지가 요즘 떠오르는 장소이다. 중앙동을 나서며 내비게이션 검색 을 했는데, 3시30분 도착이라고 알린다. 은행 갈 일도 미루고, 미장원 갈 일도 내일로 미루고, 무작정 혼신지로 달려갔다. 청도 프로방스가 보였고, 청도소 싸움 장소에서 8킬로미터쯤 떨어진 곳에 조그만 저수지가 눈에 들어 왔다. 도 착한 시간에 사람들은 거의 없었고, 카이동생이랑 초롱이가 눈에 보인다. 누 나 빨리 오셨다고 반갑게 맞이 해주는 동생들과 합류, 저수지 뒤로 살짝 내려 앉아 마른 연잎을 유심히 바라본다. 삼각모양, 원모양, 네모모양, 꼬부라진 연, 말라비틀어진 몸 자체를 물속에 처박힌 연, 살아 생명력 있을 때 어여쁜 자태 는 간곳없고, 식물이나 사람이나 일생은 비슷한 것 같았다.

프레임 안에 들어오는 연들을 연속 촬영도 해보고, 햇살이 뉘엿이 넘어 갈 때쯤 다카르 아우와 하바나 동생이 나타났다. 반가웠다. 몇 달은 된듯하다. 취 미가 같은 사람끼리 나누는 공감대란 이루 말할 수 없는 기쁨이 두 배로 자리

한다. 점심먹은 지가 서너 시간 지난 뒤라 출출하다며, 컵라면을 끓여주겠단다. 차 트렁크에 실린 짐은 그의 이삿짐 수준에 달했다. 펼치기만 하면 침대도 되고, 이불 등등 없는 게 없다. 마누라와 싸우면 이 차만 끌고 나오면 땡이라는 동생 말에 웃음을 참지 못하고 빵 터졌다. 집사람이 집 나갈까봐 너무 잘한다는 다카르 정말 재밌는 동생들이다. 컵라면 일 년을 두고 두 개 먹을까 말까 하는데, 내 몫까지 끓여 놨으니 먹어줘야겠다. 국물 맛이 일품이다. 날씨는 그다지 춥지 않았지만, 해 질녁에 온도는 약간 피부 속을 파고들었다. 따끈한 국물 마신 덕분에 사진 찍기에 임해봤다.

이래저래 찍어 봐도 정해진 장소에서 나의 느낌대로 몇 장을 찍어보고, 노을빛은 순간 찰나적으로 표현하고 나니 어둠속으로 사라지고 만다. 몇 분간만이라도 앵글 속에 담겨준 노을의 아름다움이 뇌리를 자극하고, 내일을 희망찬 출사로 꿈꾸게 하는 힘이 있다. 어둑해지기 전에 또 다음 약속을 하며, 헤어져 돌아오는 길에 프로방스 앞에다 차를 잠시 멈췄다. 아직 화려해지지 않은 네온을 두어 컷 찍고, 돌아서 집으로 오는 길에 차속에서 잠시 나를 돌아본다. 에너지의 급격한 변화가 오고 있는 것 같다. 집에 가서 얼른 저녁 먹이고 누워야지 이런 생각뿐이다. 온통 큰 대문이 열려 있고, 이층집에 불이 들어와 있고, 신랑 차가 서있는걸 보고 잠시 착각했다.

남편이 오늘은 집에 계시는구나 하고, 세탁소에서 찾은 세탁물과 사진 가방을 메고, 이층 문을 여는 순간 "아, 맞다! 낮에 전화로 오늘 저녁 약속이 있다고 한걸. 잊었구나!"하는 생각에 힘이 쪽 빠졌다. 살아오면서 나에게 가장 힘이 되는 사람 남편이다. 함께 바라만 봐도 좋은 사람, 손 잡고 있지 않아도 먼데 온기가 느껴지는 사람, 같은 공간에서 함께 숨 쉬고 있기만 해도 좋은 사람, 그 사람이 오늘은 좀 늦을 것 같다. 이층 현관문을 열자마자 눈에 들어오는 박스 하나가 있었다. "이게 뭐지?" 의아해 하기 전에 눈에 들어온 사진이 헤어 드라이기였다. 좀 오래 된 일이지만 헤어드라이기 만 오천 원을 주고 싸서 아직 쓰고 있다.

10년쯤 된 것 같다. 손에서 자주 이탈하는 드라이기 꼭지가 맘에 걸렸든 탓인지 언제부터 하나 사줄고 라고 생각했던 일이었나 보다. 문자로 헤어 더 래스 에서 29만 원 찍혔던 것이 자기를 위해서 쓴 것이 아니고, 날 위한 쓰임이었나 보다. 감사한 마음이 들었지만, 한편으론 만 오천 원 투자해서 10년을 쓰는데 뭐 하러 이렇게 비싼 걸 하면서 혼내줘야겠다 싶었다. 살아오면서 나를 위해 이만큼 비싼 물건을 마음대로 쓰기가 쉽지 않았는데, 그냥 감사한 마음으로 받기로 했다. 저녁에 오면 제일 먼저 말해야지 마음먹고 혼자 저녁밥을 맛있게 먹는다. 피부과약과 갑상선약을 동시에 복용하고, 오늘 찍은 사진을 컴퓨터에 올려본다. 올려놓은 사진을 카카오톡으로 보내고, 낮 활동의 찌꺼기들을 씻어낸 다음 촉촉하게 기초화장을 하고 자리에 누웠다.

요즘은 이렇게 안락하고, 포근한 잠자리에 조금 일찍 눕는다는 생각이 들지만 어쩔 수 없다. 오늘 출사에서 많은 것을 얻었다. 초롱이를 아들로 정했다. 우리 막내딸보다 3살 적은 27세의 아들이 쓰고 있는 바디가 비슷한 관계로 많이 배우고 왔다. 책으로 보고, 이해 안 되는 것 만져 보고도 잘 알지 못하는 것들에 대한 이해는 몇 배로 빨리 습득이 된다. 그 자리에서 바로 꼭 찍어주기 때문이다. 찍어온 사진들을 밴드며 카카오스토리에 올려놓고, 댓글이 달리기 전에 스르르 눈을 감았다. 잠결에 인기척이 들리더니, 남편이 오는 소리였다. 눈도 뜨지 않은 채, "여보 몇 시야?" 밤 열두시 반이란다. "어서 주무셔요." 이 말만 남긴 채 한숨 곤히 잠들고 새벽인지 애타게 부르는 소리에 일어났다.

12월 1일부터 물류를 새 창고에서 받기로 했기 때문에 집안이 조용해졌다. 아침이 오는 소릴 듣지 못했다. 창고 열쇠가 없다는 소리에 짜증 섞인 목소리로 어찌 맨 날 잊어먹는 거 밖에 없냐고 한 소리 했지만, 내심 미안한 마음도 있었다. 일에서 손 뗀지가 몸 아프다고 진단 받기 훨씬 이전이었으므로 이년쯤 된 것 같다. 그동안에 얼마나 많은 스트레스를 받아왔던 남편인지 이해를 했기 때문에 더욱 미안했다. 갑자기 조용해진 앞마당을 슬며시 창문으로 통해서 봤다. 햇살이 눈부시게 비추는 아침, 3년 동안이나 북적거렸던 트럭 5대가 한꺼번에 중지되었으니 조용한 건 사실일 테고, 마음까지 허전해지는 아침이니 남편은 또, 얼마나 말하지 않지만 허전할까 하는 생각이 든다.

이 모든 걸 내려놓기로 한 남편은 또 다른 일을 꿈꾸고 있지 않는가? 어제도 아마 그 일을 하기 위해 많은 사람들을 만났을 것이다. 어떤 일이 주어지기 전에 인연을 만나게 되고, 그 인연으로 인해 다른 일들이 행해지는 법, 2016년은 참으로 나에게 많은 변화를 준 해이기도 하다. 남편과 해오던 일들도 마무리가 되고, 17년을 지니고 왔던 건물도 매도가 되고, 또 새로운 곳에서 창고도 지었고, 십년간 열심히 일해왔던 일에서 손 떼기로 하며, 내 스스로 많은 고민을 했던 것 같다. 편하게 길들여 져 있었던 대연식품 법인 사업으로 인하여 월급받고 편하게 생활하기도 했으며, 무리 없이 진행되어져 남편과 같이 일한 일터에서 모든 걸 놔야 하는 허탈함도 있었나 보다.

어쩌면 시원섭섭하다. 그 외에 또 다른 표현을 할 수가 없다. 내 표현력의 부족으로 12월 달랑 하나 남은 달력을 보며, 서로의 일정 관리를 해 본다. 오늘 스케줄부터 보광사 있을 때부터 알았던 인연 석현 거사님께서 어제 문자가 왔다. 마산 올 일이 있는데 차 한 잔할 시간이 있냐고, 흔쾌히 답변을 하고서야 아침에 남편에게 이야기를 전했다. 일 년 전쯤에 보광사에 갔을 때 만난 후에 창원에서 보는 게 처음이라고, 집으로 모셔 오겠다고, 사무실과 주남집을 구경 시켜드려야겠다는 말만 했다. 어떤 작은 일이든 당신이 있어서 힘이 되고, 내 행동에 조심을 하게 되는 게 아닐까! 아침 식사 중에 진영의 아파트에 살던 세입자가 12월로 이사하고 싶다고, 어제 전화가 왔다. 계약기간은 아직 내년 오월이지만 빨리 되는 데로 나가고 싶단다.

작년에 팔겠다고 내놓은 아파트가 공급 과잉인지 통 팔릴 기미를 보이지 않는다. 주위에 새로 지은 아파트들이 많기 때문이기도 하지만, 진영은 학군이 좀 떨어지기도 한다. 마산으로 나가기도 불편하고, 행정적인 문제는 김해 시에 편입되어 있기 때문이다. 시내버스도 창원 쪽은 자주 오질 않는 까닭이기도 하다. 남편이 묵묵히 아침을 먹다가 우리가 다시 들어갈까 하는 말에 고개를 절래 저었다. 뭣 하러 복잡한 아파트에 가냐고, 이젠 주남 시골마을이 정이 들었다. 이렇게 편리한 공간에서 주차란 걱정 없는 시골마을에 살다가 복잡한 건 싫기 때문이다. 정서적으로 참 아담하고 따뜻하고 좋은 곳이다.

자연 공기 또한 말할 수 없고, 겨울이면 안개가 잦긴 해도 나름 운치가 있다. 나이 들어 넓은 아파트가 무슨 소용이냐고 이제 서서히 줄여가며 살 나이가 된 거 같기도 하다. 소박한 꿈을 가지고 건강하게 내 곁에 있어줘서 감사한 당신과, 편안한 여정을 함께했으면 하는 바램뿐이다. 긴 시간을 함께해줬고 때론 힘든 때도 있었다. 세상살이가 싫었던 적도 있었지만 지금까지 내 곁에서 묵묵히 지켜주고, 아껴주는 당신이 있기에 누군가가 나에게 물어온다면 다음 세상에 태어나도 당신과 함께 하겠다고 말하고 싶다.

제3장
이렇게 만난 것도 인연입니다

평생
단 한 번의
만남

2003년 7월 처음으로 하남 읍에서 봉사활동을 하게 되었던 때였다. 처음으로 봉사를 간 집에 할머니의 연세가 79세였고 하얀 백발에 두 근을 쓰고 계셨다. 집안 전체가 세상에 이런 일에 나올 법한 쓰레기 더미로 쌓여 있었다. 할머니가 앉아 계시던 자리뿐만 아니라, 집 청소를 하지 않아 쌓인 먼지가, 십년은 된 거 같은 집안이었다. 내가 할머니의 집 청소를 깨끗이 해주고 올 거란 사실은 미리 짐작하지 못했다. 식탁위엔, 몇 년은 치우지 않은 라면봉지와, 분리수거를 하지 않아, 산더미처럼 싸여 있는 쓰레기부터 치워야 물 한 모금 먹을 것 같았다. 이런 인연으로 봉사하게 될 줄은 몰랐다. 할머니는 겨우 화장실을 엉덩이로 밀며 다닐 정도였다.

집안 정리되어 있지 않은 문제는 별 것 아니었다. 큰방에는 굿 당으로 쓰던 상단이 한가운데를 가로막고 있었다. 고3 정연이가 큰 방을 차지하고 있었다. 집은 32평형 정도 되어 보였는데, 거실 구석에 놓여 있는 컴퓨터, 작은방에 붙박이장, 집안전체가 금방 귀신 나올 것 같았고 나의 손길이 필요했던 것이다. 먼저, 주방 살림을 하루 내내 치워야 물이라도 먹을 수 있을 것 같다. 식탁에 쌓여 있던 쓰레기는 분리수거를 했다. 방에 계신 할머니를 보면 고향에 엄마 아버지생각에 그 집을 그냥 나올 수가 없었다. 2003년 4월의 봄은 그 집에서부터 인연을 맺게 되었다. 진우의 방은 한쪽 구석에 이불만 하나 덩그러니 놓여 있다. 언제 들어 왔는지도 모른다. 남매 정연이는 예쁘고 잘생긴 진우였다.

　오랫동안 엄마의 손길이 필요했었고, 남매가 책임지고 할머니까지 보살피고 있는 듯했다. 아빠는 자상하고 정이 많은 사람 같았다. 보통집 사람들처럼 그런 직업이 아니었다. 진우는 중 3학년, 정연이는 고 2학년 진우는 예능에 소질이 있는지 방송학과에 관심이 많은 아이였고, 정연이는 공부도 잘하는 우등생이었다. 만성두통이 있는지 머리가 자주 아팠단다. 그때 상황으로는 그럴 수밖에 없는 상황으로 보였다. 큰방에 굿당 상단이 반 이상을 차지하고 있었고 정신이 혼란스러웠다. 내게 결정권이 있는 것은 아니었지만 큰방을 치워야 정연이가 올바른 정신으로 큰방에서 생활할 것 같았다. 진우 아빠의 결정으로 치우기로 했다. 상단에 놓여 있는 신당의 화분들 눈살을 찌푸리게 하는 조화들이 100리터 큰 봉지 하나로도 부족했다.

　화분 속에 스티로폼만 두 자루가 나왔던 것 같다. 화분은 무속신앙을 상징하는 현란 쓰러 운 그림들의 화분이었다. 상단은 일일이 못을 빼고 분리하여 동사무소에 가져가게 했다. 큰방에서 나온 상단의 화분들 버리지 못하고 앞베란다 창고에 정리해뒀다. 큰 방 장롱 안에 이불들과 진우아빠의 10년이상은 된 의상들 대단위 정리를 했다. 큰 방치우기 3일에서 4일, 부엌 정리 3일, 거실

치우기 2일, 진우엄마가 집을 비운 후는 청소 한 번 제대로 한 집 같이 보이질 않았다. 이런 환경에서 호흡기 질환이 걸리지 않고, 살아 있었다는 것이 신기할 만큼이었다. 집안정리가 어느 정도 되어 갈 무렵 팔순노모를 바라봤다. 할머니 단장을 해야겠다는 생각이 들었다. 옛날 중학교 다닐 때 단발머리 잘라주기를 해봤던 실력이다.

방안에만 계시는 할머니 짧게 정리해서 두 근을 쓰면 깔끔할 것 같았다. 바닥에 신문지를 깔고 보자기 하나 어깨에 씌우고 할머니 머리를 잘랐다. 내친 김에 목욕까지 시켜 드리고 싶어 시작한 할머니 목욕이었다. 대중목욕탕 모시고 간다는 생각은 할 수가 없었다. 움직이다가 사고라도 나면 어쩌나 하는 마음이었다. 욕조 반쯤 물을 끓여 붓고, 할머니 반신을 담그게 했다. 반신욕탕에 들어가시자 말자 발바닥이며, 허벅지에 밀리던 때, 지금도 그때 생각하면 손바닥이 가려워 지는 것 같다. 여기 인연되어 한 달 봉사하기로 맘먹었다. 진우와 정연이는 집 환경이 깨끗해지는 걸 보며 정리 안하고 살았다는 걸 미안해 했다. 후회를 했으리라 생각했다. 며칠 봉사하고 있을 동안에 일이었다. 그때 유행처럼 번진 왕따였다. 지금도 학교 폭력과 따돌림 있겠지만, 내 아이 키운 이후로는 그런 신경을 써 본적이 없었다. 진우가 학교에서 집단으로 어떤 후배 돈을 갈취했다고, 어머님 모시고 오라는 최종 통첩을 내렸다는 것이었다.

엄마가 없는 진우는 아버지께 말씀 드렸지만 학교에 엄마 없다는 사실이 알려 진다는 사실이 두려워했다. 학교에선 엄마가 안 계신다는 사실 조차도 몰랐던 것 같다. 대리엄마로 학교에 참석해주겠다고 자청했다. 왠지 내 눈엔 내 아들 같이 진우가 착해보였다. 바른 곳으로 인도하면 잘 따라 올 것 같은 그런 놈 이었다. 학교를 진우엄마의 자격으로 가게 되었고, 그 이후에 잘 해결되었던 걸로 기억된다. 가끔 머리 아파서 학교수업을 하지 못하는 정연이가 학교에서 쓰러졌다고 연락이 왔다. 병원으로 가지도 않고 집으로 데려왔던 아이, 한 번도 병원을 가보지 않아서 무서워하는 아이, 누워 있는 정연이에게 영양제 맞아본 적 있냐고 물어봤다. 그런 적 없다고 고개를 저었다.

다음날, 정연아빠에게 말했다. 굿당에서 오랜 시간 심리적인 불안감, 누구에게도 말할 수 없던 고민으로 신경과민에다 영양실조인 것 같다며, 병원에 데려 가보길 권유 했다. 정연이와 아빠는 고집쟁이 같았다. 남의 집 사정을 알지 못하니 마음만 아팠다. 정리정돈 잘된 집에서 생활하는 진우네 가족을 볼 때 봉사활동에서 얻을 수 있는 보람을 느꼈다. 전등갓이며, 베란다며, 심지어 방바닥까지 퐁퐁 반 럭스 반해서 십년이상 먹은 때를 벗겨 냈었다.

지난 일들을 생각해보면 내 스스로 봉사해주겠다고 나섰던 때 처음이자 마지막으로 해준 일이었다. 영양실조 걸린 딸과 방에 누워 계신 엄마, 한창 사춘기인 아들을 두고 그 아빠는 낮엔 경륜학교를 가는 듯했고, 밤이면 기원에서 일하는 듯했다. 늦은 시간 새벽쯤에 귀가하여 아점은 나가서 드셨던 것 같았다. 병든 할머니는 손녀와 손자가 돌보고 있다고 했다. 낮에 가끔 전화로 할머니를 보살핀 것으로 생각되었고, 할머니 또한 사람이 그리웠음으로 낮에 나랑 조근 조근 이야기를 참 많이 하셨다. 이야기하시다 지치면 스르르 눈감고 주무시는 게 하루 일과였다. 봉사활동이 끝날 무렵 한우 집에서 족발 구입을 했다.

하루 종일 우려 만든 곰국을 맛보이고 싶기도 했다. 할머니가 맘에 걸려서 정성껏 달인 곰국을 만들었다. 오징어 포 무침 내가 제일 잘하는 반찬 중에 하나다. 쇠고기 장조림도 조금 해놓았다. 2003년 추석명절이 오기 전에 한 달쯤 일했던 그 집, 생에 첨으로 봉사도 해보긴 했지만 아직도 가슴에 남아 있는 집이기도 하다. 단한번의 만남이 오랜 인연으로 이어지길 바랐지만 내 상황이 그러질 못했다. 인연이란 건 그런 것일까. 그후 몇 년 만에 한 번 진우랑 정연이 잘 지내냐고 물어보았다. 진우는 그 후에 방송학과를 졸업했고, 정연이는 연세대학을 나와 디자이너의 길을 걷고 있다고 전해 들었다. 진우는 자기 꿈을 실현 하지는 못했지만, 건실한 청년으로 잘 자랐다고 했다. 공항에서 근무 중 인걸로 알고 있다. 인연이란 어떤 인연이든지 소중하지 않은 인연이 없다. 그때 팔순이 되어 가시던 엄마. 구십까지만 살아달라고, 늘 염원했던 할머니는 구십일세에 세상을 떠났다고 전해 들었다. 항상 스카프를 쓰고 있었던 할머니 모습이 지금도 생생하다. 단 한번의 인연으로 맺어진 할머니 몇 년 동안 안부는 잘 듣고 있었지만, 이제 십 삼년이란 세월이 흘러갔다. 기억 속에 자리하고 있는 소중한 인연이다.

할머니의 모습과 아이들 기억 속에 많이 남아있는 그 집, 큰방은 굿당, 부엌은 쓰레기장, 발 딛을 틈 없었던 32평 아파트를 내 기억 속에 지우기란 참으로 오랜 세월이 지나야 할 것 같다. 그러고 보면 내 업장이 두터운 건 사실이라고 가끔 친구들과 이야기한다. 남의 집 안방 굿 당 쥐어뜯는 무서운 여자, 내 스스로 봉사활동은 생애 처음 했던 집, 그 한집으로 끝내버린 내 결단력에 내 스스로 놀란다. 그 시절 그때 내손이 꼭 필요했던 그 인연의 집, 언젠가는 내 추억장에만 고이 간직되어 있던 이 이야기를 여기에 쓸 줄도 몰랐다. 어여쁘게 자란 정연이도 이젠 시집갔을지 모르겠고, 진우 또한 장가들었지 싶다. 그때 내 아들보다 한두 살 작았던 기억이 난다.

어느 곳에서 살든 단 한번 만에 만난 인연이 우연히 또, 어느 하늘 아래서 만나게 될 건지 모를 일이기에 그때 그 기억 되살려본 오늘, 한편으론 보고 싶기도 하다. 어떻게 변해 있는지 어떻게 살아가는지를 아마도 성숙한 여인이 되어, 아이 엄마가 되어 있는지도 모른다. 그때 영양제 하나 맞은 후에는 대학도 열심히 잘 마칠 수 있었다. 나에게 지워진 전화번호 다시 찾을 수 없게 되더라도 그때 그 인연을 소중히 간직하며, 내 추억에 남겨 두련다. 내 어린 시절 울 엄마로 부터 물려받은 끼 하나 정리정돈 하는 습관뿐이었는지 모른다. 항상 아들, 딸, 남편이 부르길 '문 정리 아줌마'라고 부른다. 살아오면서 내 몸이 힘들지 않는 한, 깨끗이 청소하며 살았는데, 지금은 그것도 힘에 부칠 때가 많다. 내가 가장 잘 할 수 있는 일을 할 때 얻을 수 있는 희열감을 맛보지 않은 사람은 모를 거다. 문 정리로 오랫동안 힘겹지 않게 살수 있다면 그 또 한 행복이 아닐까!

어디선가
만난듯한
사람들

사진 찍기를 참 좋아했다. 고등학교 시절까지도 사진 한 장 마음 놓고 찍어 보지 못했다. 그나마 흑백사진 몇 장 사진첩에서 꺼내어 보면 추억으로 남아 있는 사진이 있다. 요즘은 취미생활로 사진 찍기를 하고 있다. 어린 시절엔 가난해서 사진을 생각할 수 없었다. 성인이 되어도 폴라로이드 사진기로 일회용 카메라를 이용할 때부터, 남달리 카메라에 관심이 많았다. 가난이 죄는 아니고, 조기교육이라고, 법륜스님 법문을 듣고 한참을 웃었다. 가난한 집에 태어나면 모든 걸 조기교육 받는다고 법문하시듯이, 나 또한, 가난한 집에 큰딸로 태어나 조기교육을 몸소 실천하면서 살아왔다고나 할까! 사진 배틀이라는 밴드활동을 열심히 하고부터, 카메라 작동법도 제대로 배우고, 재미있는 출사를 가기도 한다.

부족한 사진 실력으로 사진 배틀에서 하는 사진 전시회도 두세 번 출품하기도 했고, 그에 힘입어 어젠 부산에서 교통수단이 원활하지 못한, 경옥이가 모처럼 나와 둘만의 시간을 가지겠다고 일정을 잡아두었다. 이른 시간에 구포에서 기차를 탄다고 마중오라는 것이었다. 갑자기 은행 갈 일이 생겨서 조금 늦은 시간에 밀양역에 도착했다. 빨강색 사파리 점퍼에 부츠를 신고, 카메라를 맨 모습이 영락없는 프로 진사였다. 내비게이션에 운문사 주차장을 검색해 맞추고, 가을이 깊은 산내면 가을벌판을 가로 질러 운문사로 향해서 달린다. 가는 곳마다 밀양의 특산물이라고 해야 하나, 반시, 홍시가 흐드러지게 달려있다. 예전 같았으면 쉽게 홍시 서리도 하곤 했을 텐데, 시절이 시절인 만큼 홍시하나 먹고 감 밭 전체를 책임 져야하는 불상사가 생길까봐 참기로 했다.

가는 길목에 홍시를 팔기도 했다. 아침부터 바쁘게 준비해온 제주도 감귤, 사돈께서 보내주신 밀감 몇 개와, 나만이 좋아하는 무설탕 커피 보온병에 담아 온 것이 있어서, 아침을 굶고 왔을 옥이에게 권했다. 차 안에 커피 향을 가득 싣고, 이야기 나누다 보니 어느새 운문사 입구에 도착했다. 매표소 앞 차들이 즐비하게 늘어섰다. 승용차 1대, 사람 2명, 6천 원을 내고 입문한다. 찻길 옆 아름드리 소나무는 제각각 자신을 자랑하듯 기품 있는 모습으로 우뚝 서 있고, 노란 은행 나뭇잎은 슬픔을 노래하듯이 하나 둘 떨어져가고 있다. 일주문을 들어서니 단층 된 사찰풍경이 눈에 들어오고, 비구니 스님들께서 유달리 바삐 움직이시는 모습이 부산해보였다. 시월의 마지막 날 울력 중이신 것 같다.

어떤 스님은 마당에 비질을 하시고, 어떤 스님께선 화단에 풀을 뽑으시는 모습도 보였다. 대웅전에 기도하는 보살님도 찍고, 대웅전 뒷마당에 나무수국에 꽂혀서 한참을 꼼짝 안는 옥이도 담아본다. 오늘 따라 관광차에서 내린 보살님들 행렬이 끊이질 않는다. 사찰전 역에 보살님들이 북적거려 고즈넉함이란 찾아볼 수 없다. 여기 저기 삼삼오오 모여 사진 찍기가 바쁘게 보였다. 앵글 속에 들어오는 대웅전 처마 끝에 달인 풍경도 찍고, 돌담에 빨간 단풍도 찍어보고, 기와에 떨어진 은행 나뭇잎도 찍었다. 몇 시간을 지나서 대구에 있는 밴드회원 스카이 아우가 온다고 전화 연락이 왔다. 사진학과를 나와서 해박한 지식을 가진 동생이었다. 회원 중에 유달리 정이 가는 아우이기도 하다. 배울 점이 참만은 아우다.

난 운문사에 몇 번 와봐서 그런지 오늘은 조금 지루한 감도 들었다. 스카기가 도착 할 동안 대웅전 부처님께 삼배인사 올리려 법당에 들어서는데, 아뿔싸, 차안에 지갑을 두고 내려 보시금이 없었다. 죄송한 마음으로 부처님께 외상으로 삼배 인사 올렸다. 어쩔 수 없는 일이었다. 삼배인사만 끝내고 나왔다. 저만치 스카이 아우가 온다. 별로 찍을 거리가 없다고 늦은 점심시간 탓을 하며 나가자고 졸랐다. 내 시선들과는 달리 연신 찍어대는 동생들이다. 한참을 찍더니, 배속에서 개구리 소리가 났나보다. 늦은 점심 식사를 챙긴다. 일주문을 나서야 점심 공양을 할 수 있을 것 같다. 일주문을 나오며 다시 들어올 것을 약속했다.

아침도 건너뛰고 온 옥이는 배가 고팠을 것이라고 짐작했다. 산사 주위에 식당은 항상 산채비빔밥, 또는 메뉴가 버섯전골과 묵무침, 파전, 이런 종류만 즐비하게 있다. 그중에 우리도 버섯전골 대 하나를 시켰다. 날도 제법 쌀쌀했던 터라 따끈한 국물과 밥 두 그릇을 거뜬히 해치웠다. 집에서 준비해 가지고 간 커피는 다 먹었고, 디저트로 나오는 식당 커피 한 잔 먹으려고 뽑는데 따뜻한 물 만나온다. 오늘 이 집에 손님이 많았나 보다. 주인아줌마 빤히 쳐다 보시드니 무슨 토론이 그렇게 재미있냐고 물으신다. 어디선가 본 듯한 옆집 아줌마 같은 분이셨다. 우리는 항상 무슨 일이든 하면 정렬적이다. 사진에 관해서만은 어느 곳에서든 심오한 대화를 한다. 취미가 같기에 가능한 것 이라고 생각된다.

오후 3시, 다음을 약속하며 헤어졌다. 돌아오는 길목에 황화가 너무도 예쁜 밭이 있었다. 차를 세워달라는 옥이를 위해 마음껏 찍고 싶은 만큼 찍어보라고 내려줬다. 도대체 집에 갈 생각을 하지 않는다. 사 암도 둘러보지도 않고 나섰는데, 해질 무렵이 돼서야 집에 올 것 같았다. 그냥 가자고 보챈다. 밀양역에 데려다 주기 전에 오늘 우리 집에서 자고 내일 사진 더 찍고 나온 김에 하룻밤 자고 가길 권했지만, 민폐가 될까봐 간단다. 난 속으로 '글공부해야 되는데 잘됐지 뭐야.' 하면서 집으로 왔다. 남편이 서울 가고 나 혼자 덩그러니 있는 집이 이젠 왠지 싫다. 어둠이 오기 전에 집안에 불을 켜야지 늑대와 개의 시간 날씨조차도 쌀쌀하니 마음이 영 우울해지는 기분이 든다.

낮에 먹었던 부침 게와 버섯전골로 저녁을 때우고, 세안부터 한 뒤 침대에 누웠다. 가만히 오늘을 뒤돌아보는 시간을 가져본다. 배가 고파왔다. 간단한 한 끼 식사로는 누룽지가 최고다. 옥선이가 갖다 준 누룽지 조금 끓여 먹고 컴퓨터 앞에 앉는다. 오늘 출사한 운문사 사진을 컴퓨터 작업도 해보며 몇 장 골라 카스에도 올리고, 밴드에도 올려봤다. 내보기엔 달라진 건 하나도 없는데, 댓글에서 이야기하는 걸 가만히 보니, 사진기 구입하셨냐고 묻는 사람, 구도가 좋아졌다는 사람, 색감이 예뻐졌다는 사람, 여러 가지 물음에 답해야 했다. 난 아직도 뭐가 뭔지를 모르고 헤매고 있는데 말이다. 주문해 놓은 풀 프레임 오막사와 카메라 렌즈가 오면 열심히 공부해보겠다고 다짐한다.

대구 유통 센터 내에 캐논 대리점에서 동생들을 통하여 사진기 구입을 해놓은 상태다. 혼자서는 할 수 없는 카메라 구입이다. 동생들의 도움이 컸다. 오늘 출사에서 돌아오니 주문해놓았던 작가님의 "내가 글 쓰는 이유"라는 책을 받았다. 습관처럼 쓰는 것을, 강조하시는 이 책을 읽어보며 어쩜 어렵기도 하고, 어떻게 생각해보면 늘 내가 해왔던 것처럼 느껴지기도 했다. 카카오톡이 생기고, 밴드가 생기고, SNS의 단점이자 장점, 짧은 글 포인트만 이야기하는 버릇으로 사진해설을 한다. 긴 글 읽는 것을 싫어하는 현대인들 책 쓰기의 느낌은 많이 다르다는 걸 오늘 받은 책을 보며 느꼈다. 정답은 없지만, 글을 쓴다는 것은 둘 다 장점이 될 수도 있다.

내가 글 쓰는 이유 한 번 다 읽어 봤다. 한 번 더 읽어 볼 생각이다. 저녁 무렵 즐친 임이 에게 전화가 왔다. 몸이 많이 아프단다. 팔을 못 쓰겠다고 신랑과 병원에 다녀오는 길이라며 전화가 왔다. 학교도 가야 하지만 간단히 저녁을 함께 먹자고 권유했다. 순두부 좋아한다고 나오란다. 3킬로미터 쯤 떨어진 곳에 순두부집이 있다. 손수 만든 두부요리는 일품이다. 가격이 적정 수준이다. 관광차로 손님이 많이 찾는 넓은 집이며, 가족구성원으로 장사를 하는 곳이기도 하다. 자주 가는 단골집인데 오늘은 관광차 두 대의 손님을 치루고 난 후였다. 오랜만에 만난 친구라 반갑기도 하고, 항상 본 듯하기도 했다. 우리나이가 되면 서서히 아픈 곳도 생기고, 이젠 손자도 두어 명 씩 있는 할머니 할아버지가 되었다.

나 또한 할머니다. 먼 나라 미국 유타 주에서 아들이 결혼식을 올렸다. 이내 장가들자말자 아이가 생겨 할머니를 만들고 만다. 친구 윤임이는 아들이 결혼한지가 꽤 됐는데, 신이 준 선물 받을 준비가 아직 안됐는지, 할머니가 아니긴 해도 내심 걱정이 된다. 저녁을 맛있게 먹고, 임이 부부랑 헤어져 특강 가는 길이 쫌 막혀 오늘 10분 지각했다. 성공 전략에 대하여 공부 해온지가 몇 년인데, 오늘 특강 교수님의 짧은 시간 강의가 귀에 쏙쏙 들어오는 것 같았다. 많이 들어 왔던 탓일까. 어렵기도 했지만, 많이 듣다 보니 왠지 익숙한 단어들과 함축

된 수업이 꽤 의미 있는 특강이었던 것 같다. 내일도 수업이 있는 날, 이제 사년을 마무리 하는 결실이 눈 앞에 보인다.

한 달여 남은 기간에 함께 했던 4년이 주마등처럼 스쳐 지나간다. 한편으론 아쉽기도 하고, 날이 갈수록 허전함이 짙어간다. 어제의 출사와 오늘 뜻 깊은 강의로 이틀이 쉽게 지나가는 밤을 맞이한다. 내일이면 오실 남편을 기다리며 혼자 잠을 청해야 겠다.

사무치게
그리운
사람들

가을에 떠난 사람이기에 가을이 오면, 더욱 가을앓이를 하는지도 모른다. 학창시절 잘생긴 얼굴에 도회적인 모습이, 마음 한 군데 자리한 우정이었다. 그 사람은 지금 같은 하늘 아래 살고 있지 않는다. 하늘나라로 떠난 날짜 기억은 못하지만 3년째 접어드는 것 같다. 같은 학교가 아니었던 탓에 중학교 이전 시절은 기억에 없다. 중학교 3학년 동안 함께 했던 추억이 있는 사람이다. 전교 회장이었고 난 3반 반장을 하던 때 학생회 때나 가끔 볼 수 있는 얼굴이긴 하지만, 3학년 1반 교실을 거쳐 교무실로 심부름 갈 때면 괜히 혼자 부끄러워 하던 순진한 소녀였고 소년이었다. 중학교 3학년 졸업 후 1977년 동창회 발대식을 부산서면 청학서림에서 했다.

성지 곡 수원지에서 많은 친구들과 함께 놀던 날 그때 주소를 교환하여 고등학교 3년 동안 편지를 쓰기도 했다. 교복 입은 모습을 서로 교환하여 가지고 다녔다. 지나고 보니 순수한 우정에서 더 발전이 없는 관계로 지속되었다. 고3 시절에 이미 나를 지독하게 흠모하던 이가 있어서 이 친구와의 편지는 아마 그때 끊어진 걸로 기억해본다. 혹시라도 편지가 노출될까봐 졸업 후에 고향집 아궁이에 불 지르고 말았던 것이다. 그때 편지를 그대로 놔두었으면 고운 추억이 되었을 텐데, 그 편지와 주인공이 사라진 지금엔 많이 아쉽고 그립다. 후에 가끔 동창회에서 만나면 지난 이야기들을 하곤 했었던 이야기 중에서, 고등학교 졸업 후에 대학을 삼수해서 가게 되었고, 군대 생활을 울릉도에서 했다고 전해 들었다.

바다와 그리움, 숫한 날들을 외로워했던 시절에 아름다운 추억을 회상하기도 했으며, 우리 집 앞마당에 감나무 뒤 모롱이 돌아서면 단감나무가 있었고, 담벼락 사이에 석류나무가 있었다고 기억해주던 친구, 안채 옆에는 수국이 만발하고 소 마구간 옆에 대추나무에 대추가 많이 열렸다고 기억해주던 그 친구, 이제 영영 볼 수 없는 곳으로 떠난 지 몇 년이 지나고, 이 가을이 오면 무척이도 그리운 사람이 되었다. 창원 명서동에 살 때인가 보다. 32세의 나이로 늦은 결혼을 했던 그 친구 슬하에 아들 하나 두었고, 무척이나 자랑스러워했던 기억으로 결혼 후 창원에 잠깐 살기도 했었다. 현재 주남저수지 건너편에 회사가 있었다. 지금 내가 살고 있는 여기 주남길을 걸을 때면 더욱 그 친구 생각이 많이 나기도 한다. 지금은 멀리 떠나가버린 친구이지만 생각나는 그 이름은 그리움으로 남 는다.

전화번호부에서 지워도 그 이름은, 관리 기록에 남아있는 완전 삭제되지 않는 전화번호이다. 병명도 모른 체 앓다가 이세상과 등지기도 사람 중에 한사람이다. 그 친구 또한 혈소판 축소병이라고 백혈병은 아니었단다. 지병을 오래 앓았는데 내가 경기도 파주의 사찰에 있을 때로 기억해본다. 힘든 일을 겪고 있었던 터라 그 친구의 한마디가 위로가 많이 되었다. 이미 본인은 육체가 병들어 있으면서도, 정신적으로 힘든 네가 육체가 병든 나보다 더 힘드니까, 어쨌든 정신 바짝 차리고 잘 살라던 그 말이, 아직도 귀에 쟁쟁한데, 육체가 병든 자신은 항암치료를 받으면서, 누구에게도 자신이 아픈 모습을 보이기 싫어했단다. 인천 희야 다리 다쳐서 입원했던 날, 병문안을 간 적이 있었는데, 그때 "한번 보고 갈 수 있나?" 하던 그 말이 마지막이 될 줄은 꿈에도 몰랐었다.

언젠가 시간이 되면 볼 수 있을 줄 알았고, 그렇게 먼저 떠날 줄은 상상하지 못했었다. 그 친구의 집사람과 아이가 저녁 운동을 나간 후에 혼자 숨을 거두었던 것이었다. 아프다고 말하지 않았고 힘들다 말하지 않았던 그 친구. 이 세상과 하직하던 그날까지 열심히 직장생활을 했던 그였다. 누군가 한번은 떠나야할 그 길이지만, 이 가을엔 왠지 사무치게 그리움이 더해진다. 시간이 지날수록 그리움은 더해만 간다. 일 년에 한번 동창회는 진행되고 보이지 않는 너의 모습이 더욱 그리워진다. 어느 해였던가 아마도 논두렁, 밭두렁에서 동창회 하던 날이라고 기억한다. 내려올 때부터 떠날 준비를 하고 오던 너. 항상 그랬었다. 힘들다고 말하지 않았던 네가, 그날은 조금은 힘든 모습을 비치던 날이었다. 밤 기차로 떠나던 널 꼭 내가 마중해주길 바라던 날이었다. 술도 못먹는 너였는데 그날은 많이 취해버렸다.

밀양역에서 떠나는 기차를 기다리며, 지나온 순간들을 기억하고 살아오면서 힘든 이야기를 하며, 눈물 글썽이던 그때 모습을 지울 수가 없더라. 수년이 지난 지금에도 네모 습은 선연한데 기억에서 멀리 보내야 만하는 순간들이 아쉽고 그립다. 네가 이 세상을 등지고 떠난 날 엔 무슨 이유였는지 장례식장엔 참석하지 못했다. 비보를 듣던 그 순간엔 드디어 올 날이 왔다고 생각했지만 너무 이른 나이 54세에 그 친구는 떠났다. 세월이 한 이년쯤 지났을 때였다. 경기도 금강정사에 들리던 날 꼭 네가 있는 그곳에 가 보고 싶었다. 시기는 그때도 초가을이었던 것으로 기억한다. 수원 연화장이 어딘지도 모르고 무작정 내비게이션에 연화장을 찍었다. 가끔은 방송에서 나오던 그곳이더라. 연화장에 상주 이름을 대고, 이○○ 사망자, 행 효자 ○○ 이란 이름으로 네가 있는 곳, 육신이 한줌의 재로 남아 그 곳에 있었던 너를 보는 순간 가슴이 멍해져 왔다.

사랑하는 아내와 너의 분신 아들과 함께 행복했던 사진을 보는 순간, 무엇이 급하여 먼저 떠난 널 원망하게 되더구나. 아름다운 추억만 간직하고 좋았던 이곳에서 멀리 달아난 너, 되돌아 나오는 순간 영혼의 실체는 간 곳 없고, 사진에만 남은 너의 모습이 마지막이 된 지도 모를 연 화장을 빠져 나오며 혼자 많이 가슴으로 울었다. 결코 떠나는 길이 쉽진 않았겠지만 남아 있는 자가 더욱 슬프다는 현실이었다. 납골당에서 널 보는 순간 그렇게 느끼기도 했지만, 내 몸에 이상이 있고 전신 마취로 수술대에 눕는 그때, 나를 돌아보면 죽은 자는 말없이 가더라는 걸 실감하게 되었다. 혼자 수술대에 누워 마취호흡을 하는 순간 아무런 느낌 없이 가듯이, 너 또한 그렇게 이별하지 않았을까? 하여 그리움은 그리움대로 남는 것, 아픔은 산 자의 몫이라고 말하고 싶다.

어느 날 그리움에 사무쳐 나 혼자 널 그리며 적어 놓은 시가 있어 여기에 기록해본다.

시를 가끔 적어 보기도 한다. 그냥 내 마음에 소리로 적어 놓았던 글을 그리움이라고 칭해본다. 사무치게 그리운 사람들 중에서…….

그리움

무심코 임의 얼굴이 떠올랐습니다.
무척이나 그리운 날 이었습니다.
창밖을 봐도 그립습니다.
일이 손에 잡히질 않습니다.

만날 수 없는 지금 이 시간에도
난님이 그립습니다.
아주 간단한 방법이 있어도
그 방법을 쓸 수가 없는 임입니다.

가슴이 뜨거워 수박을 먹어 봅니다
입은 시원 하건만.
여전히 뜨거운 가슴을 잠재 울 수 없습니다.
정렬과 사랑이 아직도 남았나 봅니다.

임과의 이별을 고할 때
묵묵히 보냈습니다.
사계절이 지나고
가슴이 싱숭생숭 할 때도 자알 견뎠습니다.

그러던 어느 여름날
우연히 너무도 그리운 임
그님을 생각하면 막연해 집니다.
삶도 무의미 하고
살아 존재함도 의미가 없어집니다.

노을빛연주 -그리움 중에서-

지금
내
곁에
머무는
사람들

수많은 사람들 중에 지금 내 곁에 머무는 사람은 몇 사람이나 되는지, 가만히 핸드폰을 들여다보며 곰곰이 생각해 보았다. 핸드폰 속에 있는 명단 오백여 개 중에서, 하루에 한 번 연락 정도하고 지내는 사람은 남편뿐인 것 같다. 일 년에 한번, 아니 살면서 연락 몇 번 없는 사람도 이속 에 포함되어 있을게다. 찬찬히 들여다 보자. 가나다라 순으로 정리되어 있는 연락처엔 대부분이 학연이고, 현재하고 있는 일과 인연된 사람들 번호만 가득하다. 그중에서 유달리 눈에 띄는 번호들은 절친들의 번호다. 이 친구는 현재하고 있는 일이 미용업이다. 장유에서 치킨장사 할 때엔 차를 두 번씩 갈아타가며 나를 도와준 친구기도 하다.

할 줄 아는 게 없다며 도와주길 거부했지만, 가게에 오기만 하면 눈에 보이는 것이 일이라 늦은 시간까지 함께 움직인다. 돌아갈 땐 막차가 끊어져 만덕까지 데려다주고 돌아오기를 수많은 날을 한 것 같다. 스페인 여행도 함께 추억을 만들었고, 딸들 예쁘게 잘 키워놓고 이제 늦은 나이에 재능이 있었으니, 시작한 미용실 구석진 곳이라 오가는 사람은 많이 없지만, 나름 밥벌이는 되는지 놀기 삼아 열어놓고 지낸다고 한다. 가끔 진영역까지 와서 주남. 둘레길도 걷고 했었는데, 요즘은 추위도 오고 예전 같은 마음이 아닌지 자주 보기가 힘든 친구가 되었다. 손끝에 재주가 있어서 미용사가 되었던가? 한때 도자기 만들기가 취미였던 이 친구가 만든 그릇을 기부한 것만도 대단하다. 우리 집 커피 잔부터, 자녀가 시집 가면 쓰라고 구워준 주방 찬기 세트며, 손수 만들어 준 귀한 것들이다.

어제, 이 친구 노는 날이라 전화를 걸었더니 김장 준비하러 시장 나왔는데, 진영으로 올 거라고 기다리라고 하드니, 집에 들어오니 귀찮아서 움직이기 싫단다. 꼭 오늘 나 같은 기분인지도 모른다. 옥선이네에서 김장김치로 점심먹자고 초대받았는데 그냥 갈 수 없어서 물휴지 한 박스를 들고 갔다. 오랜만에 선이네 들렀다. 집안이 달라진 듯했다. 차 소리가 났는지 현관까지 마중 나와 있는 옥선이, 김장김치와 된장찌개를 잘 끓였고, 하얀 쌀밥에 얹혀 먹는 김장김치 맛이 일품이었다. 디저트로 우엉 차 한 잔 먹고, 전기장판의 온도를 따뜻하게 높여서 몇 시간을 잘 놀다 집으로 돌아왔지만, 남편은 서울 상 권분석 종강 식 있는 날이라 오늘도 귀가는 하지 않는 모양이다.

여느 때와는 다르게 저녁 맛도 없을 것 같고 그냥 씻고 누웠는데, 참 오랜 시간을 잠을 잔 모양이다. 새벽에 인기척이 들리더니 남편이 왔다. "여보, 약 갔다 줄까?" 늘 듣던 목소리였다. 이 시간에 어떻게 왔냐고 물었더니 세원이가 서울에서 태워줬단다. "밀양역까지?" 세원이는 남편이 지극히 아끼는 양아들

이름이다. 한양대 상권분석 박사과정을 공부하는 아들 벌 나이라 아들 삼기로 했다고 했는데, 난 아직 한 번도 보지 못했다. 그 먼 곳에서 여기까지 자가용으로 모셔다주고 갔단다. 밀양에는 아침 먹일 곳이 없어서, 그냥 되돌아갔다는데 마음이 아팠다. 당신은 덕분에 편하게 왔지만, 마지막 종강이라고 큰 신세를 진 것 같았다. 마즙 한 잔 마시고 잠이 들었다.

오늘 움직이기 싫은 내 마음처럼 어제 근애도 그러했나보다. 하루 종일 있었지만, 할 일이 없어서 나태해지기 쉬운 철이기도 하다. 이제 서서히 정리되어 가고 있는 일들이 많아서 한가한 하루였다. 올해 마지막 시험 기말고사가 오늘로 3과목이나 치르게 되어, 하루 종일 멍하다. 공부를 해봐도 머리에 들어오질 않고, 뭔가 허전한 마음이 더 앞선다. 웬일인지 시간은 되어 가는데 초조해지고 정리가 잘 되지 않은 하루였던 것 같다. 2시가 넘어서 머리 관리 받으러 다녀오겠다고 나가는 남편이 날 부른다. 수도가 터진 모양이다. 날씨가 아직 많이 추운 편이 아닌데 물이 터졌다고 한다. 올겨울엔 단단히 준비를 해야 할 모양이다. 학교에 갈 때 까지 물을 잠가둬야 한다드니 먼저 고쳐 놓고 간다고 물을 쓰게 해놨단다. 고마운 남편이다.

하루 종일 집안에 있으면서 밖에서 뭐하는지를 몰랐는데, 현관문을 열어 보니 큰 지게차가 와 있다. 몇 년 동안 노란색 간판이 우리집 담벼락을 차지하고 있었는데, 오늘 철거하는 모양이다. 새 건물로 옮겨가고 저 자리엔 상권분석 연구소 간판이 세워진다고 한다. 간판을 파내간 자리는 허전하고 전체가 빈 듯했지만, 며칠 있으면 채워질 것이라고 생각한다. 기말고사 이제 창원대학교 생활을 마무리 하는 오늘 하루, 일찍부터 학교 갈 준비를 서둘러 해놨다. 가방에다 시험에 상문제 인쇄했던 것도 챙기고, 머리 관리 받고 오는 남편을 위해 시래깃국도 끓였다. 옥선이가 준 김치와 저녁준비는 끝내놓고, 학교 갈 차비를 마무리 하고 조금 일찍 대문을 나선다. 요즈음은 5시만 되어도 어둡다.

　남편도 창원에 약속이 있다고 했지만, 나 먼저 출발했다. 학교에 도착하니 평소에 늦게 오던 희수도 보이고, 오늘은 경찰대학에 갔던 대한이도 보였다. 멋진 아들 대한의 아들 재복을 입고 오랜만에 얼굴을 볼 수 있었다. 시험 덕분에 자주 못 보던 학우들도 보고, 주어진 시간에 3과목 시험을 쳤다. 어떤 때보다도 신중하게 아는 범위 내에서 열심히 적는 서술형이었다. 논문 쓰듯이 작성을 하고 마지막 졸업을 위한 학우들 모습을 사진에 담았다. 제일 큰오빠가 사진을 안 찍겠단다. 자리를 마련해주지 않아서 아마도 삐친 것 같았다. 사진을 안 찍어도, 그동안 사년을 본인을 위해서 여러 학우들 도움으로 졸업할 수 있어서 기쁘다는 말씀도 아끼지 않았다. 그 연세에 대단한 오빠다. 일흔넷의 나이로 학부 생 졸업을 같이 하게 되었다.

　종강파티는 17일에 있을 예정이지만 오늘 4년을 마무리하면서, 그냥 헤어질 수 없다고 2교시 술 약속을 빼놓을 수 없단다. 술 한 모금 못 먹지만 그 자리를 빠질 수 없어 참석했다. 인숙 아우는 4년 동안 학우들을 위해서 간식이며, 수업시간 교수님 음료수며, 챙겨주는 중요한 역할을 수행했고, 타의 모범이 된 동생이다. 인사를 잊지 않고 했다. 내 곁에 내 짝지가 앉았다. 창원 대 4년 동안 고마운 짝지다. 모두 하나가 된 마음으로 인사를 나누고 서로 그동안 섭섭했던 일들은 모두 용서하고, 함께 창원대학교를 졸업할 수 있게 된 것을 자축하면서, 긴 시간 함께 정을 나눴다. 대학원을 갈 친구도 10명쯤 된다. 우리 학과특성상 참 좋은 친구들이 많다. 두산 중공업 명장이 4명이나 되고, 경영 CEO들도 몇 명이나 된다.

　우리 과에는 똑똑한 친구들이 많다. 그중에 오늘은 홍성진이와 이야기를 좀 많이 나눴다. 장래 꿈이 작가지망생이란다. 우리 과에 편입생 중 한 명이다. 3

학년부터 함께 했지만 참 잘생기고 반듯한 학우다. 언제든지 일기처럼 글쓰기를 잊지 말고 해보란 당부까지 했다. 학년장 건배사 이대로 쭉 졸업 후에도 영원하길 바랐고, 오늘은 교수님 두 분이 참석해주셔서 자리가 더욱 오랜 시간동안 연장이 된 듯했다. 무턱대고 들어와서 학교 생활에 보람도 느끼고 장학금 까지 타봤다는 맹송은 학우, 자기 학번을 전체 MT에서 얼마나 외쳤던지, 후배들까지도 모르는 사람이 없을 정도로 자기 홍보를 많이 한 동생이다. 고향이 전라도 해남이란다. 고향에서 창원대에 늦은 나이게 입학하게 되었다고, 플랜카드 붙여졌다는 말에 졸업할 때도 꼭 붙여지길 바란다는 말과 함께 이구동성으로 웃었다.

전체 학우 36명이 같은 날에 졸업이란 두 글자를 가슴에 달고, 신산업 융합학과 제1회 졸업생으로서 어떤 계획을 세워 졸업장이 이벤트 장이 될 지 이야기 해보란다. 1회 졸업생 배출하시는 학과장 교수님도 설레기는 마찬가진 듯했다. 각자가 졸업식장에서 어떤 역할을 할 것인지 해보라는 이야기에 난 할 말이 없었다. 언제부터 계획해 온 일 중에 하나가 우리 사진밴드 진사들을 모두 초대해서, 사진 촬영을 부탁해볼까 하는 생각을 하고 있었는데, 오늘 갑자기 묻는 바람에 계획 아닌 계획이 되어버렸다. 내 짝지 진권이와, 인숙이 짝지 담 이가, 한 테이블에 앉은 모습을 본 남태훈 오빠가 한마디 한다. 짝지끼리 미팅하는데, 웬 객이 눈치 없이 앉아있냐고 종권 이를 바라보며 하는 소리였다.

종권이와 인숙이는 동갑내기로 학교 입학 때부터 참 다정한 친구다. 바라만 봐도 좋은 친구라는 게, 보일 정도로 서로 아끼고, 보살펴주는 소년소녀 같은 예쁜 모습으로 4년 봐와도 한결 같이 예뻐 보였다. 모르는 사람이 없다. 4년이 끝나는 마당인데 좀처럼 일찍 마쳐질 분위기가 아니었다. 술 한 모금 못하는 난 안주만 열심히 먹고 있다. 오늘 안주는 문어 숙회에다 멍게 개불 석화도 쪄서 나오고 가리비도 익혀서 나왔다. 푸짐한 안주가 남았는데도 라면도 끓여 나오고 계속해서 젓가락 멈추지 않고 먹었다. 시간은 점점 길어지는 것 같다. 오늘따라 학년장이 아쉬운 모양이다. 4학년 한 해 동안 해왔던 일이었지만 남다른 감회가 있는 것 같고, 술에 취해 건배사도 길었지만 뭔 말하는지 매듭이 확실치 않았다. 암튼 30년을 기다렸던 대학 졸업이란 것 그 말만 기억해 달란다.

사설이 긴 건배사 끝에 학과장 교수님 인사도 빠트리지 않았다. 오늘 조금 과하게 마신 학과장교수님, 4학년 지도 교수님 말씀이 지나친 면도 보였지만, 모두들 술에 취해 있어서 그냥 넘어 가는 것 같기도 했다. 많은 학우들이 모여 있었지만 마치는 시간이 가까워 올수록 다들 슬며시 빠져 나가고, 열 명 조금 넘는 인원만 남은 듯 했다. 마지막으로 지도교수님 말씀이 와 닿았다. "아직도 끝나지 않았다. 내가 술 한 잔 살게. 언제든 와라." 이 말만 기억하련다. 방학 후 찾아 와도 된다고 말씀하시며, 건배사 우리는 신산업융합학과 위, 위, 위, 모든 학과 위라는 뜻인지? 암튼 교수님의 마무리 건배를 끝으로 오늘 길고 긴 사년의 세월을 종지부 찍고 왔다.

돌아오는 차안에서 오늘 얼굴보이지 않든 익수 동생에게 문자를 보내려고, 전화기를 드는데 부재중으로 찍혔다. 아차, 시험 시간에 진동해놨던 덕분으로 전화 소릴 듣지 못했던 것 같다. 마지막인데 얼굴이 섭섭했다고 했다. 우리 모임 끝나고 집에 간다고 했더니, 동생도 다른 모임이 있었다. 함께해 준 4년이 너무 고마웠다고 문자 보냈더니, 다음에 주남에 오면 행동을 보여 달랜다. 무슨 뜻인지는 몰라도 "그러마." 라고 답장을 했다. 때론 힘들 때도 있었고, 보람된 날도 있었지만 학창 시절에서 잊지 못할 추억도 많이 만들었고, 대학생활이 보람 있었던 건 뒤에서 항상 염려 해주는 남편의 외조가 있었기에, 오늘이 시간 아름다운 결실을 맺게 된 게 아닐까? 생각해보면 늦게 귀가 하는 날 엔 저 멀리 서도 켜져 있는 외등을 보며, 고마운 남편을 생각하게 한다.

학교 생활하며 늦은 귀가는 아마도 오늘이 마지막이 아닐까? 내 곁에 머무 는 사람들의 주 역할은 지금까지 함께 해 준 우리 반 학생들 모두일 것이다. 감 사하고, 고맙고, 언제나 정겨운 학우였음에 난 늦은 밤 이 시간에 행복한 미소 를 지어 본다.

보령으로
간
친구

사무실을 낮 시간에 앉아본 지는 몇 개월 만인 것 같다. 저녁 무렵에 김 창일오 회 모임이 있는 날이라, 차 손질을 하다 보니 꽤 많은 시간이 지나갔다. 며칠만 이 사무실에서 일을 하면 저쪽 사무실로 옮겨가게 될 것 같다. 경리 실장님이 우리 사무실 입사한 지가 26일이면 2년이란다. 개인적인 이야기를 해본 지가 없었던 경리실장님이다. 그냥 보기엔 30대 같이 보이는 동안 미모를 지녔다. 시집갈 때부터 지참금으로 어머님, 아버님을 모시고 살게 된 효녀 딸이기도 하다. 어머님 연세는 62세 나보다 5세 위이기도 하지만, 아버님과 8세 차이가 난다는 경미 씨, 나하고는 13세 정도 차이가 난다. 함께 한 시간이 2년 정도 되었지만 한 번도 서로 얼굴 붉힌 적 없는 직원이다.

치킨 가맹점에서 전화를 수십 통 받아도 서비스 정신이 투철한 마음씨를 가진 예쁜 말씨와, 세 아이 엄마로 보기엔 너무도 앳된 소녀 감성을 지닌, 실장님과 이제 헤어져야 할 시간이 눈앞에 와 있다. 전직원 모두 후임 네네치킨 지사장님과 함께 일하기로 되어 있다. 새로 이사간 창고에 적응이 안 된 직원들이 하소연을 잘 받아준다. 알뜰하기도 하다. A4용지를 많이 쓰이기도 하는 사무실이라, 실수로 쓴 한 장의 종이도 어김없이 이면지로 쓰는 센스까지 지녔다. 남자들만 있는 사무실이라 하루 종일 입을 뗄 시간이 없어도, 일을 착실하게 잘하는 믿음직한 경리였다. 만날 때는 몰랐던 이별의 아픔을 또 한 번 겪어야 할 것 같다. 모든 걸 맡겨놓고 편하게 잘 살아왔다. 이별이 눈앞에 와 있다. 내 몸이 아프고 난 뒤엔 모든 걸 맡아준 경리라 아쉽기도 할 것 같다.

오늘에야 알았던 일이긴 하지만 어머님께서 절실한 불교 신도라 한다. 나와 너무 잘 맞을 것 같은 기분이 든다. 인도 성지순례를 꿈꾸시는 어머님 내가 하고 싶은 일중에 포함된 일이기도 하다. 작년에 법륜 스님 인도 성지순례를 신청했다가 갑상선 수술 받고 난후 얼마 되지 않아서 일정이라, 선금 걸었다가 돌려받기도 했다. 성지순례는 봄에 템플스테이 진행을 한번 해본 후에 인도도 꿈꿔봐야 겠다. 사무실에 앉아서 업무에만 충실했던 지난날이 떠오른다. 오랜만에 이런저런 이야기로 꽤 오랜 시간을 이야기했다. 내일 친구들과 보령으로 출타하기로 약속되어있었기에 차를 정리정돈한다. 물티슈로 차내 부를 깨끗이 닦았다. 참 오랜만에 일이다. 2004년에 구입한 차를 30만 킬로미터 이상 탔다. 폐차하던지 없애던지 하라고 하는데 참으로 아끼는 물건 중에 하나가 지금 타는 내 차다. 요즘 신차는 너무도 민감한 반응을 하게 되어 있어서 조금 부담스럽기까지 하다.

30년 나와 함께 한 차 내부를 깨끗이 정리하고 보니 더욱 애정이 간다. 이 사무실도 12월 31일 이후엔 상권분석 연구소로 이름이 변경된다고 한다. 내가 아끼던 컴퓨터는 포맷해서 내가 쓸 생각이다. 네네 글자가 붙어있는 물건들은 모두 후임 지사장님께 보낸단다. 몇 년을 내 손때가 묻은 모든 것들에 애정이 남아 있다. 하지만 보낼 건 보내고 남아 있는 것들을 정리해야겠다. 저녁 김, 창, 일오회 모임을 나가기 위해 사무실 일을 정리해놓고 나선다. 새 창고에서 필요한 물건을 꺼내려고 간 사이에 점희에게 전화가 왔다. 말 안하고 지냈던 시간이 한 달 정도 되어 간다. 이제 모든 것을 내려놔야 할 시간인가 보다. 모임 함께 가자고 집으로 오라고 했다. 조금 일찍 나섰는데 창원경찰서 친구를 태워 천하장사로 약속 시간보다 조금 일찍 도착했다.

학우들과 와 본 곳이기도 해서, 낯익은 영업장이다. 장유계곡에선 알아주는 오리집이기도 하다. 오늘 신임회장과 총무를 뽑는 날이라, 예정했던 대로 총회시간에 위임을 해야 한다. 2년간 역임해온 일오회 회장님은 며느리와 아들이 탔던 차가 사고가 났단다. 눈 깜짝할 사이에 일어난 일이다. 누구나 당할 수 있는 교통사고 경미한 사고여서 다행이었다. 청도 중7기 총회장님과 부회장님이 함께 찬조 출연했다. 2016년을 함께 보낼 수 있는 친구가 있다는 게 얼마나 좋은지 모른다. 시골에서 초등, 중등 함께한 친구들이기도 하고 김해 창원15명이 모인 회라 김창일오회 라 부른다. 모이면 시간이 빨리 지나갔고 자정이 가까워온다. 늦은 귀가시간에 남편 전화가 와 있었다. 아직 남편도 창원이라고 장유서 넘어 올 때 함께 집으로 오자는 것이었다.

자정이 되어 집으로 왔다. 일오회가 생긴 이래로 가장 재밌게 놀았던 하루이기도 했다. 저녁에 있었던 일을 생각하며, 어느새 잠이 들었는지 잠깐 눈감은 듯 했는데, 아침 6시라고 깨운다. 사파동 더엘가에서 김영갑 교수님의 성공학 강의가 있다. 세미나 참여로 일찍 출발했다. 낯익은 사람들이 눈에 들어온다. 경영대학원 22기 선배님들과 남편의 지인들이 더 엘가에서 하나 둘 모였다. 9시정 각에 시작된 강의는 나만의 삶과 가치관에서 시작되었고, 나의 가슴을 뛰게 하는 숙명적인 키워드를 써보란다. "매일 일기를 쓰며, 미친 사람들이 세상을 바꾼다. 미치지 않고 이룰 수 있는 일은 아무것도 없다. 학문도 예술도, 사랑도, 나를 온전히 잃는 열정 속에서 성취할 것이다." 워랜버핏은 노년에도 40권 이상의 책을 읽고, 많이 쓴다고 전해주는 성공학 강의는 의미 있고, 기억에 남았다.

새로운 분야에 뛰어들어 가슴 뛰는 일을 해보겠다는 남편을 믿어 줄 생각이다. 어떤 일이든 주어지면 혼자 성실히 수행하고 열심히 하는 남편이기에 이번에도 꼭 좋은 성과로 성공할 것이라 믿어주고 비록 그것이 아닐지라도 이젠 크게 후회하지 않을 나이지 않은가? 성공학 강의를 마치고, 어제 갑자기 저지른 일이기는 하지만, 여고 동창생들과 귀농을 한 미영이네로 출발하기 위해 양덕으로 갔다. 점심을 준비해놓고 기다리는 친구가 있어서 행복한 시간이다. 아침을 누룽지탕으로 끼니를 때운 까닭에 커피만 줄기차게 마셔서 배가 출출한 시간이었다. 나물만 여섯 가지에다가 돼지고기 구이까지 준비된 맛있는 점심을 먹고 세 명 이서 출발을 했다.

1시 조금 넘어 셋이 출발했다. 점순이는 차를 타자마자 잠에 취했고, 영숙이와 난 고등학교 시절 이야기와 아이들 이야기로 시간 가는 줄 모르고 이야기했다. 휴게소에 들러 캐러멜 마끼야또 한잔과, 껌을 싸들고 한참을 달려온다. 40년 만에 만남인 친구들도 있고 가끔 만나는 친구도 있지만, 서울에서 출발한 재분이와 연식이, 미영이, 봉순이는 벌써 보령에 도착했다고 빨리 오라는 강요를 받지만, 안전 운행하며 연지동네로 들어선다. 작은 연지연못도 보이고 차창 뒤에 노을이 아름답게 내리쬐는 저녁이다. 한달음에 달려온 미영이네 앞마당엔 숯불 장어구이와 숯불 돼지고기 냄새가 온 마을을 뒤덮고, 연기가 모락모락 맛있는 냄새를 내며 우리를 반기고 있었다.

인터넷으로 주변 상황을 알아보고 전원주택을 골랐다는 미영이네 뼈대만 남겨놓고, 새 단장을 했단다. 시골 전원주택 동네가 참 아담하고 포근했다. 남자가 운전하는 차가 집 앞에 멈추더라는 미영이 남편의 말씀. 자주 듣는 말이라 아무렇지도 않은 듯이 인사를 나눴다. 이 친구, 저 친구들과 포옹을 하며 함께 찐한 우정을 나누었다. 시골밥상 저녁상엔 반찬은 헤아릴 수 없을 만큼 많이 차려졌고, 상다리가 부러질 것 같이 차려져 있다. 먼 길을 오며 밀감과 바나나를 먹어 배가 부른데도, 차려준 성의에 잡곡밥 한 그릇 뚝딱 비웠다. 게장도 맛있었고, 조갯살국물도 너무 맛있었다. 저녁 먹은 뒤 동네 어귀를 한 바퀴 돌기로 하고, 친구들 모두가 미영이 신랑과 함께 나들이를 간 후 인터넷 시험 칠 준비를 하고 기다렸다.

조영숙의 말이 가관이다. 남들 공부할 때 게으름 피우다가 할 매되서 공부는 뭐 하려 하느냐고 핀잔을 준다. 여고 시절부터 솜씨가 좋았다는 미영이 집 실내를 찬찬히 둘러보니, 벽에 걸린 전미영이네 가훈이 오늘 강의 받았던 내용처럼 보이는 곳에 걸어놓고 실천하게 하라는 그 말과 함께 "흙처럼 진실하게 꽃처럼 아름답게 벌처럼 성실하게."로 참 아름다운 글귀로 응접실 벽을 차지하고 있었다. 수채화 구절초 액자는 식탁옆면 작은 창 위에 걸어뒀고, 손수 뜨게질하여 만든 거실 커튼이며, 주방 작은 창에 예쁘게 걸려 있었다. 한때 내 아이 키울 때 생각이 났다. 앙고라 스웨터를 빨강색으로 떠 입혔돈 큰딸 여섯 살 때 기억을 한참 떠올려 보았고, 구정실로 거실장이며, 식탁보 뜨던 30대 일들도 생각났다.

8시에 시작된 생활 속의 심리학 인터넷 강의는 20분 만에 응시뷰어에서 먼저 시험을 쳐 본다. 아쉬움이 남기도 하고 공부할 시간이 주어졌을 때 열심히 해볼걸, 하는 마음은 나의 이 기억에 남을 것이다. 김천 친구 명자도 늦게 출발했고 진주 친구도 도착했다. 함께 했던 3년 간의 추억을 더듬어 본다. 오전반 마치고 야간 조에 일하게 되는 날이면 영화 보러 가던지, 계획을 세워서 놀러 가든지 고향집에 가는 일이 전부였다. 전국에서 모인 친구들이라 강원도나 충청도가 고향인 친구들 전라남도 전북 멀어서 못가는 친구도 많았다. 함께 했던 3년간의 추억이 있기 때문인지 안 보고 살았던 세월이 길었는데도 어제 본 듯한 친구들이다. 신안군 섬마을로 시집가게 된 미영이는 정말 솜씨 좋고, 일 잘하는 며느리로 행복한 삶을 살고 있었다.

그간에 집안 식구들 평균으로 열 명 정도는 살아왔다는 친구다. 일이라면 나도 두 번째 가라면 서러운 사람인데 이제 일이 겁난다. 김천에서 온 명자네 부부도 함께 해서 인원이 13명 대식구가 되었고, 저녁을 세 번째 차렸다. 집안 에 있는 모든 것이 손수 직접 담근 고구마 주며, 복분자 진액, 진주 명자가 가져온 민속떡집에서 갖가지 떡들과 과일, 배부른 돼지가 된 하루였다. 보령 초 대받지 않으면 언제 또 다시 올 수 있겠냐며, 조금 빠른 나이에 귀농하여 마을 사람들과 친화력 있게 지내고 동네 일 마다 않고 도와주며, 함께 잘 살아 가고 있는 친구 덕분으로 사십년 추억을 더듬어보고, 우정이 흐르는 밤을 지새우 며……

엄마의
기억
저편에

세상에서 가장 소중한 나의 엄마는 87세 된 어린아이 같았다. 할아버지 막내 며느리로 14살 어린 나이에 일제 강점기에 정신대에 끌려가기 싫어서, 아버지를 문틈사이로 한번 본 인연으로 정혼을 하였고, 그 당시 나이가 14살이었다고 한다. 외할아버지 댁 둘째 딸로 태어나 아버지와 16세에 꽃고무신도 신지 못하고, 짚신 두 켤레에 꽃가마를 타지 못한 채로 시집와 시어른을 모시고, 살아온 세월의 울 엄마, 이제 허리가 꼬부랑 한 할머니 소녀가 되었다. 슬하에 오빠 둘과, 동생, 나, 2남2녀를 둔 엄마는 아버지와 5살 나이 차이가 났다. 아버지가 저 세상으로 떠나신 이후에 엄마의 외로운 생활이 시작된 것 같다. 그리 멀지 않은 곳에 엄마가 살지만 치킨 사업한다고, 자주 들여다보지 못했던 큰딸인 나, 가까운 곳에 큰오빠가 있지만 살뜰히 보살펴 주지 않으니, 무슨 소용이 있을까, 항상 엄마의 기억 저 편에 큰 딸밖에 없는 것 같지만 실상은 아들뿐인 것을 느낀다.

자주 찾아 가뵙지는 못해도 한 달에 한 번 정도는 들여다봤는데 요즘은 그렇지도 못하다. 오늘 아침엔 유난히 엄마라는 이름이 나의 심장을 찌른다. 착한 딸로 엄마의 일생을 내 생에 가장 큰 기둥처럼 느끼며 살았던 울 엄마였는데. 노쇠하고 연약하다는 생각마저 잊게 만들었다. 엄마가 어느 날 부터인가 살짝 정신줄을 놓고 싶었는지, 무엇에 큰 충격을 받았는지 끔찍이도 사랑했던 딸에게, 심장에 피를 토할 만큼 분노를 퍼낸다. 엄마가 이러면 나는 어떻게 해야 되? 나를 이 땅에 존재 하게 한 울 엄마였고 내가 죽고 싶도록 힘들어도 엄마인생 얼룩지게 만들고 싶지 않아서 잘 살려고 했었다. 백 살 이상을 사신다고 해도 내 엄마의 정신력을 믿었었는데 이렇게 쉽게 정신을 놔버리다니, 엄마를 생각하며 혼신의 힘을 다해 강인하게 살아왔던 나였다.

엄마를 기억 저편에서 지워야 한다. 찢어지는 가슴을 안고 살아야 한다. 날 원망해도 좋고 미워해도 좋은데, 진정 잊어버리고 싶었는데 잊혀지지 않는 그 꼴짝 이름을 걸고, 다시금 나를 받아들이지 못하는 엄마 때문에, 오늘 아침에 먼 산을 바라보면서 한숨 짓는다. 엄마, 나 아무렇지도 않은 것처럼 살고 있지만 매순간 순간마다, 엄마의 숨결 느끼며 살고 있다. 그렇지만 다가갈 수 없는 위치에 나를 놓고 말았다. 다른 사람이 아니고 엄마가 말이다. 나보다 더 힘든 사람도 있겠지만, 40엔 내가 엄마 위치에 있음을 어깨가 무겁게 느낀 적도 있었다. 그땐 엄마가 버팀목이었다. 지금 내 엄마는 걸음마를 배우는 4살짜리 아기처럼 느껴짐에 한없이 눈물 지어 본다. 나 때문이었나? 정녕 내 힘든 삶이 엄마를 그렇게 만들었다 말인가?

유교적인 사상이 지배한 밀양에서 엄마는 14살에 인생을 묻었고, 나 또한 그 고향에서 17세 어린 나이로 떠나왔었다. 문명의 이기 속에 살아가고 있지만 잊고 살았던 세월이 어언 10여 년이 되었는데, 다시 세상 속으로 돌아오니 엄청난 미움과 증오가 내 온몸을 휘감고 있다. 다른 사람이 아닌 엄마가 말이다. 하늘이 높고 산들 바람이 부는 완전한 가을을 느끼게 하는 이런 날 왠지 더 보고 싶은 엄마지만, 날 바라보는 엄마의 원망스런 눈빛 때문에 엄마 딸이 아침에 눈물 짓는다. 세월이 약일지 시간 속에 나를 맡겨본다. 어쩔 수 없이 기억저편에 내가 서 있다면, 기꺼이 받아들일 용기로 말이다. 다시금 힘을 내서 기다리련다. 엄마가 나를 받아들일 그날까지 엄마의 기억 속에 미움과 증오로 물들인 만큼, 나를 사랑했던 까닭으로 난 충분히 견딜 것이다. 엄마 사랑한다. 엄마 보고 싶다. 이렇게 말하지만 엄마 곁에 다가가지 못하는 또 다른 이유가 있다.

엄마의 아들이지만 내 오빠다. 어렸을 적부터 성격이 좀 모질고 독한 구석이 있던 오빠였다. 나의 혈육을 이야기한다는 건 마음 아픈 일이기도 하다. 오늘 작가 수업에서 배운 뜻도 있다. 그릇이 작은 까닭인지도 모른다. 불의를 보면 참지 못하는 내 성격도 문제가 있었는지 추석 명절이다. 평소에 자주 들리지 못하는 까닭으로 창녕부곡 풍천 장어 집에 보양식을 먹으러 갔던 날이다. 장어곰국이 너무 맛있어 남편이 이거 장모님 좀 사다 드리면 어때? 난 흔쾌히 기쁜 마음으로 곰국 두 봉지를 사들고, 그 날 바로 갔다 드리려다 며칠 있으면 추석 명정이라 참았다. 명절에 여기저기서 들어온 선물 배 한 상자, 와 사과 한 상자, 냉동제품 만두와, 엄마가 좋아하는 호박엿 사탕과 말랑한 젤리 두 봉지를 싸고, 추석전날 다녀오기로 하고 집을 나섰다.

예전에는 숭모제 재실 쪽에서 바라보면 동네 한복판에 있는 우리 집이라, 앞마당에 주차해 놓은 것이 보였는데, 6촌 동생 제부가 모과나무를 몇 년 전에 심은 까닭으로 집 앞마당이 보이질 않는다. 서로 좋지 않은 감정으로 만나기 싫어서 내려왔다. 엄마는 우리 모두의 엄마지만 살아오면서 가장 나를 많이 챙기는 울 엄마, 정신적 문제를 지닌 오빠가 보기 싫어 엄마 곁에 자주 가지 않는다. 나이 들어가면서 좋지 않는 일은 만들기 싫다. 울 아버지께선 큰 손자 결혼 전에 돌아 가셨는데, 엄마는 장조카와 둘째까지 장가보냈는데도 두 번 다 손자 결혼식에 참석할 수가 없었다. 내가 모시고 가겠다고 해도 만류하는 울 오빠 때문이었다. 자기는 늙지 않을 것인지? 용서가 안 되는 사람이다.

손자 장가들던 날, 사위인 남편에게 꼭 데리러 오라고 장 손자가 장가 갈 때도 큰아들이 모시러 오지 않아 못 갔었다. 두 번째 손자 장가드는 모습은 꼭 보시고 싶다고 했는데, 아들 며느리의 반대로 또 못 모시고 간다. 바쁘면 사위가 모셔 간데도 싫단다. 그 꼴 보기 싫어 고모지만 결혼식 날 참석하지 않았다. 학교 수업 있는 날이라 가지 않았다. 인연 지어져 있는 것을 거부하는 격이다. 불쌍한 울 엄마는 아들 베일에 가려서 손자 혼사에는 두 번 다 참석을 못했다. 내가 가장 사랑하는 내 아들의 결혼식도 멀리 미국서 치러지는 바람에 모셔 가질 못했다, 그런 오빠 자신도 씨 아버지가 되고 할아버지가 되는데, 엄마 마음을 몰라주는 야속하고 인정 없는 사람을 만나서 무엇 하겠는가.

인연을 끊고 살면 되지 내려놓으면 편안한데, 보기 싫은 사람 안 보고 사는 게 맞지 않는가, 내 사주에 부모 복, 형제 복이 없다고 나온다. 누군가 나에게 이야기 했던 말이 실감이 난다. 하지만 이 가을에 찬바람이 불고 날씨가 추워지면 의례히 엄마의 생각은 간절하다. 나 또한 딸 가진 엄마이기에 부모 심정 더욱 이해하는 내 나이 아닌가. 살아오면서 마흔 두 살에 가장 힘든 일을 겪었고, 힘들었든 것은 잘나가든 회사가 부도를 맡게 되고, 가족은 모두 뿔뿔이 흩어져 살아본 경험이 있기에, 더욱 엄마생각이 간절할 때가 많다, "가라앉는 보트에 온 가족이 타고 있으면 침몰하고 만다."라는 철칙이 있듯이 흩어져 각자만이 살길을 택했던 가족이기에 다시 만나서 행복을 꿈꾸는 시간도 있다

딸, 아들, 신랑 그리고 나 이렇게 오랜 시간동안 서로 2002년부터 떨어져 살아왔다. 이후에 아들은 미국으로 건너갔고, 딸 아이도 혼자 자수성가하여 서울에서 좋은 직장에 잘 다니고 있다. 각자가 헤어져 살았고 뭉치게 될 즈음엔 성인이 되어 있었다. 남편과 나는 치킨집을 하면서 함께 뭉치게 되었고, 힘든 상황 속에서도 희망을 잃지 않고 살아왔던 대가로 지금 현실에 행복을 누릴 수 있다고 생각한다. 마음으로 항상 엄마를 그리워하고 살아계시는 동안 잘 보살펴 드리고 싶지만, 주위 환경들이 가만히 두질 않는다. 29킬로미터 밖에 되지 않는 여기서도 매순간 그리워하고 살고 있다. 어릴 적 울 엄마는 진달래가 피면 외할머니가 보고 싶다고, 봄이 오면 미쳐서 뛰쳐나가고 싶다던 엄마였다.

그런 소릴 듣고 자란 나는 어둠 내리는 저녁 늑대와 개의 시간 (늑대인지 개인지 구별 못하는 시간)이 제일 싫다. 불 꺼진 집 싫어하는 이유도 어릴 적 가난했기 때문에 가난이 싫어서 한일합섬으로 취직해서 갔던 그때, 국기 강하식이 거행 되는 해질 무렵에 엄마 그리워하던 그때가 생각난다. 가장 그 시간이 싫다. 이제 내 나이도 60을 바라보는 나이이고 가족이라는 운명적인 만남이 있었지만, 형제자매라는 말은 마음에 지우고 살고 있다. 믿음이 있는 내가 용서 할 수 없는 것이 있다는 것도 이해되지 않지만 미운 건 미운 것이다. 살아오면서 오빠라는 이유로 위로된 적 없고, 서로에게 도움준일 없지만 해될 일도 하지 않았는데, 왜 그렇게 우리 부부를 미워하는지도 모를 일이다.

가난은 죄가 아니라고 배웠는데, 한때 살며 희망을 잃었다가도 열심히 살아 왔던 까닭으로 이젠 남부럽지 않게 잘사는데, 선입견을 버릴 때가 되지 않

있는가? 엄마의 기억 저 편에 가장 소중한 딸로 남고 싶지만, 형제자매가 인정해주지 않는 서러움으로 기억 속에서 지워지지 않는 그날까지 엄마를 볼 수 있을까. 내가 모든 걸 잊고 엄마하고 뛰어갈 날이 있을지가 의문이다. 나도 그러고 싶다 고향이라는 단어만 들어도 가슴 뛰든 그때로 돌아가고 싶다. 엄마의 이름으로 또 딸이라는 이유로 엄마를 그리워하고 엄마를 사랑한다. 불러도 대답 없는 엄마를 그리워하던 날에 연주가……

아파했던
지난
시간들

    여고 동창생들과 즐거웠던 보령에서의 1박을 지냈다. 열한 명 모였던 토요일 밤은 어느새 추억으로 남겨져 있다. 대천 해수욕장에서, 달리기에 조영숙, 이명자, 없는 9명만 참가한 달리기, 사진 찍는다는 핑계로 불참했다. 재분이와 나는 뛰지 않았다. 영미는 반만 뛰는 줄 알고 뛰다말고 중단했고 그러다 보니 다섯 명만 뛰었다. 그중에 세 명만 등수에 들어왔는데 김천친구 남편이 만원씩 상금을 줬다. 보령친구 미영이 1등, 전 명자 2등, 연식이 3등, 미영이 남편이 기분 좋다고 마님에게 특별상으로 5만 원, 지원했다. 모래사장에서 달리고 바다를 향해 셀카 놀이하기 등, 많은 아름다운 이야기 거리들을 남겨둔 채 각자의 일상으로 돌아온지 3일이 되었다.

    부여롯데 아울렛에 근무하는 미라 이야기를 들은 것은, 연지리에 모인 친구 중에서 미라의 전화번호를 알고 있는 점순이로부터 전해 듣고, 밤을 그의 설치듯 머릿속에 만감이 교체하는 시간이었다. 미리 약속되어 있었지만 김천 전명자는 바쁜 일 정리해놓고, 출발하여 젤 늦게 도착하였다. 오랜만에 모였던 친구들에게 스마트폰에 다운받은 내 손 안에 노래방이 있다고 말해줬다. 점순이가 노래방을 틀더니, 신나하며 방에서 노래 부르는 모습을 본 명자남편이 노래방을 쏘겠다고 가잔다. 늦은 시간 노래방을 찾다보니, 시골이라 노래방이 보이질 않고 노래주점은 많았다. 내비게이션 노래방 검색을 하여 찾은 곳에 큰방하나를 빌려서, 두 시간 동안 쉬지 않고 노래하고 춤추며 있는 힘을 다해 끼로 놀았던 것 같다.

혼자 밖에서 술 먹은 사람처럼 신나해 하며 놀았다. 노래방을 다녀온 후에 피곤했던 탓인지 제대로 잠들지 못하고 뒤척이다. 새벽녘에 조금 잠이 든 것 같았다. 밤새 만들어놓은 약밥이며 귤을 담아 몇 개의 봉지를 만들어 각자 차에 하나씩 실어준다. 따뜻한 미영이의 마음이 녹아 있기 때문에 가져왔다. 점심은 간단히 매운탕으로 먹었다. 배가 고팠던 탓인지 아침밥을 먹지 않아서 그런지 밥으로 먹자는 재분이 덕분으로 해물 탕으로 점심식사를 마치고, 서울친구들과 김천친구 나뉘어 헤어졌다. 영숙이, 점순이, 미숙이 3명은 미라를 만나기 위해 부여로 행차했다. 휴일이라 아울렛을 찾는 인파가 주차장에 주차가 엄청 많았다. 오랜만에 만난 친구지만 예전의 모습 그대로였고, 변치 않은 목소리로 반겨 줬다. 반가워 할 시간적 여유도 없었다. 쇼핑 고객들이 밀려드는 매장이다. 매우 바쁜 휴일인 것 같았다.

오랜 세월 끝에 만났지만 미라친구 아이들 이름을 잊어버렸다. 창원에서 살 때 일이다. 함께 운전면허 따러 다니던 시절이 생각났고, 금은방을 할 때 목소리가 예쁘고, 서비스 정신이 투철하여 친구네 가게엔 사람들이 항상 많았었다. 서러운 옛 생각을 애써 지우고 싶어 하는 눈치였다. 그때 자주 얼굴에 멍자욱이 남았었던 친구였다. 이유는 모르겠고 애들 아버지의 성격 탓에 자주 다툼이 있었던 것으로 안다. 이제 그 굴레를 벗어나 참으로 행복하게 잘 살고 있단다. 잊을 건 잊고 살 면된다. 무엇이든 긍정적 사고를 가진 친구는 어디를 가든 일거리가 많아서 편히 쉬어보질 못했다고 한다.

세 번이나 직장을 번갈아 타며 아울렛에서 일을 하고 있었다. 친구가 운영하는 가게라 그냥 올 수가 없었다. 옷장에 옷들이 많긴 하지만 니트를 한번 입어봤다. 아이비색으로 입어보고 브라운색으로도 입어봤다. 브라운색이 좀 더 화사해보여 그걸 선택했다. 특별한 외출할 때 빼고 집안에 있을 때 입기로 하고, 다양한 옷들이 있긴 해도 내게 가장 잘 어울리는 것 같았다. 힘든 고비를 넘기고 이제 행복을 찾은 친구 얼굴은 참 예쁘고 밝게 보였다. 20년이 훨씬 더 되어 만났지만 어제 본 듯한 친구 미라와의 만남은 잠시였었다. 맛있게 타주는 커피를 손에 들고 다음에 만나길 약속하며, 아울렛을 빠져 나왔다. 올라갈 때부터 컨디션이 좋지 않았는데, 이틀연속 놀기만 한다고 제대로 몸을 쉬어주지 못하여 힘든 현상이 오는 것 같았다.

점순이는 운전을 할 줄 알지만 운전 좀 해달라는 말이 나오지 않았다. 이틀 동안 운전 하는 내가 수고 많았다고 저녁을 먹고 집으로 가잔다. 진주 성지 원식당이라고 쇠갈비 찜과 갈비탕 반 탕을 시켰다. 진주 영숙이도 다시 불러냈다. 일박하지 않고 달려온 친구는 저녁 약속이 있었다고 예쁜 원피스 차림으로 나타났었다. 어제와는 다른 영숙이 모습이었다. 충분한 수면을 취하지 않은 까닭에 장거리 운전은 조금 힘들었다. 일상 탈출을 감행한 친구들과의 만남은 참으로 행복한 시간이었다. 미영이네 남편 고향이 신안군이지만, 뱃길로 1시간 40분을 더 가야하는 섬마을에 위치했다고 한다. 젊은 시절에 태권도 도장을 운영했었고, 자녀를 하나 먼저 하늘나라로 보낸 아픔이 있는 친구이기도 하다. 자식은 가슴에 묻는다고 한 옛말이 있듯이 시간의 흐름 속에 점점 희석 되어 간다고 한다. 그런 아픔이 있을 줄은 생각하지 못할 만큼 밝아보이는 부부였다.

고향에 가서 살 수도 있었겠지만 고향에 가면 아픔을 아는 이가 많아서 더 염려했던 부분이기도 한 것 같았다. 서울과 신안의 중간쯤 보령인 이곳에서 생활터전을 잡은 이유 중에 하나이었다. 동네 사는 사람이 많아 보이지 않았는데, 처음 이사 와서 신안에서 생산하는 소금 한 포씩을 선물했었는데 35가구 이었다고 한다. 시골 인심이 참 좋은 곳이기도 하지만, 이들 부부는 잠시도 손을 게을리 하지 않는 까닭에 벌써 시골 노인 분들의 환심을 사고 있기도 했다. 남편성격이 참 좋았다. 남을 배려하는 마음이 함께하는 시간 동안에도 느낄 수 있었다. 작은 시골마을에서 남의일 내일 가리지 않고 해주는 이유로, 시골사람들이 가져다주는 과일이며, 무며, 배추며, 나눠 먹는 인심이 너무 좋았다.

진주 친구가 해온 민속 떡 두 박스와 낱개 포장한 떡들을 노인정에도 갖다주고, 나눠 먹는 모습이 참으로 아름다웠다. 미영이네 집 옆 정자나무 아래서 모인친구들 인증 샷을 남기고 돌아왔다. 이틀 동안 찍은 사진이 100여 장되었다. 여고 동창밴드에 앨범 속에 담아뒀는데, 이틀이 지난 지금 미영이가 예쁜 동영상 편집으로 그날에 추억 영상을 만들어 냈다. 함께여서 행복하고 청소년기에 함께 했던 찐한 추억이 있기에 더욱 애틋한 그리움으로 자리한다. 특유의 냄새가 진동하던 찜솥 밥, 그 밥을 타먹기 위해 항상 밥 줄을 서야 했으며, 비위 약한 친구는 도저히 먹을 수 없었던 밥과 둥둥 떠 있는 고깃국 상상만 해도 아픈 추억이었다.

우리의 10대 시절은 참 아픈 사연이 많은 동병상련의 친구들이다. 40도를 오르내리는 방적 공장에서 젊은 청춘을 불태웠다. 남자들 병영생활 못지 않은 기숙사 생활을 하며 어떤 친구는 손가락 몇 개를 잃은 친구도 있었다. 나 역시 방적2부 5과에 근무하며 손가락이 기계로 말려 들어가 중지가 큰 흉터를 남겼고, 그 손가락은 쫙 펴지지 않은 아픔이 있다. 배불리 먹지 못했고 하루에 샌드위치 하나 마음껏 먹어볼 수 없었던 가난했던 여고 시절이 있었다.

추억이 아름다운 건 지난 일이기 때문이라고 누가 말했던가? 열정적이었든 청춘의 삶이 우리를 견디게 했었고, 3년이란 세월 속에서 한 공간에 있었기에 서로를 이해한다. 연락을 하지 않고 지낸 세월이 길어도 만나기만 하면, 공감대를 일으키는 우리는 여고 동창생이기에 가능한 것이다. 시골생활이 너무도 싫었던 나, 내 손으로 돈 벌게 되면 절대로 가난하게 살지 않으리라는 신념이 있었고, 근검절약이 몸에 배인 생활을 할 수밖에 없었다. 1,800명 한기수가 그렇게 많은 학생들이 배출되었다. 야간 학교라도 나왔기에 자랑스럽다. 그러기에 나에게 주어진 특성화고졸 취업자 전형 창원대학교 신산업 융합 학과졸업을 할 수 있는 게 아닌가? 지나고 보니 참 고마운 학교였다.

한일여자 실업 고등학교에서 한일 전산여고로 바뀌었고, 지금은 다시 한일여자고등학교로 바뀐 줄 알고 있다. 마산에 살면서 힘든 시절을 회상하기 싫었다. 그쪽으로 보고 침도 뱉지 않으리라는 각오로 살았다. 하지만 이제 많은 세월이 흘러 추억 속으로 자리한 젊은 시절에 아픔과 가난은 죄가 아니었다. 힘든 시절이 있었기에 나 자신과의 싸움에서 이길 수 있는 원동력이 된지도 모른다. 창원대 3학년 때 안 사실이지만 우리 후배로 함께 한 학우도 있었고, 지금 1학년에도 몇 명이나 된다. 교수님께서 한일여고 동문끼리 소모임을 만들라 할 정도로 많은 학우들이 들어오고 있고, 이미 재학 중이지만 이젠 자랑스럽게 생각한다. 힘들게 고등학교 다녀서 시집을 갔는데 남편과 좀 긴 세월을 살아줬으면 좋겠다는 생각을 해봤지만, 혼자 된 친구가 참 많다. 이번 모임에서도 몇 명이 되었다.

아픔을 간직한 채로 열심히 잘 살고 있는 친구들을 볼 때, 난 그나마 너무 행복하게 살고 있음을 고맙게 생각한다. 늦은 나이에 하고 싶은 일해가며 앞으로도 그렇겠지만, 현재까지 해왔던 시간처럼 아름다운 시간을 만들며 행복한 삶을 살아 볼 것이다. 미라에게 먼저 가져 온 니트보다 회색이 예쁘다고 했더니, 하나 더 입으라고 보낸단다. 오랜 친구가 오랜만에 만나서 하는 부탁인 만큼 들어 줘야 할 것 같았다. 아무 말도 하지 않고 회색으로 하나 더 구입했다. 고맙고 예쁘게 입으라는 문자와 함께 오늘 부친단다. 멀리 있어도 항상 응원하는 친구가 있기에 힘내고, 건강이 허락하는 날까지 일하며 끊임없는 삶의 열정을 불태워줄 것이라 생각해 본다. 아팠든 지난날을 잊고 꼭 건강해야 한다. 친구야, 사랑해!

제 4장
인연에 감사합니다

감사의
의미

2006년 4월28일 일기
목련이 피던 날

몇 개절이 넘어 가는지 모른다.

가을 단풍이 물들어 아름다움이 절정에 달했던 날에 올라온 것 같았는데 백설이 난무하던 겨울을 보내고, 새싹이 움트는 소리가 들릴 듯하여 고개 들어 창밖을 바라본다. 담벼락에 기대어 핀 목련꽃이 눈부실 만큼 화사한 얼굴로 웃음 짓는다.

하늘 끝 저편 고령 산엔 수채화를 그려놓은 듯 봄처녀 가슴앓이 하게 한다.

종무소에 앉아 밖을 내다 볼 여유도 없었지만, 언제부터인가 벚꽃은 피기 시작했고, 옷깃 사이로 스며드는 바람이 봄바람을 알린다.

봄이 우리에게 주는 선물이라면 겨우내 추위에 떨어 보았기에 봄이 행복하다.

한 달에 한 번의 휴가 3일 연휴를 즐기게 되어 있어서 일상 탈출을 꿈꾸게 한다.

행복은 가까이에 있다고 그 누가 말했던가? 내일에 꿈과 희망을 위해 열심히 달려간다.

지난날의 괴로움은 망각 속으로 보내고, 오로지 현실에 만족해하며 목련꽃 노래를 부른다.

2006년 5월 18일
새벽 종소리

실천불교 야외법회를 다녀왔다. 강화도 전등사의 범천스님으로부터 상세히 설명을 듣고, 사찰을 둘러보는데 많은 도움을 받았다. 점심 공양과 차를 마시고 경내 이곳저곳 사진촬영을 한 다음 석모도 보문사를 들렀다.

나한전에서는 강한 메시지가 전해져 왔고 눈썹바위 부처님이 인상적이었다.

불교대학 23기 동기생들과 친목을 도모하며 성지순례를 잘 마치고, 사찰 밖에서 저녁공양을 하고 헤어졌다. 밤이 늦은 시간에 경내에 도착했다.

종무원들의 휴가로 각자의 방에서 새벽 종소리를 듣는다.

하나 둘 인연법에서 멀어지는 인연도 있고, 이래저래 불교 교리 공부도 해본다.

　자연의 순리대로 멀어져 가는 사람을 잡지 않고, 오는 사람막지 않는 이곳 부처님 전에서 삼보에 귀이 하고, 인연되어 준 모든 것에 감사하다고 기도한다.

2006년 7월 11일
천상에 보낸 아버지

떠난 임 그리워 서러운 눈물 흘린다.
까만 상복 입은 그녀
천상에 아버님을 보내고
굵은 초 두개와 향 한 봉지 가슴에 안고
창가에 앉아 대추차 한잔 시켜놓고
눈물 반잔과 그리움 한 잔에
손수건 두 장이 흠뻑 젖는다.

가냘픈 어깨에 긴 생머리 늘어뜨린 예쁜 그녀
창가에서 울던 그 모습이 내 가슴에 머문다.
도솔천 찻집에선 떠날 때님의 얼굴이 흘러나오고
인간은 망각의 동물이라고
끈을 놔버린 천륜도 세월의 흐름에 묻혀 지는 날
밝은 표정 지으며 납골당에 참배 올 테지

2006년 7월 19일
참회의 눈물

가슴속에 맺힌 눈물이 샘솟듯이 솟아오르는 서러움을
108염주 손에 잡고 님 앞에 참회의 눈물 솥아 낸다.
서러움에 한 맺힌 지난 세월 한탄 하면서

움켜쥐었던 행복을 놓쳐버린 힘없는 손아귀엔 허상과 공허함뿐
잡아도 잡히지 않는 실체를 위한 번뇌의 몸짓으로
고뇌하는 나의 영혼 눈물 속에 묻어 본다.

두뇌 속에서 몸부림치는 아픈 상처 현실의 삶에 고통을 준다.
가슴에 두 손 모아 남 앞에 무릎 꿇고 참외의 눈물 토해낸다.
관세음보살 눈 물속에 빛나는 광채
내가 어떻게 살아야 올바른 삶인지 깨달음 달라고 빌어본다.

엎드려 빌고 또 빌어도 주채 할 수 없는 오열을 토해내야
내 가슴언저리에 맺힌 한숨이 멈춰지고,
억 겹으로 쌓인 한 눈물 되어 흐른다.
육체적 고통과 정신적 번뇌에 갈등하며
임 앞에 엎드려 참회기도 드립니다.
관세음보살 이라고…….

2006년 12월 21일
도량석

새벽 도량 석 소리에 모처럼 눈을 떴다.

늦은 시간에 잠을 청했는데 일찍 일어나기가 최근엔 모처럼인 것 같다. 피로가 누적되어 그런지, 삶에 젖어들어 그런지 이렇게 대종 소리도 들리지 않았던 게 깊이 잠든다는 증거일 테다. 몸과 마음이 편하게 길들여진 탓도 있겠지만 도량 석 소리에 깰 만큼 신심도 깊이 자리했나 보다. 33번의 종소리 멀리 퍼져 나아가고 목탁 소리가 정겹게 들리는 보광사에 젖어든 생활이 어느덧 일 년이란 세월이 흘러간다.

어떤 인연이 내 곁에 다가오고 세월 인연 따라 또 떠나게 될 지 모르지만, 이제 어떤 것도 거부하지 않으려고 생각하는 연주다. 거역할 수 없는 운명이 내 앞에 주어진다 해도 따를 것이며, 진리 그 무엇을 찾아 헤매지 않을 것이다. 지금 주어진 현실을 피할 생각도 없다.

내게 다가온 이 모든 것에 감사하고 이렇게 살아 있음에 감사하고 또 감사한다.

건강한 생활이 되게 하고 잊을 건 잊히게 할 것이며, 부처님의 곁에서 자비로움을 배우고 하심 하는 마음이 되게 기도하련다. 도량 석에 눈 뜨는 아침 연주가…….

감사의 의미를 두고 여태 끼적여 놓았던 일기장을 뒤적여 보았다. 살면서 가장 감사해야 할 부분이기도 하다. 부처님의 곁에 나를 인도하는 분이 계셨고 사찰에 머물렀던 기간이 인생에서 가장 중요한 시기가 아니었나 싶다. 불교에 대해 아는 것도 없었지만 스님말씀만 믿고 따랐을 뿐이고, 하루 세끼 밥 먹으며 하루 일과에만 충실했던 때였다. 고령산 보광사 천년고찰에서의 근무 시절, 많은 불자들이 오고가고 바쁘게 움직이는 일과 속에서 나를 찾기란 힘든 때 였고, 제사공장이라 할 만큼 영혼을 위로하는 49제가 많았다. 납골당도 겸하고 있었기 때문이 아니었나 생각한다. 새벽 다섯 시에 일어나도 한 번도 누구를 원망해 본 적은 없었다.

단지 심야보일러가 일어날 때쯤이면 따뜻한 이불속에서 좀만 더 있었으면 하는 바람이었지만, 주어진 일과를 수행해야 했기 때문에 이부자리를 박차고 일어날 수밖에 없었고, 내가 아니면 누구도 대신해 줄 수 없는 일들이었기에 책임완수 때문에 견뎌왔을 것이다. 부처님 오신 날을 두 번 보내고 내려왔다. 살다가 힘든 일에 부딪히면 그쪽을 한없이 동경한다.

나의 믿음이 결코 헛되지 않았음을 인정한다. 그 결과로 지금까지 최선을 다하며 살아왔을 것이다. 건강이 허락하는 날까지 임께 감사하며 임의 가피 안에서 행복을 꿈꿀 것이다.

감사하는
마음이
중요한
이유

송광사에서 스님 두 분께서 통도사로 오시는 날, 동생에게서 언니 집 좀 빌려줄 수 있냐고 이유는 묻지 말고 동생네로 오란다. 이유도 모른 채 갔었더니 두 분 통도사 방사를 미리 마련하지를 못해서 오늘은 민가에서 주무시게 되었다고 막무가내로 집을 비워 달란다. 나의 짧은 소견으로 알기는 스님께서는 같은 방에 동숙하지 않는 것으로 알았지만, 살아오면서 이유야 어쨌든, 별 이유 없이 동생 집에서 하루 묵는다는 것이 나 스스로 용서가 안 되던 때였다. 불편하시겠지만 24평 아파트 한 공간에서 큰 방엔 스님 두 분이 주무셨고, 난 작은방에서 하루를 보내게 됐다. 홀로 먹는 아침이라 반찬도 없는 식단을 준비했던 것 같다.

스님과의 아침 한 번도 식사를 해본 적이 없어서 그날 아침엔 참 난감했지만, 어쨌든 아침 준비라곤 시래깃국과 흰밥 내 기억으론 단무지 호박볶음이

전부였던 거 같은데, 최고의 밥상이라고 칭찬해주셨다. 하룻밤 신세의 보답으로 스님의 신도가 되어라고 권유하시는 스님 때문에 불교 교리공부도 하지 않은 채로 암묵적으로 스님을 따르기로 마음을 먹었다. 스님께서 불교 명을 지어주신다고 통도사로 불명 받으러 오라시며 소식이 왔던 날, 창호지에 연꽃연배주 연주라는 이름을 받아들던 그 날이다. 저문 날의 통도사 일주문을 나서는 쓸쓸한 밤저녁에 메일 검색을 하다가 애타게 그리던 아들에게서 편지가 왔다. 그날이 아들의 생일날이었던 것 같다. 엄마가 지어주던 밥, 미역국을 먹어보지 못한지 3번째 되던 날이었던 것 같다. 눈물이 하염없이 흘렀지만 현실이 가로 막혀있음을 인식해야 했다.

불교 명을 주시면서 시간이 되면 불교교리 공부를 제대로 해보는 시간을 가져보라고 권유를 받고, 하고 있던 일 푸르미 횟집 동업으로 시작한 별명 딱 조아 라는 주방장의 횡포에 나 스스로 포기하고, 월세를 놓고 경기도로 홀연히 떠나온다. 가을은 무르익고 온 산이 울긋불긋하던 그때 가을은 인생에서, 가장 아름다운 단풍 모습을 본 기억으로 손꼽고 있다. 양산에서 경기도 보광사를 찾아가기에는 힘들던 그때, 내비게이션을 동생에게 빌려서 꼽고 작동이 서툰 내비를 믿고, 부평 역 근처 절친 친구 점희네에서 하룻밤 신세를 지게 된다. 말하지 않아도 그 친구 역시 힘든 시간이었던 것 같다. 사찰로 입문하는 시간은 오전이 좋다고 하여 내비게이션을 켜고 보광사를 찾았다. 스님께서 반가이 맞이해주셨다.

경기도 파주시 광탄면 고령 산자락에 위치한 보광사에서 지내게 된 계기가 될 줄은 몰랐다. 그때 나이 46세 머리는 어깨길이 보다 조금 길었고, 파마는 유행하는 스타일 드라이 볼륨펌 멋은 있는 데로 부렸던 것 같다. 먼 산에 단풍이 눈부시게 아름답고, 고삐 풀린 망아지마냥 사찰에 묶여 있기는 내 자신이 아깝게 느껴졌다. 스님 일주일만 시간을 주세요. 이번 주 지나고 다시 생각 좀 해보고 오겠습니다. 기꺼이 허락해주셨다. 여행을 가보고 싶었다. 일주일이란 시간을 허락을 받고 춘천댐과 강원도로 막 쏘다녔지만, 마음 한구석 엔 왠지 허전함이 몰려왔다. 밝은 성격이라 낮엔 그다지 힘들지 않고 돌아다니다가 저녁이 되면 쓸쓸해졌다.

친구들을 만나는 것도 그땐 한계에 봉착이 된 듯하여 돌아가기로 마음먹었다. 가을날 하늘은 맑았고, 굽이돌아 고령 산자락을 들어서던 그때, 날짜가 2005년 10월 초였던 것 같다. 스님께서 보광사 신도들이 물으면 자원봉사 왔다고 하라신다. 산사라면 조용한 곳이라고 보통사람들은 그렇게 기억을 할 것이다. 하지만 그렇지 않았다. 새벽 4시 도량 석 목탁 소리가 사찰의 뜰 뿐만이 아니라 고령산자락에 고요히 울려퍼지면, 사찰 안마당 자갈바닥소리가 사락사락 난다. 보살님들의 새벽기도 참여소리 곧이어 염불소리가 들려온다. 시작을 알리는 소리기도 하다. 목탁소리 풍경소리에 눈은 떴지만 몸은 움직여지지 않는다. 익숙 되지 않았기에 어찌 해야 되는지도 모르고 시간은 흘러간다.

속가에서 입던 옷차림이 어색하여 뒷날, 법복 바지 사찰복을 도솔천 찻집에서 회색빛 법복을 3만8천 원에 하나 입었다. 꽤 잘 어울린다고 보살님들이 입을 모은다. 자갈 밭을 이래저래 다니며 주어진 일이 없었기에 신도들과 어울려보기도 하고, 공양 간에 공양주를 도와주기도 하며, 대웅전 지장전 관음전 산신각 등등 보광 사 구석구석을 다니며, 눈에 익히고 산사에 적응되어 간다. 사찰 적응기간은 그리 길지 않았다. 시골에서 태어나 시골소녀이었기에 사십을 넘은 나이에 산사에 묻혀 살아가는 것은 어렵지 않게 물들어가고 있었던 것 같다. 밤이면 옆 방에서 코고는 소리도 들리고, 방음이 전혀 되지 않아 기침소리도 들렸다.

바스락거리며 몸부림치는 이불 소리마저 들리는 한 평반 남짓한 방에서 살았다. 저녁 9시만 되면 소등되었고, 새벽 4시 도량 석 때 일어나는 시간이 반복되면서 서서히 적응되어갔다. 주지스님보다 좋은 차 타고 다니는 보살로 이름나 있었다. 주지스님의 차가 그때 세피아 구형이었고, 사찰에 9인승 봉고차가 한 대 있었던 걸로 기억하고 있다. 주지스님 총무스님 사시 예불스님 제사 지내시는 스님 합하여 스님 여섯 분과 종무원, 사무장 보살, 도솔천보살, 제사 수발 보살, 그리고 나, 사찰 잡다한 일 봐주시는 처사님 한 분, 공양 간 보살 두 명, 사찰규모에 비하여 종무원수는 작았기에 각자가 할 일이 많은 때였던 걸로 기억된다. 이럭저럭 하루 이틀 지내다 보니 2주일이 지났다.

한 달이 지나가던 어느 날밤 새벽 한시에 총무스님께서 내 방문을 급하게 두드리신다. 깜짝 놀라 일어나보니 보살님 놀래지 말고 들으셔요. 시골에 아버님 별세 하셨다는 소리를 전해주시고 밤 운전이 되겠냐고 하시며 다녀오라고 말씀하셨다. 눈물이 하염없이 흐르기도 하였고, 지나간 세월이 거울에 비친 것처럼 떠오르기도 했다. 외곽 순환도로를 달려 경부선을 타고 창녕고개를 넘어 왔는데, 도착하여 보니 5시간이 채 걸리지 않은 것 같았다. 경기도에서 밀양까지 얼마나 과속을 하였는지는 상상에 맡겨보며, 81세의 나이로 돌아가신 아버님이셨다. 난 지은 죄가 커서 목메게 울었던 기억이 난다. 아버지께 내가 드렸던 충격만큼이나 힘드셨으리라 생각해보며, 불효자식을 용서해달라고 말하고 싶었다.

아버지 출상 후에 49제를 내가 모시기로 맘먹고, 제비용으로 얼마를 달라기보다 참여 의식이라도 가지라고 했건만, 끝내 49제 막 제날 엔 큰오빠는 오지 않고, 고모님이랑 엄마 동생 작은오빠 올케 까지만 참석되었던 걸로 기억한다. 경남 밀양에서 경기도 까지 49제를 지내기 위해 모였다. 불자들이 있는 집안 치고는 막 제 하나만 올리는 건 이해하기 어렵겠지만, 내 마음 편하기 위해서 마지막 제라도 지내드리고 싶었다. 49제 막 제날 보광사에 계시는 스님 여섯 분이 총동원되어 거대한 49제를 봉행했다. 종무원의 가족으로 먼 곳에서 오신 가족들과 보광사 신도님들의 참여로, 아버지 마지막 가시는 길은 편안하게 모셨다고 생각한다.

살아계실 때 남을 위해서 항상 상여에 타시고, 북소리 내시던 아버지 돌아가시기 전에 다치셔서 철심박고, 누워 계실 때 일주일 병간호한 적이 있었는데, 병원에 누워 계시면서도 항상 회심곡을 좋아하셨다. 입버릇처럼 나 죽으면 누가 앞소리 해주냐고 하셨던, 아버지께 그땐 까닭 모르고 아버지 내가 다 해드릴게요 했던 그 말이 실천이 될 줄은 몰랐다. 결국 내가 해드렸다고 생각해본다. 불교에 몸을 담았고 보광사에 있었기에 가능했던 일이기도 하다. 부처님 인연이 지어 지지 않았다면 할 수 없었던 일을 했다. 시간은 흘러 겨울월동 준비를 사찰에선 참 남다르게 하는 것을 본다. 11월에 김치를 담그는데 수백포기를 담는다.

김치 공장을 방불케 하는 월동준비에 하루 종일 많은 신도들이 와서 배추절임을 해놓고 가면, 새벽 3시쯤에 종무원들이 일어나 배추 씻을 준비를 하는 동안에 신도들이 어둠을 뚫고 오시기 시작하여, 오전 중에 배추 씻기가 끝나면 오후엔 속 버무리기를 준비해놓고, 이튿날 김장을 한다. 비닐봉지를 멍석처럼 크게 펼쳐놓고, 길게 한 줄 늘어서 앉아 각자 배추 속을 넣고 버무린다. 그야말로 그날은 잔칫날이다. 만두도 찌고, 고구마도 삶아서, 김치랑 얹어 먹는 맛은 잊을 수 없다. 그 월동 준비가 끝나면 사찰 스님이 기거하시던 설 법전 이층과 보광사 안심 당 주지스님 소 찾는 집 벽엔 보온 휠 타를 감는다. 겨우 나기 월동 준비인 것이다. 봉창문은 다 먹고 방에 들어가 불을 켜기 전엔 감방이나 다

름없는 방이 되고 만다.

보온 휠 타를 감고 심야전기로 겨울을 난다. 난방은 잘 되지만 경기도 광 탄은 겨울이 참 추웠던 것으로 기억한다. 경상도에서 살던 난 겨울엔 속내의를 입지 않고 40년을 살았지만 그때는 달랐다. 따뜻한 물이 제대로 나오질 않는 산사에서 첫해 겨울은 참으로 힘들었다. 빨강 내의를 입고 검정 털고무신 신고 법복입고, 이젠 누가 봐도 대보살이라고 입을 모은다. 자원봉사를 온 보살이 보광사 종무원이 되기까지는 쉬운 일이 아니기도 했지만, 나 스스로 대견해 했다. 누가 나에게 대해서 관심 깊게 물어보는 사람도 없었지만 보살이 되어가고 있었다. 2006년 불교 교리 공부를 시작했고, 지금 까지 인연되어 가고 있는 선묘화보살이 23기 반장이 되었다.

6개월 교리 공부를 마치던 날, 낙하산으로 받았던 연주보살이 정식 수계를 받고 수계의식에서 가장 빛나는 한복을 입고 하루를 지냈다. 머리를 틀어 올려 올림머리를 했던 날, 졸업사진 기념하기 위해 사진 찍는 나를 보고, 주지스님 빙긋이 웃으시며 하시던 말씀이 아직도 기억에 생생하다. 예쁘다. 시집가도 되겠다, 하시며 나를 놀리신다. 내심 아닌 척하면 기분은 좋았다. 보광사는 납골당을 가지고 있는 사찰이다. 그래서인지 49제가 많아서 우리들 스스로가 부르는 이름이 있었다. 제사 공장이라고 아침 조회시간에 월계표를 바라보면 항상 한숨짓는 일이 많았다. 한창 많을 땐 제사가 50개가 넘을 때도 종종 있다. 그냥 일반 제때 올리는 제사상 가지 수는 정해져 있지만, 49제 막 제만 주로 지내는 경우가 많아서, 준비된 과일이랑 과자는 쉽게 쌓지만 부침개 전을 붙이는 시간이 오래 걸린다.

수수 빈대떡과, 고구 마전, 감자전, 두부부침, 등등이 가장 힘든 일이다. 종무원 누구나가 제사 바라지 일을 함께 병행해야 했던 시절이었다. 보문심 수

희 나 이렇게는 꼭 제사 수발을 들어야 했고, 사무장 보살 보타 행은 사무장이었기에 그 일만은 시키지 않았다. 새벽잠에서 깨어나 새벽기도를 하지 않아도 우리가 일어나서 해야 할 일들은 너무나 많았다. 누가 말했던가? 사찰일 하루 팔십 리라고 앉아서 삼만 리 서서 구만리를 보는 게 사찰이라고, 힘든 시기에 서로를 위하며 살아야 했는데, 그땐 우물 안 개구리였던 것이다. 난 강아지를 싫어했는데 내 옆방 수희는 보광사 오고 난 뒤부터 유기견은 다 주워다 기르는 보 살 이었다. 내 옆방에 기거했기 때문에 나와 자주 실랑이가 있었던 것 같다. 그 옆에 방엔 보문심이 애완견을 방에다 길렀다. 때론 자고 일어나면 검정 고무신을 베고 자는 강아지를 보면발로 차기도 했다. 그로 인해 하루는 큰 싸움이 벌어졌다. 수희는 소리를 지르며 울었고, 단체로 불려가서 혼나기도 했었다.

천수경 반야심경 아무것도 모르는 채 입문한지 일 년쯤 되어 가던 날. 템플스테이 주관도 하게 되었고, 사찰 전반에 걸쳐 모르는 일이 없이 절에 젖어 들게 되었다. 종무소에 근무하면서 가람지기 라는 프로그램을 배웠고, 인터넷을 잘해왔던 터라 사찰에서도 무료한 시간 달래기는 으뜸으로 인터넷 사이버 자키로 활동을 했다. 저녁 타임 8시부터 밤 열시까지 소등해야 하는 9시까지는 불을 켜두고 하다가, 9시 이후 한 시간은 천정 등불을 끄고 헤드셋만 끼고, 모니터 불만 켜놓고도 방송에 재미를 붙잡고 매달리던 그때다. 아마 인터넷 중독이 아니었을까 생각해본다. 그로 인해 쥐띠 방 동호회 등등 많은 사람을 알게 되기도 했고, 친구들이 보광사 이곳을 많이 찾아 줬었다.

그것이 인연이 되어 지금까지 친구들이 많은 까닭이 된 지도 모른다. 사찰이란 특정지역에서의 방송은 의미 있기도 했다. 오프닝 곡으로 항상 종소리 나는 곡으로 틀기도 했으며, 산사에 방송이라 찾는 이도 많았다. 때론 나를 보기위해 서울에서도 왔고 나름 즐기며 살았던 건 아닐까? 그렇게 사찰적응하는데 일 년이 넘었던 시점에 스님께서 동사섭이란 곳을 다녀오라고 하신다. 살면서 생활고가 있거나 크게 충격을 받은 사람으로 마음을 치료 하는 곳이라고 설명 하셨다. 초급 40만 원 회비를 내주신다고 다녀오라고 하시면서, 많은 깨달음이 있을 거라고 말씀 하시곤 나를 193기 회원으로 보내주셨다. 논산 원불교 자리에 보내 주시던 날, 시간이 일찍 나왔으니 가면서 온천을 들렀다가 가면 어떠냐고 물으신다. 드라이기 준비 없이 못 간다고 했더니, 그놈의 머리를 왜 기르느냐고 빡빡 깍지 뭐하러 기르나 하시며, 웃으시는 모습에서 그 순간 다시 한 번 나를 돌아보는 계기가 되었고 훗날…….

끈을
놓지
않는
마음

우리가 하고 있는 일이 8년째 되던 해였던가. 회사에서도 열심히 일하고 있는 지사장님들께 감사의 의미로 해외여행을 보내주셨다. 열 여덟 개 지사가 한꺼번에 여행을 한다는 건 불가능하여, 조별로 여행을 떠나게 되었다. 우리 조에는 경남, 전남, 충북, 경기 이렇게 4개조가 코타키나발루로 여행 일정이 짜여 졌었다. 한겨울에 여름 나라로 떠나는 여행이었다. 새벽부터 부산히 움직여 부산역에서 인천공항 직행 KTX를 타고 여행은 시작되었고, 4개조 인원 13명이 함께 떠나게 되었다. 초등학생부터 대학생도 있었고, 우리는 부부만 참석이었지만 가장 연장자였으므로, 남편의 제의로 여행에 동행하는 동행자의 이름을 외우기로 했다.

비행기를 타자마자 내릴 때까지 6명의 아이들의 이름을 외우도록 했는데 남편이 가장 잘 외운 것 같았다. 여행하는 동안 내내 즐거움을 주는 아이들과 산호섬에서 몇 년 만에 비치가운도 입고, 사진 촬영도 하고, 아이들과 함께 할 수 있는 게임을 찾다보니, 한 번도 굴려보지 않았던 볼링도 하게 되었다. 3박4일의 짧은 여행이었지만 그때의 추억은 참으로 값진 것이었다. 민주엄마의 섬세한 준비로 3박을 즐겁게 여행할 수 있었기에 가끔 그때를 잊지 못하고 초가을 단감이 생산하면, 대봉과 단감을 보냈었다. 지역의 특산품이기도 하지만 단감은 누구나 좋아하는 과일이어서 편하다. 몇일 전 강원도로 훌쩍 떠난 날에 우편물 도착이라고 문자가 날아왔다.

여행에서 돌아와 선물을 확인해 봤다. 민주엄니께서 취미로 자수를 배운다고 하시며, 직접 쓴 편지까지 동봉되어 왔다. "안녕하세요. 민주엄마에요 코타키나발루로 여행을 다녀온 지, 엊그제 같은데 벌써 2년이 다 되어가네요. 한번 놀러 가야지, 하면서 못 가게 되었네요. 보내주신 단감은 너무나 맛있게 잘 먹고 있습니다. 감사합니다. 요즈음 제가 취미로 자수를 배우고 있어서요. 휴대용 바늘 쌈지를 만들어 봤어요. 아직 초보라 어색해요. 한 땀 한 땀 정성을 들였으니 예쁘게 봐주세요. 바늘쌈지 사용 안하시면 카드 한 장 넣어서 사용하셔도 될 것 같아요. 항상 두 분 건강하시고 담에 꼭 만나서 좋은 추억 또 만들어요"

이렇게 예쁜 마음으로 편지와 함께 보내준 바늘쌈지는 책상 위에다 놓고 민주엄마를 보는 듯 며칠을 감상하다가 오늘 짧은 문자 메시지로 답변을 보냈다. 다소 늦은 감은 있지만 이것이 나의 글쓰기 소재로 쓰일 줄은 몰랐다. 장미바구니 한가득수 놓인 나만의 바늘쌈지는 세상에서 하나뿐인 선물 1호이다. 사용 용도야 잘 쓰지 않게 될 지라도 보낸 이의 마음이 담겨진 선물에 의미를 부여해봤다. 가슴 한 쪽을 수 놓듯이 이 인연은 계속되리라고 생각해 본다. 전화번호가 등록되어 있지 않아 남편에게 전화번호를 요청했더니 민주 아빠의 짧은 메시지와 함께 "형수님, 많이 보고 싶어요." 라는 문구가 들어오며 새로운 취미로 나와 같은 사진 찍기를 얼마 전부터 시작했단다. 듣던 중 반가운 소리였다. 나랑 같은 취미를 가졌기에 나를 이해할 것 같은 예감으로 빙긋이 미소 지어 본다.

끈을 놓지 않는 마음 중에 또 한사람이 있다. 2005년에 보광사에 입문하게 되고 부목처사로 일해주실 분을 구하고 있던 중에 이 오빠를 소개 했었다. 음악 동호회 사람이었다. 그때 컴퓨터에서 공간사랑이라는 카페지기이기도 하면서, 사이버 자키 활동을 하는 오빠였다. 파주가 고향이었고 나이는 말띠였으니 나보다 5살이나 많은 오빠였다. 원초적으로 불심이 조금 있는 사람이기도 했지만, 굳이 어떤 말이 필요치 않은 사람이기에 스님께 추천을 드렸다. 인성을 믿었던 탓에 오빠와 함께 일할 수 있었고, 그때 종무원과 스님 모두 합해도 13명 정도였다. 사찰의 일이란 것이 누가 누굴 지시하기 보다는 알아서 자발 심으로 일하게 되는 경우가 많다. 요소마다 적절한 인원 배치야 되어 있겠지만, 봉사자들이 많이 들어오기 때문에 눈치 안 보고 하루 종일 놀아도 누가 말하는 사람은 없다. 스스로 부처님 전에 살면서 업을 쌓지 않고, 덕을 쌓는다는 보시하는 마음으로 살아야 한다. 오빠는 그것을 잘 알고 있다. 나와는 2년 동안 한솥밥 먹고 부처님 가피 아래 살았다.

2007년 회항하여 창원으로 다시 올 때 오빠도 회항했었는데, 그후에 신임주지 스님이 오실 때마다. 사찰 사정을 젤 잘 아는 분이라 다시 불러들여서 10년 세월을 사찰에서 보냈다. 인연 짓기가 쉽기도 하지만 인연의 끝도 쉬운 건 아니다. 오빠 아버님, 어머님 두 분을 그 사찰 영각 전에 납골 묘에 모셨다고 한다. 고령산 산신령님의 위력이 참으로 대단한가 보다 가끔 서울 볼 일이 있어서 다니러 갈 때면 꼭 보광사를 들렀고, 인연을 계속이어 오고 있다. 경상도 소식도 가끔 전해주고, 파주 소식을 간간히 주고받으며, 2016년 사월 초파일 지나고 오랜 사찰생활로 영양결핍이 왔는지 연식(나이)이 있어서 그런지, 건강이 좋지를 않아서 하향했다고 한다.

오빠의 친동생의 극진한 건강보살피기로 지금은 건강하신지 소일삼아 조금씩 일 해가며 잘 지내고 있는듯하다. 아침마다 사이버에서 방송국 노을빛 발라드를 다시 운영하게 되어 음악으로 소통하고 있다. 사찰에서 이른 시간 기상으로 길들여져 있다 보니, 6시에 항상 시작방송 불을 켠다. 구수한 목소리와 탁월한 선곡으로 심금을 울린다. 음악이 고프거나 신곡이 듣고 싶으면 모바일로 세이 캐스트에 접속해본다. 어김없이 오빠 목소리 들려온다. 초가을에 라이딩을 시작한 나는 다섯 시 라이딩을 시작할 때 방송을 틀고 달린다. 본 포쯤 가고 있으면, 오프라인 곡으로 들려주는 사찰 전주곡 같은 경음악으로 시작 멘트와 함께 자주 듣고 있다.

친구들과 만나면 언제든지 듣는다. 해외여행에서도 국내에서도 무선망이 터지는, 전 세계 어느 곳에서도 모바일로 음악을 신청하거나 여행 사연등도 올려가며, 소통하는 끈을 놓지 않고 연결되어 있다. 일천여 명이 넘게 애청하고 있는 방송이기도 하지만, 함께 했던 세월이 소중하기에 이어지는 인연 일게다. 인터넷을 처음 접하고 방송에 가입하게 되고, 동네 사람들이 아닌 인터넷 세계의 사람들을 만날 땐 외계인을 만난듯했다. 우물안의 개구리처럼 사람들을 만날 기회도 없었지만, 늘 익숙한 사람들과의 만남으로만 살아오다가, 전국적으로 인터넷을 이용하는 사람들과의 모임을 매월 하게 됨으로, 목소리가 구수하고 매력 있으면 착각을 하게 된다. 왠지 너무도 잘생겼을 것 같고, 신사 같이 생겼을 것이라고 착각한다.

실지로 만나보면 청춘남녀도 아니고, 사십이 넘은 아저씨들과 아줌마들이다. 사람은 누구나 자주 만나면 그 얼굴에 익숙하게 되고 만나다 보면 정들게 마련이다. 첫인상에서 모든 걸 선입견으로 받아들이다 보면, 오랜 인연으로 지속될 수 없게 마련이다. 내가 먼저 마음을 열고 내가 먼저 다가가다 보면 상대도 마음을 열게 되어 있다. 진실과 진정성이 인연을 이어주는 고리 역할을 하는 거라고 생각해본다. 방송을 듣던 어느 날, 오빠와 그때 종무원들이 함께했던 추억을 더듬으며, 신청곡 란에 그때가 그립습니다, 라고 신청사연을 올렸든 흔적이 남아 있다.

그때가 그립습니다

숨소리조차 크게 들리는
한겨울밤의 정적을 깨트리고
대웅전 처마 끝에 달린 풍경소리는
보광사 안심 당에 고이 잠든 보살님에 가슴을 흔들든 날.

유난히도 바람구멍이 커
창문을 온통 보온 휠 터로 막아버린 창 없는 아낙의 쉼터가 있었지.
소리 없이 내린 하얀 눈은,
발자국을 남기기조차 어려울 만큼 깊은 눈으로 가득 채워져.
새 하얗게 고령산자락을 덮어 버린 눈을 치우기 위해,
한줌의 염화칼슘 휘날리던 그때 그 시간이 그립다.

오늘 같은 날 남쪽 하늘 엔 눈이 비되어 내리고,
창에선 낯 익은 목소리로 구수한 음성 나지막하게 울려 퍼 질 때,
가슴 절절한 그리움 가득 목이 메여 오고,

내 한 몸 생을 다 한 참나무베어다가.
장작불 난로 피워놓고 옹기 종기모여 앉아,
군고구마 구워 먹던 그날이 그립습니다.

내 핏줄 같이 아끼고 서로를 보듬으며
아픈 곳 세세히 보살 필재,
어떤 인연으로 우리다시 만날지 모르지만.
그때 오누이로 한솥밥 먹던 그 시간이 그립습니다.

눈 덮인 대웅전 앞마당을 엎어질듯 미끄러질까 조심조심 걸으며.
49제 영가 천도위해서 지장 전 오가던 그 시간도 이젠 추억이 되어.
오늘같이 남쪽하늘에 비되어 내리는 날
그곳은 함박눈 내릴 것 같은 날에,
그때 순간순간을 영상으로 담아놓은 듯,
내 가슴에 하얀 추억 되살아 그때 그 시간이 그립습니다.

너무도 소중했던 산사에서의 세월들을
지금 이 순간 그려 봅니다.
보고 싶습니다.
너무도 그립습니다.
앨범 속에 저장된 추억 꺼내어
내 마음 들여다봅니다.
아름다운 설원 속에 그 자리들을 …….

2016년 11월 23일
노을빛연주

우리는
함께
걸어갑니다

그녀와 난 자매로 태어나 서로 다른 운명으로 살아가고 있다. 두 살밖에 차이 나지 않는 내 동생과 나의 이야기이다. 아주 어린 시절 기억은 나지 않지만 대충 기억하는 나이는 다섯 살 때부터 인 걸로 기억한다. 그때 아버지의 여동생, 우리의 고모부께서 꽤 잘나가는 밀양군청 공무원이었던 걸로 알고 있다. 국 골이라는 산을 개간하여 밤나무를 심었고, 평전 앞마을 강변에도 개간하여 밤나무를 심을 때 일이었다. 입이 짧은 동생은 보리밥도 잘 먹지 않았던 것으로 알고 있다. 개간하는 산에 점심과 새참을 엄니께서 책임을 지시고 하던 때였다. 새참은 국수를 삶아서 이고 가는 것 같았고, 때로는 촌닭을 잡아서 점심을 해가지고 가는 것 같았다.

어린 동생을 보라고 닭국 물에 밥을 말아서 먹고 있으랴며, 일꾼들 밥이라 노다지 꽁보리밥만 해갈 수 없었던 것 같다. 제법 쌀이 섞여 있는 점심에 동생

밥엔 닭고기 국물에 말아주었는데 그때 두드러기(알레르기)가 몸에 일어나서 동생은 전혀 고깃국물도 먹을 수 없는 사정이었다. 알레르기가 일어나면 검정색 보자기를 둘러 입으라며, 민간 처방을 내려 주었던 것 같다. 동생은 아마 7살이 되도록 엄마 젖을 먹었던 것으로 기억한다. 그때 할아버지께서 살아계셨다. 학교에 다녀오면, 아랫방에 동생이 울고 있었다, 추운 날 할아버지께서. 엄마 따라 갈려는 동생을 붙잡아 두었는데 하도 울어서, 하교하고 온 나를 엄마 찾아보냈다.

젖이 먹고 싶어서 울었던 것이다. 지금 어른이 되어서 그곳을 바라보았다 그곳에 갈려면 어른걸음으로 40분 정도 걸어야 가는 곳, 천수답에 모내기를 하고 있었던 것이었다. 점심 시간이 조금 못된 시간에 올라가기 시작했는데, 동생을 데리고 도착한 시간은 해가 넘어갈 때쯤 도착했었다. 엄마, 아버지 두 분이서 모내기한 논 한마지기 그의 다 심어가고 있었다. 얼마 남지 않은 논에 빨리 모내기를 하고 어둡기 전에 내려가야 된다며, 역정 내시던 그 모습이 아직도 눈에 선하다. 뭣하러 내려 갈 건데 여기까지 데려왔냐며 젖이고 뭐고 먹이지 말고 내려가라고 성화셨다. 엄마와 크게 다투는 것 같더니 아버지께서 화나셨는지 동생을 물에 밀쳤던 것으로 기억에 남아 있다. 부둥켜 안고 젖먹이든 엄마 눈에 눈물 흘리시던 모습이 지금도 생생하다.

시골 논 한마지기 반을 두 분이서 심으시고, 내려오기 전에 젖으로 목축인 동생이 하는 말 "언니야, 이제 내려가자. 아버지 무섭다."며 먼저 걷기 시작하였다. 해가 어둑어둑해질 무렵 여름이었지만 참 추웠던 걸로 기억한다 온통 물에 잠겨서 추위에 바들바들 떨던 동생을 위해 속옷까지 몽땅 벗어주고, 난 겉치마만 입고 내려왔던 웃지 못할 추억이 있는 내 동생, 비위가 약해서 잘 먹지도 못하고 알레르기가 심한 동생이어서 가끔 두드러기가 일면, 그날 밤새워

고생하던 동생이었다. 중학교에 다닐 때도 빈혈이 심했다. 조례시간에 오래 서있으면, 들것에 실려간 적이 한두 번 아니었던 내 동생이다. 초등학교 때는 2년 후배였지만, 중학교 시절엔 내가 한 해 늦게 입학하는 바람에 나오는 일 년 후배 동생이었다.

중학교 다닐 때 아버지께서는 주막에서 하룻밤 지새고 오시는 일이 많았다. 그것을 참지 못하여 엄마는 우릴 앞장 세워 장날 밤마다 찾아 다니시곤 했다. 엄동설한에 추운 날 아버지께서 오시지 않는 날엔 여지없이 엄마 앞장서서 따라 가야 했다. 그 일이 너무도 싫었다. 주막집에선 뭐하였겠는가? 지금처럼 TV가 있고 그랬던 시절이 아니었기에, 노름으로 날 밤새시던 아버지 찾아서 간다는 사실도 싫었지만, 모시고 오는 날이면 집에 올 때까지 집구석에 불 지르신다고 소리치시고, 돌멩이를 던져 엄마를 무섭게 호통치시던 아버지의 모습도 너무도 싫었다.

내가 고등학교를 집 떠나서 가게 되면 난 절대 집을 찾지 않을 거라고 맹세한 적도 있었다. 마음속으로 아버지를 미워했었다. 어린 마음에 고등학교도 못 보낼 만큼 가난하게 했다는 원망이 마음가득했고, 추운 겨울날에 모시러 다니는 것도 싫었는지 모른다. 담임선생님 추천으로 마산으로 오게 되었고, 집 떠 난지 일주일도 안 되어 엄마가 애타게 그리웠던 적이 있었다. 삼교대 하면서 오전반 마치고 야간 일에 들어갈 때 마다 하루라는 시간이 남았을 땐 꼭 집으로 찾아 왔었다. 그리하여 내가 먼저 한일합섬에 취직을 했고 일 년 후배인 동생은 중학교 졸업 후에 집에서 쉬었던 것으로 기억 된다. 편지를 보내고하던 중에 동생 또한 한일 합섬에 입학하게 되었다. 둘은 나란히 한일합섬에 취직은 하게 되었지만, 동생이랑 나랑은 자주 볼 수 없는 상황이 되었다.

동생은 주전 반 난 3교대 하는 B조에 근무했기 때문 이었다. 가끔 만나 이야기해보면 동생은 편직과 재단실에 근무 하니 깔끔한 차림으로 편하게 있다고 했었다. 둘은 3년 잘 버텨 졸업을 하게 되었다. 먼저 졸업한 내가 작은 오빠랑 자취를 하게 되었다. 동생은 큰오빠네 조카 둘이를 돌봐주려고, 삼문 동 오빠네 작은 방에서 몇 개월을 고생했는지도 모른다. 서로의 삶이 그때부터 조금 달라지기 시작했던 것 같다. 난 졸업한 후에 직장에 다니지 않겠다고 집에 가 있었지만, 작은오빠가 월세는 자기가 줄 테니 와서 돈은 벌지 말고 밥이 나 해달라는 말에 꼬여, 양덕동에 와 있은 지가 두 달도 못 되서 직장을 나가게 되었다.

친구를 좋아하는 오빠는 달세도 제대로 주지 않고, 술 먹기 일쑤였고, 밥해주는 반찬값 쌀값도 제대로 주질 않아 도저히 돈을 벌지 않고는 버티기 힘든 지경에 놓였다. 내 스스로 동경 전자에 입사원서를 내어다니게 되었다. 일 년도 함께 살지 못하고 한일합섬 다닐 때 번 돈 부모님께서 송아지 한 마리를 싸 두게 되었고, 그 누렁이 놈이 해마다 새끼를 낳아, 살림 밑천이 되었단다. 오빠 장가갈 때는 내가 벌어준 돈 으로 결혼해버렸고. 큰오빠네 살던 동생도 조카 봐주기 6개월 이상 했던 것으로 기억된다. 작은오빠가 떠난 집에 나 혼자 살기가 무서워 동생을 불렀다. 나와 어쩜 그렇게도 닮은 자매였을까? 내가 다니던 동경전자에 함께 다녔다.

24세, 결혼 정년기에 결혼을 했었고 뒤이어 동생도 결혼하게 되었다. 지금 기억해보면 동생이 결혼할 때도 집안 형편이 어려웠던 것으로 기억된다. 동경전자에 다니던 동생이 퇴직금으로 150만 원정도 받는다고 했다. 그 돈을 받으면 엄마에게 전액 다 갚아 준다는 조건으로 시집 갈 밑천을 빌렸던 것으로 기억되었다. 내가 창원에 살 때였다. 동생이 시집간다 해도, 마음에 드는 물건 하나 제대로 선물하지 못한 언니였다. 그때 24인치 TV 하나 할부로 사줬던 기억

밖에 나지 않는다. 지난일이긴 해도 그때 일을 기억하면 가슴 아프다. 그리고 엄마가 밉다. 지금은 늙어 버린 엄마이기도 하지만 참 고집스러웠던 울 엄마였다. 물금으로 시집 간 동생은 거제도에서 살림을 했었고, 마음 씀씀이가 고왔던 내 동생은 자신의 어려움을 언니나 엄마에게도 잘 말하지 않았던 동생이었다.

그때, 시집 간 동생이 어릴 때처럼 야위다. 야윈 얼굴로 마산 퇴직금을 타러 오늘날, 엄마도 시골에서 오셨다. 지금 생각엔 합성 동주차장 뒷골목 어느 식당에서 점심을 먹고, 동경전자에 다녀온 동생과 함께 퇴직금 전액을 주기로 했다. 삐쩍 마른 동생을 보고 보약 한 첩 지어 먹으라고 30만 원을 빼고, 시집 갈 때 지참금을 한 푼도 못 가져갔다는 말에 30만 원은 챙겨두고, 나머지 엄마 드리면 될 거라고 했던 것이 불씨가 되었던 것 같다. 일백만 원이 넘을 것이라고 생각하고 온 울 엄마, 동생 처지가 그렇다고 말했는데 그 돈 전부가 아니면 한 푼도 안 가져가겠다며, 돈다발을 시외 버스주차장 밖으로 내동댕이 쳐버리던 울 엄마, 바람에 날리던 돈. 슬펐던 그 돈을 그렇게도 매몰차게 버리시던 엄마, 내 기억엔 버스는 떠나 버렸고 둘이는 얼마나 울었던지, 한참을 울다가 서로가 가야할 길이 달랐기에, 어떻게든 우편으로 보내라는 말만 남기고, 각자의 집으로 돌아갔던 아픈 추억이 생각나는 날이다.

자매는 용감하게 서로의 생활에 만족하며 살아왔다. 그러던 어느 날 갑자기 불행이 시작된 것은 동생 시아버지의 위암 소식을 듣고부터였던 것 같다. 동생이 장남며느리로 살면서 시아버지의 사랑을 한 몸에 받고 살았는데, 임종 때 시아버님께서 남기신 말씀이 지금도 생각난다. 철딱서니 없는 내 아들과 살면서 고생할 너를 생각하니, 눈 감기가 어렵다고 하셨다던 그 말을 들은 지가 어제 같은데, 벌써 세월이 10년이 훌쩍 지났다. 그동안 많은 풍파를 겪었다.

그 많은 일들을 저질러 놓고서도 처형에게 미안하다는 말은커녕 원수가 따로 없이 지낸다. 장유에서 치킨 장사할 때다. 보증을 써 달라는 것이다. 하나밖에 없는 동생이 울며불며 마지막이라고 부탁한다는 그 말에 설마하는 마음으로 보증을 서주기로 했는데, 일 년도 못되어 부도가 나고 말았다.

장사를 하며 법원으로 뛰어다니며, 배당받아서 해결해준 나에게 원수가 되어 떠났다. 인연이 여기까지라면 기꺼이 받아들여야겠지만, 그래선 안 되는 일 아니었던가. 돈이 밉지 사람이 미운 건 아니지 않나해서 동생을 불러내렸다. 동읍 점 네네 치킨으로 내 하는 일을 도와 달라고 중간에 스님이 계셨기에 쉽게 이해가 되는 줄 알았다. 일 년 6개월을 힘들지만 잘 이끌고 나갔다. 전체적으로 혼자 맡아서 하는 건 아니었지만 고생은 했다. 매출이 상승했고, 지사 일을 하면서 3가지 일을 한다는 게 힘들어서 직영점 하나는 접기로 했었고, 동생에게 먼저 물었다. 이 매장을 운영할 수 있겠냐고 못하겠단다. 그렇다면 넘겨야겠다고 마음 먹고 있었고 9월 말까지만 일해 달라고 했었는데, 내가 학교에 가고 없는 날 조카 혼자 감당할 수 없는 시간에 가게 일을 팽개치고 도망치듯 가버린 동생이다.

잊는다고 잊어질 그런 관계가 아닌데 너무도 슬픈 현실로 다가왔다. 남도 아닌데 내 친 혈육이 말이다. 그렇게 떠났고 언젠가는 그 이야기 할 때가 있겠지만, 나와는 너무도 닮아 있는 내 동생이다. 엄마가 아직 살아 계시기에 너와 난 아직 인연이 끝나지 않은 천륜으로, 미운 맘을 간직하며 각자의 인생을 살아가고 있다. 그렇지만 우리는 함께 걸어가야 하는 혈육의 인연이 아니던가, 진실은 언젠가는 알게 될 것이고 훗날 널 만나면, 그때 그 이야기하며 웃을 수 있는 날이 오길 기다리며……

시절
인연

엄청 추운 날 아침이다. 조금 늦은 기상으로 어제 만들어 놓았던 반찬, 근댓국, 시금치나물, 멸치볶음, 현미 찹쌀밥으로 아침식단이 준비되었다. 이제 4년의 마무리 수업이 2주 남짓 남은 관계로 어제는 민주주의 4.0을 배우면서 느낀 감정을 말한다. 대학생활을 해보지 않았다면, 이렇게 어려운 공부들을 섭렵할 수 있었을까 하고 감사한 마음을 느끼며, 하교 시간이 늦었다. 네이버에서 작가님 등단소식을 듣고 축하 댓글도 남기면서 내가 글 쓰는 이유를 단숨에 읽어 내려갔다. 글을 읽다가 무언가 찡하게 내면의 소리가 고동치고 있었다. 노트북을 가져왔다 한참을 써내려갔다. 한 시간쯤 지났을 때 상황을 정리하다 보니 어느새 A4용지 3장이 쓰여 있었다. 시간을 보니 새벽 2시 반이었다.

일찍 일어나는 남편이 화장실에 가는 소리가 들린다.

"여보, 아직 안 잤어? 뭐해?"

"네, 글쓰기 조금 하느라고요 금방 잘게요."

하던 일 마무리 짓고 잠든 것이 오늘 아침이 늦은 이유이다. 식탁에 앉아서 남편과 대화한다. 오랜만에 여태 해오던 일을 그만두고 이제 남편도 가슴 뛰는 일을 하고 싶단다. 10년을 해온 일이 있었기에 이제 걱정할 아이도 없고 하고 싶은 일 얼마든지 하라고 권유했다. 항상 입버릇처럼 말해왔든 글쓰기를 이제 할 수 있고, 너무 좋은 작가님을 만나서 꿈을 이루게 될 것 같다. 이만큼 진도가 나갔다고 자랑한다. 끝까지 최선을 다해 보란다. 망설이지 말고 후원자가 되어 주겠단다. 얼마나 든든한지 모른다. 나를 나보다 더 사랑하는 임이기에 정말 고마움을 느낀다.

몇 일전에 생강즙을 착즙해보니 결과물이 너무 마음에 들었다. 생강즙 연주의 조리법을 밴드에 작성하여 고등 밴드와 초등 밴드에 올렸었다. 누군가 보지 않아도 나의 만족이었다. 올해 유난히 생강이 싸다. 한번해 본 경험으로 이번엔 20킬로그램을 주문했다. 어제 담가둔 생강즙을 오늘 만들어야 한다기에 녹즙기를 들고 차방으로 내려갔다. 날씨가 밤새 상당히 추웠던 모양이다. 수돗물을 받아 뒀었는데 살얼음이 얼었다. 사무실로 들어가 고무장갑을 꺼내서 끼고, 장화를 신고, 일할 준비를 하고 나왔다.

경리 실장님이 "어머나, 사모님! 어제부터 무리하시는 거 아니세요?"라며, 빙그레 웃는다. 인사인지 농담인지 말을 건넨다. "실장님, 나도 하면 엄청 잘해요. 왕년에 찻집 하던 실력 나온다." 하고 20킬로그램이 담긴 고무 큰 대야에 발을 넣고, 북적북적 밟아 보니 생강이 넘친다. 반쯤 덜어내고 다시 밟기 시작했다. 흙탕물이 이리 저리 튀었지만 이내 깨끗이 씻어졌다. 큰 소쿠리에 담아서 차방에 준비를 했다. 차방이란 네네치킨 경남지사를 차리며, 옆 공간이 똑같은 장소가 하나 생겼다. 그기에 내가 좋아하고 아끼는 소품들과 오작교에서 가져온, 발우들이며 음악공간으로 쓰던 앰프며, 컴퓨터에 소장되어 있는 애청곡들이 몇 만곡 정도는 들어 있다. 발라드 음악을 틀고 생강 착즙을 시작했다. 환경이 좋은 곳에서 신바람 나게 일하다 보니 일이 절로 되었다.

  반쯤 즙을 짤 무렵 밖에서 일을 보고 돌아온 남편이 점심을 달랜다. 오늘 나한테 점심 달라고 하기에는 무리인 것 아니냐고 한마디해 본다. 그럼 내가 쏠게 준비하라고 말이 떨어지기 무섭게 갑시다. 세수도 하지 않고 시골 할머니 부스스 한 모습 그대로, 다이노스 유니폼 점퍼를 걸치고, 점심을 먹으러 나섰다. 바보국밥집이다. 대산면 시골이다 보니 개발하는 도시다보니 음식점이 괜 찬은 곳이 없다. 이번에 생긴 국밥집은 꽤 마음에 들어 하는 집이다. 곰탕 자체가 진하게 우려 순대국밥, 내징 국밥, 돼지국밥과 직접 담근 배추김치며 무장아찌도 일품이다. 국밥집에 들어서는 순간 앉을 자리가 없이 빈 그릇들로 꽉 찬 테이블이었다. 몇 달되지 않았지만 입소문이 굉장히 빨리 난 것 같다 이집은 성공한 음식점이기도 하다.

  사장님 내외분이 친절하게 손님을 모신다. 우리만 해도 일주일에 두세 번 들리는 것 같다. 남편이 원래 순대국밥만 좋아하는 까닭이기도 하지만 입맛이 맞는 모양이다. 뜨끈한 국밥으로 속을 데우고 남은 생강즙을 짰다. 백미연의 노래 흘러나오고 지난시절 찻집에 앉아서 음악 감상하던 시간이 떠올랐다. 하루 매상 육만 원 골든벨이었는데 그땐 욕심 없이 시작한 장사였다. 벌여놓은 지 몇 달 되지 않아 남편이 치킨 장사를 시작하는 바람에, 시누이에게 넘겨 줬던 오작교에 애착이 많았다. 오늘 착즙을 하면서 내내 머릿속을 혼란스럽게 했다. 지금은 그 건물 자체를 팔아버렸다. 전통차라고 하면 쌍화차, 생강차, 유자차, 대추차, 모과차, 솔 차, 등등을 팔았고, 발우비빔밥과 수제비를 팔았다.

  그땐, 나름 행복한 시간이었고 지금 돌이켜 생각해봐도 믿기지 않는다. 이 이야기는 다음에 다시 언급하기로 하고 오늘은 생강 이야기를 하려 한다. 20

킬그램을 착즙을 해보니 14리터가 나왔다. 찌꺼기는 집 앞 텃밭에 거름으로 버리고, 설탕을 15킬로 한 포대 싸왔다. 큰 그릇에 설탕을 붓고 휘휘 저은 다음에 항아리에 담던지 밀폐용기에 담아서, 저온숙성을 시킨다. 몇 해 전 복분 자를 담그던 통에다 담고, 유리병 3리터짜리에도 담았다. 저온저장고 워크인 에 넣고 스티커도 잘 붙였다. 가슴이 뿌듯했다. 지금 당장 먹을 것은 아니지만 3개월 이상 숙성과정을 거쳐서 먹을 것이다. 지난번에 만들어 놓은 조리법에 오늘 일하며 찍었던 사진을 첨부해서 다시 네이버 블로그에도 올리고, 고등학교 밴드에 다시 정리해서 올리고 나니 친구들이 입만 들고 오겠다고 난리다.

시간을 잘 맞춰 오라고 했다. 지금은 없으니 계산 빠른 조영숙 2월 24일에 온단다. 카카오스토리에 조리법을 올렸더니 올리기기 무섭게 댓글을 주는 친구들 너무도 고맙다. 어떤 글을 올려도 용기를 주고 칭찬 해주는 친구들이 있기에 행복한 연주다. 그중에도 임영호 오라버니 말씀이 재미있다. 생강즙 만들기 일호 주문자로 작은 병 한 병을 보약처럼 드시겠단다. 웃으면서 말했다. 첫 주문인데 발효 다 되는 날 꼭 드리겠다는 나의 댓글을 달았다. 석현거사님 내이야기 중에 이 분이 가끔 등장인물로 나올지 모른다. 보광사에 있을 때 이야기다 거사님은 자비행 보살님 남편이신데 불심이 너무도 깊으신 분이었고, 삼년여 동안 함께 있을 땐 각별한 사이는 아니었지만 인사를 잘하고 지낸 분이기도 했다.

자비 행 보살님이 신도 회장으로 작년에 취임을 하셨고, 이 거사님은 거사회에 중책을 맡고 계신 분이다. 항상 카오스토리로 마음을 전하고 계신다. 200자 댓글 중에 199자 찍으시는 긴 댓글에서 진심이 우러나고 반듯한 신심이 전달된다. 보광사 도솔천에 근무했던 기간 동안에 맛 사냥 방송되기도 했던 2006년도이었지 싶다. 나만의 비법이 있다. 다음에 대추차 조리법을 올릴 때

공개하겠지만 그해 가을에 가보고 싶은 찻집으로 보광사 도솔천이 방송 되었고, 도솔천관리 했던 사람이 연주 보살이라고 나의 불명이다. 꽤 소문이 나기도 했다. 여의도에서 어떤 할머니 한 분이 감기로 몸살 나셨는데 그 방송을 보고 꼭 저 대추차 한 잔이면 감기가 뚝 떨어질 것 같다고, 먼 거리를 며느리를 보냈던 기억이 난다.

도솔천에 대추차 가격은 4,000원이었다. 차 한 잔 마시고 가시는 건 좋은데 보온병에 싸러 오시는 분은 처음이었다. 장사속이면 어떻게든 팔고 싶었겠지만, 보온병에 팔지는 않는다고 말했더니, 방송을 보고 직접 시어머님의 부탁을 받았다고 전해왔다. 너무도 먼 거리였다. 여의도에서 파주 광탄까지 거리니까, 그 이야기를 듣는 순간 돈 받고 팔 수는 없었다. 그냥 보온병에 한 통 돈 안 받고 보시했다. 부처님도 아마 그리 하시라고 했을 테다. 대추차가 그 정도로 맛있었다고 이야기 하고 싶다. 나만의 차 끓이는 법, 난 이런 일이 좋다. 차를 만들고 달이고 끓여진 차를 사이에 두고 음악을 들으며 이야기가 있는 찻집 그때가 참 좋았다.

찻집에 앉아서 하늘을 우러러 보고, 나 혼자만이 긁적이는 시 구절을 보광사 홈페이지에 올렸다가, 바보라는 닉네임을 가진 스님께 무척이나 따끔한 충고를 받았던 일이 떠오른다. 속가에 있었을 때처럼 번민 많은 글귀를 올렸든 생각이 난다. 아직도 그런 번민이 일어나냐고 댓글에 달렸었던 것 같다. 아픔은 잠시 잊혀질 뿐이지 치유되는 건 아니었을 때였다. 이제 세월이 많이 흘러 자연스럽게 희석되어 갔고, 함께 어울려 살아가고 있는 요즈음같이 행복에 겨워하는 시간이 없었던 것 같다. 아들, 딸 지들 밥벌이는 할 정도로 키웠고, 내 스스로 내 할 일을 찾아서 즐겁게 활동하고 있는 요즈음이다. 석현 거사님 이야기 하다가 엇길로 새고 말았다.

거사님의 정성스러운 댓글에 감동하고 있으며, 언제든 창원에 오실 날엔 연락을 기다린다고 댓글을 달지만, 바쁘게 신앙생활도 하시고 하시는 일이 바쁘시다 보니 얼굴 뵐 기회도 없었고, 멀리 떨어져 있다고 거사님 자녀 혼사 때도 부르지 않았다. 그때 아마 불렀어도 다낭 여행 중이라 가보지 못했기에 미안함이 항상 가슴 한 편에 남아 있다. 오늘 담근 생강차가 숙성되어 차 끓이는 날이면 그때 나에게 정신적으로 많이 도움주신 분들을 기억할 테다. 내 공간에서 취미로 사진을 하고 있는 사진 동호회 사람들과 지인들의 지나가는 발걸음이면, 언제든 들려서 차 한 잔의 여유를 즐길 수 있는 공간으로 만들어 보겠다.

나만의 방식대로 글도 쓰며 책도 보고 소통의 장을 만들어야지, 무슨 일이든 내가 좋아서 하는 일은 좀 피곤해도 참을 수 있는가 보다. 내가 글 쓰는 이유를 두 번째 정독을 해봤다.

작가님의 마음이 오롯이 녹아 있는 글을 접하며 더욱 용기를 내어본다. 쓰지 않고는 아무것도 될 수 없다. 작가님을 만나게 된 인연에 감사한다. 경영대학원 일 년 과정과 창원 대 신산업 경영학과 4년을 다니는 동안, 내내 나의 염원 중에 졸업 후에 창작문예대학원을 가보고 싶었는데 꿈은 이루어진다고 했던가? 현실이 되어가는 요즘 가끔 나도 모르게 환희에 차있다. 오늘 차 만들기로 뿌듯함, 피곤함, 나른함이 밀려왔지만, 오후 늦게 나간 남편은 저녁 약속이 있다고 혼자 저녁밥을 먹게 한다. 나 혼자 이렇게 글 쓸 시간을 준 남편에게 감사한 시간이다. 늑대와 개의 시간이 지나는 줄 모르게 불을 켜놓고 글 쓰는 시간이 행복한 시간이 될 줄은 몰랐다. 아무 말이나 격식도 없고, 나 나름대로의 글을 만들어 보라고 응원해주시는 작가님 덕분에 이 저녁이 행복한 시간이다.

살며
사랑하며

아파트 살다가 주택으로 이사를 온 지가 삼 년이 지났다. 진영신도시에 신축아파트들이 많이 들어선 관계로 전세와 매매가 이루어지지 않아, 매매를 내놓은 지 일 년이 다 되어가는데도 팔리지 않고 있다. 지난 주에 세입자가 급하게 이사를 하게 되었다고, 내년 5월에 임대 기간 만료 전 방학 동안에 빼달란다. 나 또한 신경을 써보겠지만, 세입자 본인도 몇 군데 내놓으라고 말하고, 23기 동기 중에 부동산 관련 일을 하는 분에게 연락했다. 며칠 지나지 않아 세입자 결정이 되었다고 계약하는 날이었다. 새로 이사할 분과 인사를 나누고 아직 정확한 이사 날이 잡히질 않아, 1월이 될지 2월 초가 될 지 사는 분과 협의하에 결정하겠다고 한다. 4년 정도 아파트 생활을 하다 이사를 오긴 했지만, 공동체 생활 중에 가장 어려운 점은 층간 소음인 것 같았다.

우리 집이 2층이었는데 1층에 누가 사는지도 몰랐던 것은 내 탓이었겠지만 바빴다. 아침에 출근하면 직영점 네네치킨 동읍점 운영에다가 야구장 까지 경영하면서, 지사 일을 할 때라 그야말로 눈코 뜰 새 없이 바빴었고, 혼자 몇 가지 일을 하다 보니 지쳐서 12시 이후에 귀가 대부분이었다. 어느 날 퇴근하다 보니 현관문 고리에 걸어 둔 편지를 발견했다. 아래 1층에서 봉투 없이 그냥 쓴 쪽지에 2층소음 때문에 신경쇠약이 걸려있으니, 조심 해주었으면 좋겠다는 쪽지였다. 늦은 밤이라 당장 답변을 드려야 했지만 하룻밤을 참았다. 오전 시간 치킨 한 마리를 튀겨서 들고 아래층을 찾았다.

이제야 찾게 되어 죄송하다고 정중하게 인사를 한 다음, 저희 집엔 식구가 두 사람뿐이며 아침에 나가면 자정이 넘어서 들어오는데, 집에 와서 고작 하는 일이라곤 세수하고 잠자기밖에 하지 않는다. 혹여 신경과민이 아니신지 병원진료 받아 보시는 것이 어떠냐고 조용히 이야기 했다. 아무든 미안하지만 낮엔 그의 빈집이고 층간 소음 낼 정도로 집에 있을 시간이 적다고 했다. 걸어 다니면 집 무너지는 소리가 들린다는 것이었다. 죄송하다고 하고 저도 조심하겠지만 공동체 생활에서 너무 과민한 반응을 보이는 거 아니냐고, 1층에 사시지 마시고 여유 되시면 고층 제일 꼭대기 층에 사셔야 할 것 같다고 말했다. 삼십대쯤으로 보이는 1층 주인과 그렇게 인사가 끝났다.

경남지사 자리를 새로 구입하게 되어 이사 온 지금의 주남. 집은 너무나 삶의 환경이 좋다. 주택이어서 소음과는 다툴 일이 없고 남의 눈치 볼 필요도 없다. 가끔 주위 환경이 칠흙같이 어둔 밤이다. 가로등만 외롭게 서 있는 모습일뿐, 층간 소음은 신경 쓸 필요 없고, 주차난 걱정 없는 곳이어서 좋다. 경남지사 일을 손 떼게 되면서 남편이 아파트 들어갈 거냐고 물어본다. 이제는 아파트 생활 하지 않겠다고 단호히 말했다. 젊은 시절엔 아파트가 좋았다. 편리성이 있었고 아이들 키울 때는 정보 교환도 하며 좋았던 거 같았다. 살아오면서 아파트 생활이 대부분이었지만 층간소음으로 쪽지 받아 본 적도 처음 있는 일이었다. 진영자이 아파트를 삼년을 임대로 줬었는데, 그 후에 그 1층 아줌마는 이사를 갔는지 아무런 소문을 들을 수 없었다.

이번에 새로 임대 들어올 분은 첫 인상이 참 좋았다. 30대 중반이 넘은 듯 했다. 이사 올 집 구경 왔다가 넓은 구조에 빠져 우연하게 이사를 한다고 했다. 이사 올 사람이 정해지고 지난 토요일에 성공학 강의 중에 전세입자에게 전화가 걸려온다. 수업 중이니 끝나고 전화를 드리겠다고 메시지를 보냈는데도 연달아 전화를 해 대는 것이었다. 문자로 급한 일이면 문자를 달라고 했더니 긴급전화란다. 뒤쪽에 앉아 있던 남편에게 문자 내용을 전달하고 전화 부탁했다. 보일러가 터졌다는 것이었다. 아파트 지은 지 십년쯤 되면 고장난다는 게 다반사 단다. 추운 날 애들도 있을 텐데 기사 불러 고치고 수리 내용을 달라고 했더니, 수리비 내역과 함께 10일 정도 소요되어 못 기다린다는 것이었다. 남편 지인이 보일러 하시는 분이 계셔서 당일에 고치긴 했으나, 참 하루가 긴급하게 돌아가는 상황이었다.

나의 소유이긴 하지만 남들이 많이 살고 내가 살지 않으면 굳이 소유하지 않아도 되는 아파트가 짐이다. 공급이 80%를 넘은 것 같은 공급 과잉 아파트로 인해 매매가 이루어지지 않는듯하다. 언젠가는 주인이 나타나겠지만 아직은 아닌가 보다. 계약을 마치고 집으로 오던 중에, 일주일 이상이나 친구와 연락하지 못할 정도로 많이 바쁜 것 같았다. 옥선이에게 전화를 했다. 마침 친구도 나에게 전화하려든 참이었다고 한다. 메주 끓일라고 짚 한 뭉치를 부탁했었는데 구해놨으니 가지고 온다고 했다. 돼지국밥을 먹을까 고민하다가 옛날 옛터에 가서 팥 옹심이를 먹기로 했다. 자주 이용하는 집이기도 하다. 이 집의 특성은 참 재미있게 영업을 하는 영업 방침이다. 자매가 영업을 삼개월턴으로 번갈아 가며 영업을 하신다.

내가 좋아하는 이집 주인은 동생분이다. 머리 스타일도 비슷하시고 부부가 참으로 정 서럽게 손님을 맞이해 주신다. 늘 맞이해 주던 분이 아닌 다른 분이어서 이번 달은 언니분이 하시는가보다 했다. 많은 메뉴 중에는 명태구이와 내가 좋아하는 팥 칼국수 두 종류이지만 다양한 메뉴로 영업하신다. 전통차도 팔고 꽃차도 파는 참 예쁜 영업터이다. 집은 흑으로 지었고 방마다 특징 있게 꾸며놓은 옛날 옛터에 오가는 손님이 칠해놓은 낙서가 많아서 읽어볼 만한 곳이다. 한때는 팬이 있었는데 이제 너무 빼곡히 적혀 있어, 남의 글 위에 덧칠하는 정도라 지금은 그냥 눈으로 읽기만 한다. 영업집에 낙서 중에 눈에 들어오는 건 주로 사랑한다는 말들이기도 하다. 누구와 다녀간다는 말이 대부분이다.

팥 옹심이 두 그릇을 시켰다. 벽난로가 피워져 있고 바닥이 따뜻했다. 팥 옹심이에 새알 몇 개 들어 있지도 않았는데 덜 익은 요리였다. 설익은 가루냄새가 나지만 남기긴 팥물이 좀 아까워서 한 그릇 먹고 나오면서 주인 동생에게 이른다고 했다. 웃으시며 큰일난다고 꼭 말하지 말라고 한다. 말하지 말라는 말까지 담에 바뀌면 말할거라고 하고 여운을 남기고 나왔다. 차방에 들려 오전에 끓여 놓고 나갔던 세상에서 제일 맛있는 나만의 커피를 한 잔 한다. 태국 여행에서 커피 끓이는 법을 배워 왔다. 가이드님이 얼마나 친절하시던지, 고급커피 고르는 법과 상세하게 알려준 맛있게 끓인 커피 한 잔을 한다.

음악과 함께 오작교에서 가져온 앰프에서 발라드 음악을 켜놓고, 나만의 커피를 친구와 한 잔 하고 내일 메주 끓일 거라고, 끓여 놓으면 메주 만들기 도와주겠다는 약속을 하고, 선이는 지푸라기 뭉치를 던져주고 일찍 집으로 갔다.

아침에 나간 남편이 스크린 한 게임 하자고 전화를 한다. 골프를 시작한 지 2년이 조금 넘었다. 가끔 남편과 함께 자주 가는 진영에 스크린이 있다. 며칠 강행군한 난 피곤해서 가기 싫었지만 내색도 못하고 함께 동행해줬다. 시작하면 또 끝을 보는 성격이라 한 게임 해봐야 한 시간 조금 넘게 치는데, 시간이 어중간하다고 저녁약속 시간까지 한 게임 더하잔다.

6시가 조금 넘어 집으로 오는 중에 조수석에 앉은 난 방학에 들어간 신산업융합학과 밴드를 들여다봤다. 지난 여름에 졸업 사진 촬영이 있었는데 동참하지 않은 학우들을 위해서 오늘 촬영이 있다고 올라와 있다. 시간되시는 분은 저녁 일곱 시까지 스튜디오로 오라는 글이었다. 난 촬영을 했었는데, 그때 속에 받쳐 입었던 흰색 셔츠가 아우의 셔츠를 빌려 입어서 사진이 별로 내 마음에 와 닿지가 않았다. 재촬영해도 되냐고 답글을 달았는데 오란다. 하얀 목 티셔츠 하나입고 외투를 걸치고 20분 만에 도착했다. 남태훈 오빠보다 먼저 도착했다. 나 먼저 사각모자와 복장을 갈아입고 사진사님께 재촬영을 요청했는데, 웃으시며 재촬영비는 비싸다고 하신다.

한 달 전쯤에 갖춰놓은 나의 사진기 이야기를 꺼내며 꼭 사진이론을 좀 배우고 싶다고 했다. 배워주겠다고 말씀하신다. 그렇게 좋은 사진기를 두고 사용하지 않고 있으니 안타까울 뿐이라는 말씀이다. 나의 사진 이야기를 다 꺼내진 않았다. 많이 찍어보면 안다고 하지만 내가 아는 것은 정해진 선 만큼일 뿐이다. 이론을 꼭 배워야 좋은 사진을 찍을 수 있을 거 같아서, 이번 글쓰기 마무리 하고 겨울동안 사진 강의를 좀 들어 볼 생각이다. 이런 저런 이야기를 하면서 촬영한, 졸업앨범에 들어갈 사진, 내 사진은 이번 사진이 마음에 들었다. 표정도 좋았고 지난여름 지나 태국 가기 전에 맞춘 안경이 새로운 디자인이라 얼굴에 어울린다고 하셨다.

태훈 오빠가 도착했다. 함께해 준 학년장 아우님과 성국아우 입학할 때 함께 했었고, 마지막 졸업사진까지 함께 한 인연이다. 덤으로 동생 다섯 명이 모인 그룹사진까지 이런저런 다양한 포즈를 취하며 촬영이 끝났다. 지난 4년간 함께 행해온 수업 시간이라 만나면 더욱 정 서럽다. 늦은 촬영에 함께해줬다는 고마움으로 오늘은 태운오빠가 저녁을 산다고 했다. 상남동에서 꽤 높은 단가로 영업하고 있는 집으로 옮겼다. 낙지꼬치구이 4개 3만 원이란다. 한 사람이 하나씩 먹고 해물탕을 기다리며 지나온 시간들을 이야기하며, 앞으로 살며 자주 만나야 한다고 태훈 오빠가 이야기를 꺼냈다. 내 위로 오빠 3명이 있다. 정명오빠, 호연오빠, 태훈 오빠 그중에 이 오빠는 내 친구 미란이 남편과 절친이다.

이 사실을 3학년 때 알았다. 우연한 기회에 네네치킨 이야기가 나와서 알게 된 사실이라고 한다. 내 친구의 남편은 그 시절에 진해에서 해병대 출신이었고, 태훈 오빠도 해병대 출신이다. 오빠친구는 잠수부에 오랜 세월을 보내기도 하며, 친구의 애간장을 다 녹인 사람이기도 하다는 이야기를 하는 동안 해물 탕이 나왔다. 살아서 꼼지락 거리는 싱싱한 낙지한 마리도 보이고, 전복 새우 가리비 문어 등등 고급 해물탕이었다. 맛 또한 일품이었다. 늦은 저녁이었지만, 4명의 저녁 만찬은 참으로 고마운 오빠 덕분에 배불리 먹었다. 건강 지키며 오래오래 살고 행복동행 동아리 회원들이기도 한 4명은 졸업 후에도, 자주 만나 동행할 것을 약속한다.

계속되는 석사 과정을 하는 학년장님과, 지금 하고 있는 일에 최선을 다하는 성국아우 이젠 모든 일손을 놓고, 여행하기 좋아하는 연주는 여행에서 일어나는 모든 일들을 기록하며 즐겁게 글쓰기 할 거라고 약속했다. 4년을 함께 힘들게 걸어왔고, 한 명의 낙오자 없이 창원대학 졸업을 앞둔 우리 신산업융합학과 1회 졸업생이라는 자부심으로 행복하게 살며 사랑하리라고 다짐 해본다. 오늘밤 3학년 재학생 후배들의 초대로 저녁자리를 마련했다. 쫑파티란다. 이후 토요일에 이어질 전 학년 쫑파티도 있을 예정이다. 4년 세월이 눈 깜짝할 사이에 지난듯 하지만 길기도 한 세월이다. 늦은 나이에 이런 좋은 인연을 만들 수 있게 도와준, 남편에게 항상 감사해하고 사랑하며 살 생각이다.

오늘 날씨는 몇 일전 보다 좀 춥다. 예정에 있었던 메주콩 끓이기를 시작한 날이다. 가스로 쓰는 가마솥 일 년에 몇 번 쓰지 않는다. 연중 몇 번 쓰는 날 중에 오늘이 포함되는 날이다. 일찍부터 서둘러 끓이기 시작해서 이제 반쯤 다 끓여가는 것 같다. 콩 내 음구수한 향기가 차방 까지 전달되어 오는듯하고, 발라드 음악을 들으며 살아있음에 감사하는 맘으로 이 시간 나는 여기에…….

사랑으로
남는
우리들

가을이 가기 전에, 우리는 가을 산행을 꿈꾸었던 친구들이 모인 카카오톡 방을 열고, 간월산 억새밭을 가기로 하였다. 산행을 하다 보면 물과 간식들이 필요했는데, 돈을 걷기도 어중간했다. 각자가 알아서 어린 시절 소풍갈 때를 생각하며, 개인이 먹을 것을 싸오라고 했다. 재희는 유부초밥을 싸오겠다 했고, 영옥이는 본인이 먹을 점심을 싸오기로 했다. 옥선이는 시래깃국을 싸오기로 했다. 점희는 아무것도 가져올 것이 없다고 했지만, 네가 제일 잘하는 것 있으니 찰밥으로 주먹밥을 만들어오라고 했다. 늦지 않은 시간에 우리 집 마당에 모이기로 했다. 지리산 산행을 다녀 온 후로 6인방 친구들이 산행을 했었던 것은 실로 2년 만에 이루어진 일이라, 그날 밤은 특별히 잠도 오질 않았다.

어린아이 마냥 소풍을 간다는 의미뿐만이 아니라 가을억새를 보기도 하고, 내가 원하는 사진도 찍어 보게 되어 들떠 있었던 것 같았다. 그의 뜬눈으로 지새우다 시피하고 새벽 일찍 부터 남편은 그날도 서울 볼 일로 떠났다. 그날 밤에 내려올 수 없는 상황이 되어 있었다. 새벽 댓바람부터 산행 준비를 한다. 커피도 한 통 타서 넣고 냉동실에 먹지 않고 있던 초콜릿도 넣고, 단감은 깨끗이 씻어서 그냥 먹을 수 있게 비닐봉지에 담고, 언제 사다 놨는지 냉장고에 있는 사과를 비닐봉지에 깎아서 넣었다. 몇 가지 담지 않았는데 작은 등산 가방이 꽉 찼다. 셀카봉 준비도 빠지지 않았다. 오전 8시 반까지 모이라고 했던 옥선이와 점희가 그의 약속 시간에 맞춰서 집 마당에 도착했고, 등산 가방들은 차 뒤 트렁크에 나란히 싣고 출발한다.

배냇골로 바로 오라고 할 수 있었지만, 운전 실력이 부족한 영옥이를 배려하는 차원에서, 여기서 바로 가는 것 보다야 멀어도 양산역에서 9시에 만나기로 했다. 만나자 약속했던 비슷한 시간에 우리가 먼저 도착했었다. 재희는 2번 출구로 내려오고 있었고, 영옥이도 거의 다 왔다고 전해왔다. 한결같은 목소리로 반갑게 인사를 나눈다. 몇 달 만나지 않은 동안에 재희는 몸이 많이 살쪄 있었다. 영옥이 또한 키가 크고 덩치가 있어서 점희와 재희 옥선이 뒤에 세 명 타기를 권유했다. 언제부터 재희 생각을 그렇게 많이 했냐면서 그냥 앞자리를 고수 하고 있었다. 영옥이와 재희는 그냥 데리러 왔다는 고마움에 그냥 가자고 한다.

내 마음이 조금 상했다. 점희가 날씬하니까 뒷좌석에 앉았으면 하는 마음이 있었기에 서운하기도 했다. 내비게이션을 배내 통 하우스로 맞추니 어곡 공원묘지를 지나서 에덴벨리CC 앞으로 안내를 한다. 한 시간쯤 가는 동안에 그동안에 있었던 일들을 이야기하며 우리는 신나해 하는 동안 벌써 도착했다. 10시쯤부터 시작한 등산이다. 시작할 때 내가 말했다. 이번 산행은 가을이고 날씨도 너무 좋으니까 오늘은 일찍 하산할 이유 없으니까, 꼭 신불재와 간월

재 두 군데를 다 등산하고 올 것이라고 이야기했다. 산행 초입부터 산에 오르는 등산객들도 많았고 길이 좋은 소방도로였다. 산행을 하도 올만에 시작한지라 시작부터 심상치 않았다. 평평한 길을 걷는데도 힘겨워지고 발걸음도 천천히 옮겨졌다.

나만 그런 것이었던 지도 모르지만, 점희는 앞과 뒤로 박수까지 쳐가며 잘 올라가는 듯 하드니 빨리 가자고 재촉한다. 뭐가 그렇게 바빠서 빨리 갈 거냐고 놀리듯이, 그러면 너 혼자 빨리 가라 앞에 가는 아저씨들 따라 가던지, 어떤 임을 하나 잡던지 하면서 농담반 진담반을 던졌는데, 앞서 가던 영옥이와 재희뿐이 보이질 않는다. 천천히 걷던 나는 옥선이랑 개인적인 이야기를 한다고 몇 미터 떨어져 걷고 있었다. 처음부터 힘들게 가지 말고 쉬어 가자고 했다. 이 킬로쯤 걸었나? 쉬어가며 커피도 한 잔하고, 깎아왔던 감도 꺼내서 먹어가자며 쉬는데 희야는 보이지 않았다. 그냥 내버려두기로 했다. 눈에 보이지 않고 네 명만 걷고 있었지만 내심 신경이 쓰였다. 셀카봉을 희야 가방에 넣었기 때문이다.

사진을 편하게 찍을 수 없는 이유도 있었지만, 다섯 명이 다 모여 있는 사진을 찍을 수 없는 아쉬움이 더욱 컸을 것이다. 잠시 쉬다가 6킬로미터쯤 간월재에 도착했는데 수많은 인파속에 희야는 보이지 않았고, 억새평원에서 부는 바람은 이루 말할 수 없이 시원한 바람이 불어왔다. 갈대 소녀처럼 가을소풍을 마음껏 만끽했다. 이 모습, 저 모습 포즈를 취하며 사진도 찍어 보고, 바위위에서 내려다보면 양산 시내가 시야에 들어왔다. 내가 살았다는 이유만으로 양산은 참으로 포근함이 느껴져 오는 동네이다. 간월산 표지석엔 온통 인파의 물결이 넘실댔고, 간월 재 넓은 억새평원 역시 마찬가지였다. 10월 30일 산상음악회 플랜카드가 나부끼고 있었다. 좀만 일찍 이 사실을 알았더라도 음악회

하는 날, 다른 약속을 잡지 않았으리라는 아쉬움이 들었다. 간월재 표지석에서 4명의 친구들은 인증샷을 남기고, 점심식사 시간이 되어 힘들게 메고 올라갔던 먹을거리를 뱃속에 넣고 내려오기로 했다.

　희야는 어디로 갔는지 보이질 않고 우리만 점심을 맛있게 나눠 먹었다. 정상에서 먹는 시래깃국과 영옥이가 준비해온 잡곡찰밥은 이루 표현할 수 없는 맛이었다. 혼자 울산에서 산행으로 왔다는 아줌마는 간단히 도시락을 드시고 계셨다. 옆자리 부탁을 하며 함께 식사하자고 했다. 초면이지만 두 번 보면 정겨운 한국인이기에 자기가 싸온 것도 꺼내며 맛나게 점심에 동참했다. 그의 점심이 끝날 무렵에 희야에게서 전화가 왔다. 어디냐고 우린 간월 재에서 밥 먹는다고 했다. 동행한 울산남자들과 점심 먹었다고 내려오란다. 올라오라고 소리 질렀지만 중간쯤에서 만났다. 셀카봉을 가지고 갔으면서 중간에 만나자는 이야기를 안하고 혼자 낯선 사람들과 동행한 사실이 내심 화가 났다.

　그래서 핀잔을 주기도 했지만 아랑곳하지 않는다. 평소에도 그런 성격의 소유자였지만 옥선이 보기에 좀 창피했다. 내 생각인지는 모르지만 조금 화가 나 보였다. 함께 왔으니 다섯 명이 찍은 사진 한 장 없이 뭐하는 건가 싶기도 했고, 중간에 만나 찍을 수도 있었지만 셀카봉만 받고 넌 그럼 어쩔 거냐고 물었더니, 그냥 저 아저씨들과 내려가서 기다린다고 한다. 오후 날씨는 조금 구름이 끼면서 바람이 올라오기 시작했다. 서둘러 네 명은 신불산 으로 오르기 시작했다. 힘든 고개가 있었지만 비가 올까 두려워서 조금 빨리 움직이기로 했다. 불과 정상까지 오른 시간은 얼마 되진 않았다. 야호 소리도 질러보고 가을소풍을 만끽하며, 신불 산 정상에 산꼭대기에 올랐을 땐 산 아래에서 불어오는 바람과 안개가 자욱하여, 신불 평원의 넓은 억새 평원은 보질 못했다.

　신불산 표지석에서도 어김없이 사진 촬영을 하고 뛰다시피 내려오기 시작했다. 오르는 사람의 발길도 끊어지고, 점점 안개가 짙어져서 금방이라도 비가 내릴 것 같은 날씨로 변했다. 산 위에서 하산하는 길은 제법 길었다. 올라올 때처럼 목적이 없어진 까닭인지 다섯 명이 함께 하지 못해서, 서운한 감정이 더해져서 그런지 내려올 때는 서로 말없이 침묵으로 걷는 시간이 많았다. 힘들었기 때문이기도 하고, 내가 입을 다문 것은 급격히 에너지가 고갈되어 가고 있었다. 갑상선 기능을 약으로 보전하고 있었기 때문이며, 급작스런 산행으로 에너지가 그의 방전된 핸드폰 같다는 생각을 했다. 간신히 그날 걸었던 산행 총길이가 20킬로미터쯤 되었다. 하산 배네통하우스까지 너나 할 것 없이 모두 힘들어 했고, 오랜만의 산행은 지치게 했던 것 같았다,

　산 아래서 기다리던 희야는 언제쯤 오냐고 물어왔고, 밤이 되어야 내려가겠다고 약올렸지만, 울산 산꾼들이 떠난 후에 혼자서 기다리려니 지겨웠던 모양이다. 겨우 간신히 주차장에 도착한 우리는 이제 마지막 화장실을 다녀와 갈 채비를 했는데, 점희가 보이니까 참았던 화가 났다. 겨우 삭이면서 "집에 갈 때 네가 운전 좀 해줘. 나 지금 에너지 바닥이다." 했더니, 길도 모르는데 하면서 "재희를 태워주지 말고 가볼까."하며 장난기까지 발동한다. 그냥 봐 줄 수가 없었다. 단체로 움직이지 않았으니 친구가 얼마나 힘든지도 모르는 상황에서 그런 말을 하는구나 싶었다. 내가 소리 질렀다.

　"야, 재희 태워라." 그래도 그냥 지나치는 계집애가 미웠다. 두 번을 유턴해서 야 제자리로 돌아가서 재희를 태웠는데, 운전대 잡은 자가 임자라고 궁시랑 대더니 15킬로 속도로 저속 운행을 한다. 화가 끝까지 치밀어 올랐다. "차 세워라. 내가 운 한다." 그 소릴 들었는지 세운다. 내가 내리는 동안 뒤에 탄 친구들이 "화났나 보다. 너 내리면 안 태우고 갈 태 세다."라고 중얼거리는 친구 소리가 들렸다. 운전석에서 조수석으로 넘어가고 있었다. 머리 꼭대기까지

화가 치밀어 올랐다.

　차 안은 조용히 침묵이 흘렀고, 간간히 마음씨 좋은 옥선이와 천년지기 영옥이랑 대화하는 소리가 들렸을 뿐, 옆에 앉은 계집애는 미워서 꼴 보기도 실었다. 양산역에 도착하여 오늘 수고했다고 밥 먹여 보내고 싶었지만, 시간이 늦어서 다음에 먹자고 하던 영옥이 말이 끝나기 무섭게 문 닫는다. 재희 역시 전철 타고 부산 가라고 하는 사이 미운 계집애는 자기 스스로 뒷좌석으로 옮겨 갔다. 양산역에서 아무 말 안하고 주남의 집까지 도착하는데, 30분쯤 걸렸는지 오후 8시경에 집에 도착했다. 안마당에 도착한 옥선이가 오늘 정말 좋은 추억을 만들어줘서 고맙다고 힘들었겠다며 푹 쉬라는 인사를 남기고 떠났는데, 이 지지배는 오늘 지가 한 일을 알지도 못하는 듯이 무엇 때문에 화를 냈는지 황당하다는 말만 되풀이 한다.

　철없이 놀아서 미안하다면서 화를 풀란다. 당장에 화 풀고 뭐고 할 것 없으니 앞으론 자기가 조심하겠다며 자주 만나는 것 자제 해보겠단다. 오늘은 아무 말하고 싶지 않으니 가라고 소리 질렀다. 떠밀리다 시피 하며 떠나기 무섭게 대문을 닫고 2층으로 향했다. 얼굴에 열이 올라오고 에너지 방전 상태에서 운전을 오래 하다 보니, 거의 초죽음 상태가 되었다. 어찌했는지 샤워는 대충하고 저녁은 먹지도 않은 채 약 한 봉지 입에 털어 넣고, 곯아떨어져 비몽사몽 간에 하루 종일 잤던 것 같다. 식전 약을 먹고 또 자고, 약 먹으라는 알람소리에 밥도 먹지 않고 아침 약 또 먹고 한참을 자다 보니, 오후 3시에 번쩍 머리에 스쳐 가는 일이 있었다.

　은행에 부가세를 납부해야 하는 날이었다. 대충 세안을 하고 은행에 가려고 나서는데 점희한테서 전화가 왔다. 전날 잘 때 카카오톡도 막아버리고 메시지도 거부해버렸다. 여태까지 잘 지내온 내 친구가 맞나 싶었다. 함께 한 세월이 얼만데 내가 생각하는 의도도 모른 채, 혼자만 생각하는 친구가 얄밉고 화해하고 싶은 생각이 전혀 없었다. 화 안 풀렸냐고, 잘 잤냐고, 미안하다고 하는 전화였다. "화 풀고 말고 할 일도 없고 앞으론 좀 생각해보자."고 하고 끊었다. 그 일이 있은 이후로 여태 한번밖에 만나지 않았다. 한 달이 다되어 가지만 내 마음에 응어리가 풀리지 않는다. 갑상선 호르몬 분비가 자연적으로 되지 않는 까닭도 있는 걸까, 이렇게 까지 마음을 닫기도 어려운데 내가 나를 모르겠다. 그냥 싫다.

나 스스로 풀릴 때 까지 마음이 행해지는 대로 할 것이라고, 내 마음을 잡고 있지만 옥선이는 가끔 만났었고, 점희는 그의 매일 만나다시피 했는데, 지금은 보고 싶지도 않다. 무엇 때문에 내 마음이 이렇게 까지 닫혔는지, 언제쯤 내 마음을 풀어야 하는 건지 나도 날 모르고 있다. 말 안 하고 지낸다고 답답할 것도 없겠지만 영옥이 말도 일리는 있다. "철 없는 짓 하는 친구 그러려니 하라"고 한다. 옥선이도 그런다. 6인방에서 빠져 나왔는데 돌아가며 초대를 한다. 재희도 옥선이도 근애도 들어갔다가 할 말도 없고 해서 빠져 나왔다. 핑계인지는 몰라도 점희가 아직도 이해되지 않는다. 나를 위해서 수술할 때도 두 번이나 따라 가줬고, 내가 하자는 일이면 뭐든지 나에게 올인하는 친구인데, 무엇이 있었나보다.

내 마음에도 내려 놓아지기를 기다리고 있다. 아무 일 없었던 것처럼 자연스럽게 왕래 할 날을 기대해보며, 나 자신을 내려놓는 연습이 필요한 것 같다. 요즘처럼 면역력이 떨어져 알레르기 증상도 심해지고, 예전처럼 건강했던 몸으로 밝은 내 모습이 되기를 나 자신에게 이제 그만 용서하자. 이제 내려놓자. 그때 그 우정을 위하여 사랑한 만큼, 깊이 포용할 수 있는 연주가 되자, 라고 주문을 외어본다.

제 5 장
당신을 만났습니다

인간관계의
기본은
사랑입니다

참으로 오랜 세월 지속 되어온 인연 중에 학연이 있다. 1974년 중학교를 입학할 때는 남학생, 여학생으로 만났던 우리들이 예순을 바라보는 할머니, 할아버지가 되어간다. 그 사이 어떤 친구는 벌써 우리의 곁을 떠난 지 수년이 지난 친구도 있다. 오전 시간 밴드를 바라보다가 토요일에 중학교 졸업 후에 처음으로 본 친구 춘호의 집 앞으로 목욕을 다니던 때라 오늘 별 할 일없이 목욕이나 다녀오겠다는 생각으로 지금 출발이라고 밴드에 올렸다. 꾀죄죄하니 친구를 만나는 것 보다는 깔끔하게 단장해서 보자고 했다. 창녕에 살고 있는 정원이 친구가 밴드를 봤는지 춘호의 집으로 온다는 것이었다. 생각지도 않았던 번개 모임이 되고 말았다.

부곡 하와이 앞에서 처음 시작한 장사는 부곡에서 붐을 일으켰단다. 레스토랑으로 많은 돈을 벌었는데, 후일 주식으로 힘든 경험을 했다는 춘호는 자기 가게에서 타월 장사를 한지 20년이 지났고, 참 잘 되던 장사는 부곡 전체의 불황으로 그냥 용돈 정도 벌어쓴다고 하면서도 안정된 생활을 하고 있는 것 같다. 하와이 정문 앞에 위치한 가게는 어린이 용품, 어른들 용품, 수영복을 취급하고 있다. 지난 토요일 송년회에서 춘호가 알려줘서 가게를 알게 되었고 오늘이 처음이다. 초등학교는 한 해 후배이기도 하지만 중학교를 함께 다녔고, 같은 동창으로 함께 늙어가는 과정이다. 부산에서 미용실을 하다가 시골로 상경한 친구 장희에게도 전화했고, 오래전부터 고향을 지키고 있는 지킴이에게도 전화를 했다.

예돈해 친구에게 무작정 전화를 해서 천 왕재 고갯마루에서 만나자고 했다. 4시 30분까지 오라고 하고 영산, 춘호의 집에 신랑 저녁 준비 간단하게 해놓고 정원을 태우고, 창녕으로 천왕재 도착했다. 옛날 고향 동네 선배가 운영하던 영업집이었다. 작년에 이곳에 왔을 땐 동네 동생이 운영했으며 국수가 참 맛있던 것으로 기억이 된다. 비닐하우스 포장집으로 꽤 넓게 자리 잡고 화목난로를 피워 실내는 따뜻한 온기가 우리를 맞이했다. 토요일에 보고 48시간 만에 또 번개팅으로 만난 셈이다. 청도중 7회 동기생 발대식을 함께 진행했던 초창기 멤버들, 정원 돈해 나 이렇게 셋이 만난 건 참으로 오랜만에 일이다.

고향에서 택시운전을 했던 정원이는 지금 창녕에서 자리 잡았고, 초대 회장을 역임하며 5년간 회장직을 수행하던 때 돈해 친구가 총무를 맡아서 함께 고생했었기에, 지금의 청도중 7회 동창회가 발전 할 수 있었던 것 같았다. 누구 한 사람 불평 없이 동창을 위해 기금 마련에 참 열심히 활동했다. 지역장을 뽑고 삼 개월에 한 번씩 임원 회의를 하며 부산, 울산, 밀양, 창원을 돌아가며 월례회를 하곤 했다. 열정이 많았었던 그때 고생한 보람이 지금의 결실을 맺고 있는 듯하다. 그때 힘들게 주소를 수집하고 친구들에게 일일이 수작업으로 편지 동창회 소집 통보를 하며, 웃지 못할 일화 등등 시간 가는 줄 모르고 이야기꽃을 피웠다.

　젊은 피가 끓던 시절에 오류를 범하고 살았었지만 이제 아이들이 장가들고, 좀 더 늙어지면 마님 불러다가 정겹게 살겠다는 친구, 철들자 병든다는 옛말이 있었건만, 꼭 그렇게 했으면 좋겠다고 한마디 덧붙였다. 노는 것을 좋아하고 친구 좋아하는 연주는 9년을 줄기차게 동창회에 열정을 쏟았다. 그때가 한창이었나 보다. 지금 생각해보면 재밌는 추억이었지만 웃지 못할 일들이 벌어지기도 했었다. 고향 문턱만 들어서도 친구들이 우선이었고 누가 만나자고 약속하지 않아도, 고향지킴이 돈해에게 전화를 하면 만날 수 있는 친구들이었다. 한밤중에 전화를 해도 자다가 일어나 나간다든 말이 있을 정도로 시골친구들과의 우정은 남달랐다.

　그런 친구가 어디 나뿐이었을까. 운영진을 엄청 오래 지속했던 것 같다. 그런 시절을 보냈기에 남다른 동창회에 애정이 남아 있다고 말해본다. 천왕재 포장마차에서 40년 만에 처음 모여 기념촬영도 하고 번개팅을 한 일을 밴드에 알렸다. 보고 또 봐도 보고 싶은 친구 허물없는 친구랑 소주에, 맥주 한 잔 파전에, 동동주, 떡국, 비빔국수, 닭발,등등 맛있는 저녁을 먹는다. 인간성 나쁘다는 소리 안 듣기 위해 먼저 간 돈해가 저녁 대금은 지불하고, 읍내 약속이 있다며 떠난 뒤 두 시간쯤 이야기 끝에, 나도 저녁에 먹을 약을 소지하지 못한 까닭으로 춘호랑 먼저 귀가했다. 초대회장 김정원 친구는 사나이답게 생겼다. 흰머리카락은 멋스러울 만큼 적당하고, 단정한 스포츠머리로 자신을 완벽하게 단장하는 포스가 남다른 친구이다.

　항상 의리에 살고 의리에 죽는 남자 남다르게 살아온 세월들도 이야기했다.

이젠 창녕주공 아파트 고층에서 지난 시절을 회상하며, 담배 하나 입에 물고 걸어온 발자취를 생각해 볼 때 참으로 외롭고, 서러울 때가 가끔 있다고 하는 정원이의 마음이 이해가 되어가는 나이이다. 갱년기의 나이에 접어들었고, 생각해보면 아이들이 엄마 아빠 손길이 필요한 때는 잠시였던 것 같다. 세월의 흐름이 빠르다고만 느껴진다. 이젠 서서히 건강도 나빠지고, 아픈 곳이 많아지는 나이이다 보니, 친구의 슬픔, 외로움이 모든 게 공감하는 나이가 되었다. 이제 살면 얼마나 산다고 보고 싶은 친구 보고 살자고 예사롭지 않게 들리는 말들이다. 저녁은 물론이고 서비스로 후배 인심 또한 자랑할 만하다. 따뜻한 오미자 차까지 한 잔 대접 받았다.

술을 먹지 못한다는 이유였다. 때론 술을 먹지 못할 때가 고마울 때가 많다. 오늘도 그랬다. 친구들과 만나는 자리에서 난 여태 배우지 못했던 술이지만 한 번도 배워보고 싶지 않았다. 독약 보다도 더 먹기 싫은 술이다. 술로 인해 큰 상처가 있었던 것은 아니지만 술은 싫다. 가족 중에 오직 술을 많이 먹는 사람은 작은 오빠뿐이다. 해독능력이 뛰어난 덕분으로 간에 무리는 오지 않았지만 대장을 한번 수술한 적이 있다. 술 이야기로 꽤 긴 시간을 보냈다. 부산에서 미용실을 하다가 고향으로 오게 된 장희는, 부산 대연동에서 저녁 약속과 함께 술에 취한 장희는 대리 운전을 불러 집 앞에 도착했단다. 대리 운전기사를 돌려보낸 후에 3미터 정도 움직여 차를 주차하다가 상가에 세워 놓은 주차금지, 표지판을 넘어뜨려 일으켜 세워놓고 귀가 하려는데 경찰이 도착하여 음주단속을 했단다.

그로 인해 운전면허 취소가 되었고 그로 인해 요양원에 계시는 어머니를 자주 방문하지 못하게 되었다. 음주운전은 절대 해서는 안 된다고, 신신당부한 끝에 술판이 무르익는 천왕재 정상에서 흐르는 적막함을 뒤로 한 채, 사내 아이 둘만 남겨두고 춘호와 난 다음을 약속하며, 재 너머 영산으로 해서 집으로 돌아왔다. 오늘 하루를 되돌아보면 이 모든 것도, 우정이 있음으로 가능한 일이 아닐까 생각해본다. 함께 한 학연이 우리의 근본을 만들어준 결과이다. 청도중 7회 1960년생 아니면 1961년생이 주축이 되어 210명의 학생을 배출했었고 남녀 반반이었다. 시골마을에 위치한 학교는 점차 학생 수가 줄어, 밀양시 최초 기숙중학교 미리벌 중학교로 발돋움하게 되었고, 시설뿐만이 아니라 교사진들도 전국에서 수준급 학교로 알려졌다.

청도면 안곡동 질매실 친정에서 4킬로미터쯤 걸어야 학교가 있었고, 버스가 지나면 손 흔들던 추억과 큰길가 비포장도로에 흩날리던 흙먼지에도 코스모스는 해마다 심기도 했으며, 가뭄이 심했던 어느 해 강변에 피마자를 심었던 내 고향이다. 절대농지가 농지 전체면적을 차지한 동네이기도 하지만, 시골 공기 좋고 물 좋은 덕분으로 부모님 평균 연세가 그의 80세 이상을 살고 계신다. 아직도 많은 이들이 고향을 지키고 계시기도 하고, 자주 부고장이 날아들기도 하는 부모님들이시다. 어린 시절 함께 했던 학연 친구 누구를 막론하고 만나면 정겹다. 초등 6년, 중학교 3년, 총 9년을 추억할 수 있는 우리는 사랑으로 뭉쳐진 친구이기 때문이 아닐까? 건강이 허락하는 날까지 우리 우정 영원하길 바래본다.

집에 도착한시간이 저녁 일곱 시를 좀 넘었고, 남편은 돌아오지 않았는지 불 꺼진 집이었다. 알칼리 수 한 잔과 저녁 약 두 봉지를 먹고, 가만히 중학교 밴드를 들여다보았다. 중학교 졸업 후에 동창회 모임에 자주 나오지 않았던 친구들을 반기는 댓글들이 줄을 이었고, 학창 시절 얼굴이 기억에 나지 않는다고 사진 올려보란 친구들도 있었다. 11일에 창원에서 양순 친구가 사위 보는 날에 또 볼 것이고, 25일 크리스마스 날 양태자 친구 며느리 보는 날 또 볼 것이다. 공지로 올려놓은 사항들을 세밀히 검토해 보기도하고, 밴드가 알림장이 되어버린 공간에 오늘 일을 기록해보며 하루해는 저문 밤이 되어간다. 오늘 만났던 친구뿐만이 아니라 지척에 고향이 있고, 사랑하는 친구들이 있기에 자주 만나서 못 다한 이야기함께 나눌 것을 약속하는 하루였다.

내 곁에
있어줘서
감사합니다

한파가 몰아치는 듯 창틈을 비집고 들어오는 바람이 쌀쌀한 공기가, 피부 깊숙이 파고드는 아침이다. 이른 아침 약봉지와 물 컵을 들고 서 있던 남편을 대신해서 카카오톡으로 문자가 와 있었다. "여보, 약 먹어야지." 들여다보지 않아도 먼 곳에서 사랑의 기운이 느껴진다. 동반의 정과 애틋함이 담겨 있다. 칭다오에서 보내온 몇 장의 사진과 함께 나를 깨우는 소리였다. 요즘은 서로의 일상이 바쁜 관계로 자주 집을 비운다. 십년 전에 찾아온 지병이 하나 있었다. 아침 일을 나갈 때면 손가락 끝이 시려워서 두툼한 장갑이 필수품이었다. 항상 손발이 저리다고 자주 주물러 달라할 때 마다 피검사 해보기를 권유했던 어느 날, 당 수치가 높고 고지혈증 증세가 있어서 입원을 하라는 것이었다.

처음 당뇨병을 접했고 받아들이기가 힘들었다. 언제부터인가 몸속으로 스머든 그 병과 싸워 이겨야 한다. 인정해야 했다. 파티마 병원에서 십여 일 간 입원해 있었다. 그때 난 오작교를 운영하고 있을 때였다. 조용한 병실에 혼자 있는 것 보다 다인실을 원했었고, 다행히 옆에 입원환자들과도 소통이 잘되는 성품을 지닌 당신이었다. 항상 긍정적인 생각으로 타인을 존중하는 유한 성격의 소유자라, 낮에 병원을 군이 가보지 않아도 적절한 운동과 책읽기로 잘 적응했었다. 십여 일을 잘 견뎌준 덕분으로 지금까지 조 박사님의 보살핌으로 체력 관리를 잘해오고 있는 당신이다. 담배가 몸에 해롭다는 사실을 알지만 끊기가 참 쉬운 일이 아닐 텐데, 지금까지 잘 참아주는 당신이 참 고맙다.

술도 좋아하긴 하지만 집에서 혼자 술 마시는 일이 없는 당신이다. 모임자리에서 적당하게 취하면 집이 생각난다는 당신 건강에 별 걱정은 안하고 살고 있다. 가족력이 있는 집안인 것 같다. 어머님의 협심증, 시아주버님 심부전증, 시누이 당뇨병, 온 식구가 혈전으로 고생하는 우리 가족들이 아닌가. 건강관리에 많은 신경을 쓰면서 십여 년 동안 너무나 열심히 살아줬다. 경남지사를 이만큼 키워 왔고, 잘 마무리하는 시점에 좋은 인연을 만나 행해지는 일들 모두 잘해내리라 믿는다. 내가 사랑하는 당신이 하는 일이라면 무엇이든 응원한다. 치킨 일을 시작할 때도 그랬듯이, 단 삼일 만도와 달리던 그 말에 오픈하는 날부터 삼일 일해 주겠다고 덤벼들어서, 여태 십년을 일해오지 않았는가? 못하겠다고 그만하자는 소리를 많이 했지만, 끝까지 버텨준 당신 덕분으로 여기까지 올 수 있었다.

그 과정이 힘들고 험난했지만 당신과 함께여서 이겨 나갈 수 있었던 게 아닐까? 인천에서 자기기술을 잘 이용하여 일하고 있던, 팔촌 동생에게 네네 치킨을 권유 할 때 그때만 해도 치킨 사업에 애정이 많았던 것으로 기억된다. 밀양 아껴 둔 땅이었는지 처음 가맹점이 잘 들어서지 않아서 시 광고도 내보고,

가맹점 모집 플랜카드도 붙이고, 신문에도 개제하면서부터 내일점이 들어오게 되었다. 고향이라 더욱 애정이 갔던 동네였다. 알고 보니 작은조카 친구였고, 처음 시작해서는 매출이 많이 올랐던 가맹점이었다. 삼문동에 가맹점을 하나 더 차리게 되었고, 두 군데 신경을 쓰다 보니 자연적으로 한군데 매출이 떨어지게 된다. 처음 열정만큼이나 잘 되지 않았기에 하나 가맹점을 정리하는 과정에서, 그 자리는 내가 탐났다.

내 주변 사람들 동생이나 오빠네 가족 중에 한 명이 했으면 좋았겠지만, 아무도 추천 해줄 상황이 안 된다. 작은오빠네 조카에게 권유해봤지만 거절당했다. 집안동생이긴 해도 중학교도 함께 나왔었고 인정이 많은 동생이었다. 경기도 파주 보 광사에 있을 때 동생이 자주 찾아 와줬고, 추어탕집을 경영할 때 경상도 추어탕을 잘 끓이는 동생이다. 음식 솜씨가 있었기 때문이었다. 계산통 추어탕 집 소문이 났었는데, 무슨 이유로 그만두었는지 동생의 속사정은 모른다. 동생이 아들 하나를 두었고, 그 아들이 대학교 졸업한 지 꽤 오랜 시간 동안 취업이 잘 되지 않아 집에서 쉬고 있는 것 같았다. 인천에서 밀양으로 고향이 아니었으면 이사할 생각이 있었을까?

그냥 놓치긴 아까운 가게였고, 직계 가족 중엔 할 사람이 없어서 쾌속이 동생에게 권했다. 힘든 일이다. 일이 힘들다기 보다는 영업시간을 철저히 지키고, 고객과의 약속을 지켜야 했기 때문에 비가 오나 눈이 오나 영업을 해야 하며, 한 번도 해보지 않은 이 일은 누구나 어렵다. 배달업이 밑바닥부터 해야 하는 영업이다. 서비스직이라 손님을 대하는 일부터 따뜻한 음식을 배달해야 하는 부담도 있다. 피자와 치킨을 함께 해서 매출은 빠지지 않게 해줄 자신이 있었다. 한 번보고 두 번에 결정을 했던 동생 숙이는 아들과 함께 인천 생활을 정리하고 내려왔다. 벌써 장사 시작한 지 2년이 되어간다. 내가 경험했었기에 그 결과는 잘 알고 있다. 열심히 해야 하고 절약해야 하며 홍보활동이 중단되어 선 안 된다.

친절과 청결이 유지되어야 하는 어려움도 즐겁게 하다 보면, 어느새 돈은 따라 올 것이다. 천안에서 일하는 제부께서는 아들과 마님이 함께, 운영하는 가게가 신경이 쓰이는지 휴일이면 도와주러 내려오시는 것 같다. 처음 시작은 하라고 권유 했지만 이제 지사 일을 정리하며 나 먼저 치킨 일을 그만 두려니 괜히 미안하기까지 하다. 손수 잘 벌어 쓰던 동생이지만 아들을 위해서 최선을 다하는 모습을 볼 때, "사서 고생 한다" 는 옛말이 있듯이 자초해서 일거리를 만들지 않았나 싶기도 하다. 남들 쉴 때 못 쉬고 동창회나 간단한 모임정도도 함께할 수 없는 장사를 하다 보니 마음이 아프다. 내가 지사 일을 하지 않았고 그때 남편이 권유 하지만 안았어도 꿈도 꿀 일이 아니다.

치킨 사업, 지사 일을 그만두고 가는 입장에서도 항상 권리금이나 가게세가 적으면서 영업 잘할 수 있는 동네는 눈에 들어온다. 내가 하던 직영점 동읍점도 마찬가지다. 진영이 집이었고, 사무실이 여기로 이사 오기 전에 창원대학교 앞 사림 동에 있을 때, 매일 출퇴근하며 이 지역엔 왜 치친 집이 없을까? 고민 하다가 직영점 하나를 만들기로 했다. 현 동업점 자리가 탄생하기 전에 일이다. 건너편에 동읍 식당 자리 옆 12평짜리 가게가 나와 있었는데, 가게 계약을 4시에 약속 해놓고 주인이 식당에서 닭볶음탕 메뉴가 있다고, 치킨 집 세 못 주겠다는 통보를 받았다. 그 주변에 둘러보던 중에 2층 건물 40평이 통째로 비어 있었다.

그냥 한번 둘러보기로 하고 갔던 곳이었다. 반씩 잘라 사무실도 하고 치킨도 해볼까 하고 시작한 가게였다. 인테리어가 장난 아니었다. 1억 2천 들여서 시작한 가게를 직영하다 보니 가게 직원 관리에 어려움이 많았다 매니저 한

명과 배달 2명 홀 한명 등 인건비도, 많이 들어갔지만 무엇보다도 내가 지치는 것이었다. 학교 다니며, 직영 관리며, 사무실 경리 업무까지 하다 보니 지쳤다, 생각한 끝에 마지못해 동생을 불렀다. 1년 6개월가량 힘든 일을 도와줬다. 물론 월급은 줬지만 마음에 흡족하였겠는가 하던 사업 실패로 제부와 떨어져서 생활했었고, 조카들은 가끔 주말이면 엄마와 이모를 보러 오긴 했었다. 사교성이 좋아서 주민들이 모이는 노인당이나 목욕탕 등에 치킨을 가끔 찬조했다.

동네 사람들을 많이 알게 되었고, 그로 인한 손님이 매장에 많이 찾아오기도 했다. 3군데 일을 봐주는 내가 지쳐서 동생에게 맡아서 해보라고 권유했지만 생각 없다고 거절한다. 물론 갑상선을 앓고 있는 동생이라 피로에 겹치고 자주 아픈 이유가 있었겠지만, 세세하게 살펴보지 못했던 내 잘못도 있었단 생각도 들었다. 치킨 일이라는 게 쉬엄쉬엄해서 되는 일이 아니다. 몰려들 땐 눈코 뜰 새 없이 바쁘고 한가하다. 싶어서 저녁을 먹으려고 하면보고 있었다는 듯이 전화가 몰려오는 직업이 치킨 업이다. 어떤 일도 마찬 가지겠지만 힘들지 않은 일이 어디 있을까만 몇 갑절 힘든 게 이 업종이다. 그때 상황은 이루 말할 수 없이 아픈 상처로 남아 있다.

내 동생과의 사이가 그렇게 멀어지리라곤 생각지 못했던 일로 말이다. 창원대1학년 때 일이다. 벌써 4년 전 일이 되었다. 동생이 와서 1년 5개월쯤 되었고, 남편은 그날 참프레 공장에 가맹 점주들과 견학을 갔었다. 저녁 시간에 도와줄 사람이 없는 날이었다. 난 학교에서 축제하는 날이었다. 추석이 지난 다음날쯤으로 기억한다. 낮 시간에 사무실 일을 하고 있는데 전화가 왔다. 동읍점으로 들려 달란다. 당장 달려갔더니 일안하고 가겠다는 것이었다. 삼일 전쯤이라도 말을 해주던지, 아니면 미리 생각하고 있었던 일인지, 혼자 결정해서 당장 일손 떼겠다는 것이었다. 지금 사정을 이야기 하며 오늘 하루만이라 도 봐달라고 애원했다.

학교 가는 날이라 저녁에 대동제에서 한참 파전을 굽고 있는데, 조카 전화 가 두통이 와있었다. 하던 일을 뒤로 하고 직감이 왔다. 달려갔다 혼자일하고 있었다. 어처구니없는 현실이 눈앞에 펼쳐지고 있었다. 그것도 남이 아닌 내 동 생이 아르바이트생도 하지 않는 그런 일을 미웠다. 옆에 있었으면 따귀라 도 한 대 때리고 싶었지만 이미 떠나고 난 뒤였고 말하기 싫었다. 이유는 있겠 지만 내 혈육이 매정하게 떠나버린 뒤 두 번 보고 싶지 않았다. 그로부터 몇 개 월이 흘렀고 세월이 지나다 보니 자연 정리는 되었다. 내 마음도 상처 입은 채 로 아물어져 가고 있었다. 동생으로 인연 맺어진 스님 책이 우리 집 창고 방에 보관되어 있었다.

지금 사무실로 이사 오던 날 진영아파트에서 있었던 짐을 여기 까지 가지고 왔다. 이층집이 아파트보다 열 평정도, 작은 전원주택이라 스님 책들을 보내 고 싶었다. 전화를 했다. 스님께 여태보관 해오던 책 이제 보내고 싶다 말했다 며칠 있다 가지러 오겠다는 것이었다. 스님혼자 오시는 줄 알았는데, 버젓이 동생이 운전하는 차로 스님과 함께 집으로 오시는 게 아닌가? 미웠던 감정이 한순간에 봇물 터지듯이 터져 나오는 내감 정을 억누를 수가 없었다. 미웠다. 얼굴에 화색을 띠며 애써 언니 안녕 이라고 하는, 그 말에 나의 대답은 뼈 속을 파고드는 아픔이었을 테다. 그때 내 입에서 "난 너 평생 안보고 살 줄 알았는데 왜왔어" 이 말 한마디가 끝이었다.

창고 방에 세워 놓은 책장에 책을 싣고 가는 뒷모습도 보기 싫었다. 스님께 만 잘 가시라고 인사드리고 뒤돌아서 이층으로 올라와 버렸다. 내 가슴은 미 어지지만 그럴 수밖에 없었다. 내 남편 얼굴을 볼 수 없었던 그때 현실이 나의 뇌리에서 떠나질 않는 순간마다. 미안한 마음 금할 수 없었다. 하나 뿐인 처제에게 참잘 해주었다고 생각하는 데, 받는 사람이 대수롭지 않게 생각하는 것 같았다. 지금까지 내형제들이 내 남편에게 대하는 태도에 비해서는 너무나 훌륭한 그 사람이다. 좋은 게 좋은 듯이 항상 져주며 좋게 해결하려는 마음은 알아주지 않는 형제들은 이제 잊고, 내 곁에 나만을 위해 끊임없는 사랑과 헌신 해주는 남편을 보며, 내 곁에 있어줘서 감사하다는 인사 한번 못한 채로 살고 있지만, 내가 사랑하는 맘은 영원할 것이다.

　57년을 살아오면서 내가 해야 할 일은 한 번도 거부해 본 적 없었다. 엄마아버지께 잘하고 살았다고 자부 한다. 3학년 중국 북경 대 방문 하고 내가 집에 없을 때였다. 시골에 계신 장모님을 모시고 와서 보청기를 해드렸단다. 얼마나 고마운 사위인가 엄마마음에 그렇게 인정하는 사위인지 모르지만, 내 형제에게서 들려오는 말은 참 어이없는 이야기만 들려왔다. 고맙다는 그 말 한마디가 어려웠던지, "너희 요즈음 닭 좀 파는 가봐" 빗대서 하는 인사 그런 말을 듣고도 참아 주는 내 남편이다. 어떤 말로 보답하기 보다는 이사람 곁에서 보란 듯이 둘만이 건강하고 행복하게 잘 살아야겠다. 내 곁에서 항상 나를 지켜주는 그 사람을 위해서…….

나에게
온
선물들

6년 만에 2번의 만남뿐이었지만 선물을 안고 온 아들은 내 손주의 아빠였다. 첫째 딸을 둔 엄마는 심리적으로 꼭 둘째는 아들이기를 바랬다. 1986년의 6월 참으로 뜨거운 햇볕이 내리쬐던 여름날이었다. 출산 예정일보다 20일쯤 늦었는데도 전혀 세상을 구경할 생각이 없었던 모양이다. 참다못한 난 부른 배는 앞세우고, 양산을 든 채로 산부인과를 갈수밖에 없었다. 그때 한 백 직업 훈련소 뒷산으로 소방도로가 나 있었는데, 그 길을 따라 중앙동에 위치한 대한 가족 협회에서도 산부인과 의사가 있었던 걸로 기억한다. 아마 조산원이었을 것 같다. 택시타기도 애매한 거리여서 걷기로 했던 것 같다. 중앙동에 살고 있던 현숙 언니네도 있었고, 중학교 동창도 그 동네에 살고 있었다.

부른 배를 앉고 협회 쪽으로 가다가 친구를 만났는데 그냥 못 보낸다며 해주던 국수 한 그릇을 맛나게 먹고 오후 진료를 받았는데, 출산 예정일이 너무 지났기에 태아가 배속에서 변을 보면 변을 뒤집어쓴다고, 촉진제를 맞고 출산을 하잔다. 나들이처럼 왔다가 촉진제를 달고 3시간 지났을 때 신호가 오기 시작했다. 오후 5시쯤에 촉진제를 맞고 저녁 8시쯤에 심하게 아프기 시작해서, 10시쯤에는 죽을 듯이 아팠다. 마지막 산통이었던 것 같았다. 곁에 있던 신랑이 똥 눌 때 배 아픈 것처럼 아프냐고 묻는다. 10시 27분 입술을 깨물고 안간힘을 다해 아랫배에 힘을 주고, 잠시 아픔이 사라진 듯 하더니 으앙, 아이 울음소리가 들렸다. 거꾸로 치켜든 아이의 사타구니 사이를 확인하기 전에 간호사의 목소리가 "어머니, 아들이에요." 그 한마디에 아픔이 순식간에 사라진 듯했다.

이제 해내고 말았구나. 나도 아들을 낳았다는 기쁨의 눈물이 흘렀다. 축하합니다. "어머니, 아들입니다." 그 소리가 그렇게 반가울 수 없었다. 신랑 역시 흡족한 모습이었다. 그땐 부러울 게 없는 듯 세상을 다가진 듯했다. 아이의 자란 모습에 감동하고 기쁨을 안겨다. 주는 재롱에 세월은 어느새 유치원을 거쳐, 초등, 중등, 고등학교까지 열심히 결석 한 번 하지 못하게 하는 순악질 엄마로 계모 같다는 소릴 들으며 키웠다. 귀한 아들 더 강하게 키우란 옛말이 있듯이 나름 귀한 아들이었는데 말이다. 고등학교 다닐 때 이야기를 잠깐 언급해본다. 급식비를 못 낼 정도로 궁핍하진 않았는데, 어느 날 급식비를 안 가지고 가느냐고 했더니, "이번 달 급식비 안 내도 돼. 내가 알아서 해."라고 하여, 그때 급식은 이동식 급식이 시작됐던 것으로 기억된다.

급식비가 12,500원 정도 되었던 걸로 기억나지만 그마저도, 거부하는 아들에게 물어봤다.

고등학교에 처음 입학해서 친구들의 이름을 가장 빨리 아는 방법을 연구하다가, 급식 밥 퍼주기를 하면 제일 먼저 친구들과 친해질 것 같아서 밥 퍼는 친구가 되었다고 한다. 한 끼 밥 퍼는데 500원을 받으며 가장 알지게 밥 먹는 방법이기도 했다고 전해 들었다. 한편 기특하기도 했지만 서글펐다. 그 방법이 엄마를 돕는 방법이란 걸 알았기에, 급식비를 못 줄 상황까지는 아니었는데도 말이다. 그처럼 엄마를 위하던 아들이 중앙대에 입학을 하게 되었다. 대학에 가더니 미국으로 유학을 가고 싶어 했다.

넉넉지 않은 살림에 감히 유학을 꿈꾼 아들이 대견하기도 하고, 세계 백 위 안에 드는 대학을 골라서 원서를 제출한 나머지 유타대학교에서 연락이 왔다. 입학 허락이 되었단다. 기뻤다. 집안 사정을 염려한 선택이기도 했을 것이다. 엄마가 해준 거라곤 아무것도 없었다.

2010년 7월 한 번도 가보지 못한 유타주로 떠나던 날, 손에 쥔 돈 없이 떠나면서도 "엄마, 유학하면서 집의 돈 가져다 쓰는, 어리석은 바보는 되지 않겠다."며 떠난 너의 모습을 보고 한없이 눈물지었던 엄마였다. 그날의 이별로 혼자 외롭고, 긴 싸움이 시작된 아들은 가난한 공대생 연구비로 20,000불 일 년 수입을 가지고, 미국 생활에 익숙해지고 있을 거라며 그저 등짐만 지고 바라볼 수밖에 없던 현실들을 이해하리라고 믿는다. 요즈음 유행어처럼 번지는 말.훌륭한 아들은 나라 아들, 잘생긴 아들은 처가댁 아들, 못난 아들이 내 아들 이라고 한다.

그런 속설들을 가슴에 품고, 해외 동포가 되어가는 아들을 바라볼 수 있었던 것은 인터넷이 발달된 화상통화로 답답함을 달래보며, 공부에 지장있을까봐 노심초사 마음 놓고 통화 한 번도 제대로 하지 못하고, 4년을 보냈던 어느 날, 유학생으로 유타대학교 학부생으로 있는 예쁜이와 교제하게 된 사실을 이야기 했었다. 그 먼 나라에서 한국의 예쁜이와 만나게 될 줄은 꿈에도 상상할 수 없었다. 아들이 좋아하고, 외로움을 서로 달래줄 인연이 된 것은 너무도 고마운 일이였다. 집안도 꽤 괜찮은 듯했고, 사돈될 두 분도 모 대학교 교수님으로 재직 중이라고 하여, 마음 든든하기까지 했었다. 그러던 그해 여름 교제를 허락하고 오랫동안 지켜보았다. 2014년, 결혼으로 이어졌다.

방학이 시작되며 미국행을 하셨던 사돈께서 다급하게 축복의 자리를 마련하고, 양가 부모님과 60여 명의 지인들로 진행된 너희들의 결혼식에 초대되어 미국 땅을 밟아본다. 주남집에서 출발하여 미국에 도착했다. 아들과 상봉하고, 결혼 리허설을 진행하던 날, 푸르른 초원 위에 하얀 드레스 정말 멋진 너의 모습들을 잊을 수가 없다. 한국의 결혼식과는 달리 미국 결혼식은 초대하는 사람이 신중을 기해야 하며, 초대된 하객은 하루를 걸쳐 결혼식이 거행되는 동안 처음부터 마지막 까지 웨딩 파티를 지켜보며, 축하해주는 형식이 여기 한국의 결혼식과는 사뭇 달랐고 멋지게 진행되었다. 몰몬 교회가 주축이 되는 유타 주에서 4년 만에 예쁜 아내를 맞이하고, 힘들지만 함께 할 너의 보금자리를 마련한 아들에게 해줄 것이라 곤, 아무것도 없는 엄마는 미안하기만 했다.

그런 아들의 집에 며칠이지만 머물러 있는 것 조차도 미안하고, 면목이 없어 6일 만에 떠나온 유타주에 비가 오거나 해지는 저녁이면, 늘 그리움으로 아들 병에 걸리곤 한다. 작년 어느 날에 보이스톡 무료 영상 폰이 울린다. 환희에 찬 음성으로 기쁜 일이란 걸 직감했다. 며느리 예쁜이가 스킨 스쿠버 중에 배가 아파서 병원에 갔더니, 임신이란 소식을 듣고 너무 슬피 울었다고 한다. 모습을 본 의사 말씀이 괜찮다며, 원하는 아이가 아니냐며 묻자 며느리는 정신이 번쩍 들어 아니라고, 집에 남편과 상의하겠다며 집으로 돌아와 나랑 통화 바로 직전까지 울었다고 전해온다. 예쁜아, 영특한 놈 잘 키우라고 말했더니 그때서야 비로소 웃음으로 답하는 예쁜 며느리였다.

입덧을 한다는 소릴 들어도 위로의 말 밖에 할 수 없었던 10개월이 지나고, 2016년 4월 오랜 진통 끝에 신이 준 선물로 태어난, (떠어 또르) 서윤이 나의 손 자다. 신기하고 예쁘다는 말로는 부족한 선물이 되어, 추석 명절이 지난 9월 에 친정인 광주로 와 있었다. 시월드란 말도 듣기 싫었지만, 서울 친구네 결혼 식이 있던 날 할머니인 나와 첫 상봉을 하였다. 천륜이 당기는 것일까 찡찡 한 두어 번 짜드니 이내 할머니 품에도 안기어 주는 놈 귀엽고 예쁜 손자다. 미국 에서 온 지 한 달 이상 시간이 지났고, 어저께 아들과 마누라가 있는 한국으로 귀국한 아들놈은 애타게 기다리는 엄마는 안중에도 없는지 하루가 다 지나갈 저녁 무렵에 전화가 왔다. 아침에 도착했었는데 바쁘니 전화하는걸 잊고 있었 단다. 처갓집에서 3일 묶은 뒤 오늘 엄마에게 왔다.

두 번째 만나는 할머니와 상봉했다. 안경 너머 어색한 모습을 보드니, 삐죽 삐죽 입을 내밀고 운다. 그 모습도 귀엽다. 나는 손자보다는 아들 바라기다. 세상의 모든 할머니들이 그러하듯이, 난 절대로 손자를 자랑하는 할머니는 안 될 것 이라고, 큰소리치든 할머니였는데 까맣게 잊은 듯이, 친구들이나 학교 학우들 보면 폰을 끄집어내고 마는 주책 할머니가 된다. 여느 할머니들과 다 름없는 바보 할머니가 되어가고 있음이다. 문명의 발달로 SNS를 통해 자주 메 시지도 주고받고, 영상통화도 하고, 사진도 시도 때도 없이 보내는 까닭인지 2 년 만에 만나는 아들도, 어제 본 듯하고 손자 또한 늘 곁에서 키운 듯하다. 박 사 학위 과정도 마치게 되고, 신의 선물까지 함께 안겨 준 아들 고맙고 사랑스 럽다.

멀리 떨어져 있기에 더욱 간절한 그리움 애틋한 사랑으로 바라보는 엄마일 뿐이고, 항상 너희 가족을 책임질 수 있고, 나라에 보탬이 되는 훌륭한 사람이 되어, 국위 선양하길 바래본다. 어린 신부 예쁜 며느리 내 스스로 씨 어머니가 아니고, 친정 엄마 같이 대하라고 말하지만 아직은 그 말이 이해가 안 되는 20대 이니까? 좀 더 자식을 키우고 엄마 나이가 70이 넘어설 때면, 예쁜이도 씨월드가 아닌 엄마로 받아들일 날이 올 날을 기다려 본다. 훌륭한 엄마로 예쁜 딸로 귀여운 며느리로 사랑스런 아내로, 축복이 가득한 날만 있길 기도하며 엄마가…….

매 순간
인연입니다

　작년에 함께 갔었던 북유럽 여행 이야기를 언급해볼까 한다. 2013년 대학일학년 때 예술과 경영시간에 만난 교수님과 인연이 되어, 두번째로 북유럽 여행인원을 모집하는 단계에서 나와 같은 반 학우 사모이자 같은 학과 후배 인연이 된, 정옥이와 아들 교수님과 따님 스페인 여행에서 함께 했던, 유선언니 포항에 갑장친구 밀양에서 만년화원을 하고 있는 초등 동창 순희와 그의 친구 중등동창 희야, 창원대 AMP 선배이신 희순 언니와 남편이 가장 좋아 하는 형님 아내, 내가 부르는 애칭은 행님아, 그리고 우리기수 서회장님, 그 왜 창원에서 함께 교수님이 모집한 인원 2명, 이렇게 15명이 모여, 북유럽 10박 12일을 가게 되었다. 일부창원 리무진을 타고 출발했었고, 행님아와 나는 남편이 김해공항까지 배웅을 해주어 편하게 도착했다.

밀양에서 조금 이른 시간에 도착한 순희 와 금수 씨, 서로 처음 보는 사람들과 함께하는 여행이니만큼 서먹할 것 같은 기분이었다며, 고정관념을 깨는데는 순희가 일조를 한 것 같았다. 2015년 사스, 지카 바이러스가 퍼졌을 때라 공항전체가 민감한 반응을 보이기도 하던 때다. 여행객들 중에서 마스크를 끼고 다니는 사람도 보이기는 한다. 우리 일행 중에도 한 명 있었다. 공항에 7시에 만나기로 하였으니 오 분 전에 속속 도착하였는데, 문제는 그때부터의 일이다. 나와 같은 고향이자 집안 동생이기도 한 순희, 다른 사람들보다 여자 신장으로 말하면 많이 큰 편인데 173쯤 되지 싶다. 장신에다가 마스크를 끼고 가방은 앞에 하나, 등 뒤에 맨 가방 하나, 옆구리에 찬 가방 하나에다가, 손에 하얀 아이스박스를 하나 들고 나타난 것이었다.

만나자 말자 "언니야 아침 먹었나?" "응. 대충 누룽지 한 그릇 먹고 출발 했다. 근데 너 손에 든 건 뭐여?" "아, 이거 아침에 일어나서 한바탕 쇼가 벌어졌다. 언니야 어제 평생 처음으로 북유럽 간다고, 이 서방한테 허락 받았다. 앞집이 떡집인데, 내가 해외 여행가면 먹는 게 부실해서 여행을 못한다 했더니, 앞집 언니가 새벽에 일어나 찹쌀밥 소금 쪼매 넣고, 주먹밥을 해준 기다." 하면서 하나 물래? 시골에 자란 탓이라 그런지 목소리도 크다. 남의 눈치라곤 전혀 의식 않는 동생 때문에, 속으로 입장이 좀 곤란한 지경에 놓였다. 조금 있으면 비행기 타야 하는데 손에 든 주먹밥을 먹기도 곤란하고 두 개 받아들었다.

"동생아, 밥이나 먹을거리 비행기에 못 가져 갈 낀데 어쩌누." "아, 그래 그러면 내가 한번 물어보고 오께." 하며 비행기표 발행하는 곳으로 가더니, 여기 저기 물어봤던지 괜찮다 한다. 언니들 하나씩 쪽 나누어 들고 짐을 붙이고, 출국 시간을 기다리는 동안 커피숍에 앉아서 주먹밥 하나를 꺼내 먹었다. 좀전에 나타날 때 그 모습을 연상해보니 헐 밥맛은 일품이었다. 10박 12일 동안은 먹겠냐만 2삼일 먹을 주먹밥을 몇 개씩 나눠 주고 이 가방, 저 가방에 몇 개를 넣었는지는 몰라도, 찰진 찰주먹밥에 적당한 소금을 넣고 찐 밥이라 고슬고슬 참 맛있었다. 김해공항에서 인천공항으로 향해서 출발했고, 인천공항에서 또 내 친구를 만나게 되어 있었다.

서울에서 할머니 조 4명과 점희가 동승하기로 되어 있었는데, 서울에서 만난 4명의 할머니들도 보통할머니들이 아닌 듯했다. 오십이 넘은 내 친구 점희는 청바지가 구멍난 청바지를 입고, 공항 패션이라고 선글라스를 끼고 발가락 신발을 신고 나타났다. 북유럽 여행에서 가장 재미있는 일 중에 하나다. 서울 언니들과, 며칠 여행을 하고난 뒤에 일화 중에 하나이긴 했다. 처녀인지 아줌마 인지는 몰라도 나타날 때 보통 심각했던 게 아니었다고, 신발이라는 것이 운동화도 아니고 슬리퍼 발가락이 다나오는 신발을 신고, 나타난 점희도 가관 아이였다고 전해준다. 인천공항에서 출발해서 코펜하겐 도착했다. 숙소가 정해지고, 나랑 신랑이랑 같은 기수 희순 언니와 한 방이 정해졌다. 점희랑 행님 아랑 같은 방이 되었고, 순희랑 금수랑 한 방으로 배정되었다. 코펜하겐에서의 여행 첫 밤이 시작되었다.

아침에 먹었던 찰밥과 순희의 인상이 찐하게 남아 있는 가운데, 순희가 보통 짐을 싸온 게 아니라, 인천공항에서 가방을 두 개 더 구매하는 바람에 가방 구경을 하러 순희 방에 모였다. 가방 구경 좀 해 보자. 20킬로그램 되는 큰 가방에는 여행 동안에 먹을 몸에 좋다하는 즙은 3분의 2이상이 먹을거리로 보충되어 있었고, 10박12일 동안 입을 옷은 몇 벌되지 않았다. 6월 20일의 여행이라 북유럽도 쪼금 쌀쌀한 가을 날씨쯤으로 기억된다. 어린 시절을 함께 보낼 때 기억에 당숙모 집을 순희 때문에 놀러 가게 되면, 같은 집안이라 자라온 환경을 알기도 했었다. 부잣집이라 일거리 많은 집이었다. 정리정돈이 잘 안되어 있었던 것으로 기억한다. 그때처럼 순희의 가방도 여행 짐 꾸리기를 안 해 본 초보의 가방이었다. 먹을거리마다 비닐봉지 하나 씩 동여 매여 있었다.

큰 가방 짐을 분류해서 정리 하려해도 한두 시간해야할 것 같다. 정리 할 동 안에 아침에 나타날 때 이야기를 하며 배꼽을 쥐고 웃기도 했다. 희야의 모습 도 모습이지만 내가 데리고 간, 7명의 식구들을 다 책임져야 하는 상황이라 난 머리가 조금 아파왔다. 나와는 예전부터 알던 지인들이지만 각기 다른 분들은 친분이 있었던 것은 아니었기에, 다가올 일들에 대해선 예견하지 못했다. 나 와 한방을 쓰는 희순 언니는 창원에 꽤 유지라 인품이 있는 분이었고, 공항에 나타날 때부터 예사롭지가 않았다. 여행가방 중에선 가장 큰 커리어를 하나 끌고 드레시 한 의상을 입고, 화려한 등장에 다들 입을 다물지 못하는 현장이 었다.

여행을 같이 하기로 하였지만 내심 걱정이 앞섰다. 같은 방을 쓰게 되어 친 분이 쌓여야 할 텐데, 희순 언니 왈, 순희 공항등장에 적잖이 충격이었다고 말 하면서도, 순수한 정에 매력이 있다고 말했다. 하지만 들고 오는 아이스박스 에 놀라고 찰밥 맛에 놀라서, 인천공항 도착해서 찰밥 여분 있냐고 물어봤다 는 그 말이 더 우스웠다. 그리 하여 여행은 시작되었고, 코펜하겐 호텔 조식 후 에 시내 관광을 시작한다.

"덴마크어로는 쾨벤하운(Kbenhavn)이라고 한다. 셀란 섬 북동쪽 안에 있는 무역항으로 해안에 있는 스웨덴의 말뫼사이에는 철도 연락선이 오간다. 코펜 하겐의 이름은 1043년에는 하운(Havn) 또는 하프니아(Hafnia:항구) 라는 기록 되어있다. 1167년에 최초로 성채가 축소된 뒤에 발전하여, 13세기 중엽에는 수륙 교통의 요지를 차지하는 지리적 조건으로 인하여 쾨벤하운 이라고 하였 다. 시내에는 녹지가 많으며, 유서 깊은 궁전 교회 등의 건축물이 많아 유럽에서도 아름다운 도시로 꼽힌다. 문화예술의 중심으로 미술관 박물관이 많고, 세계적으로 권위 있는 학회, 연구기관의 본부가 있다." 는 정도만 이야기하고 코펜하겐의 랑겔리니 공원의 끝부분에 있는 안데르센 동화 인어공주의 조각상 관광명소를 방문한다.

이어 아말리엔보그 궁전 1794년 이래 덴마크 왕실로 거처 사용되고, 있는 로코코풍의 건축물 관광에 이어 점심 식사 후에, 코펜하겐의 창설자 압살론 주교가 1167년에 세운 궁전으로 현제 덴마크 정부 건물로 사용되고 있다는, 여기에서 여행에선 일어나면 안 될 사고가 하나 일어난다. 북유럽 여행에선 현지가이드만 있었지, 한국 인솔자는 교수님 주도하에 거행된 여행이었기에 여행지에서, 여권을 본인이 소지 하도록 한데 있어서 문제가 있었던 것으로 기억된다. 관광차에서 오전 관광을 끝내고 오후 관광 시작 무렵에 발생된 일이다. 버스에서 내릴 때 여권을 소지하고서 회장 가방에 희야의 지갑을 넣고, 친분이 있는 사람끼리 사진 촬영도 하고, 화장실을 다녀와 오슬로 항을 가기 위래 차에 올랐는데, 희야의 여권이 들어 있던 지갑을 분실하였다는 것이다.

서 회장님 가방 지퍼가 온전히 열려 있었던 것이었다. 북유럽 여행 중에 가장 설명이 길었던 부분이었고, 잊어버리면 온 일행 모두가 여행이 중지될 뿐만 아니라 다음 일정을 소화할 수가 없다고, 아침 관광 전에 가이드 설명이 길었는데, 그 일이 하루도 지나기 전에 발생된 것이다. 이유야 어쨌든 잊어버렸으니 여행비자 발급하기 위해 교수님 따님이 미국에 살고 있었던 덕분으로 꽤 유창한 영어 실력이 되었기에 비자 발급 받으러 보냈다. 다행히 내 폰에 여권 사본이 저장되어있었고, 오슬로 항에 가기 위해 대형 유람선을 타게 될지는 여권 발급에 딸려 있었다. 덴마크 수도 코펜하겐에서 일어났었고, 점심 식사 후에 일어난 일이라 그 긴박한 일들이 진행되는 동안에, 그 일에 꼽혀서 아무

것도 할 수 없었다.

　어깨에 맨 가방은 무겁기만 했고, 그렇게 시작된 여행이라 맥이 탁 풀렸었다. 4시 25분이 되어간다. 선착 창엔 크루즈를 타기 위해 모인 여행객들로 북적댔고, 우리 일행 모두는 비자 발급이 되는지 안 되는지에 초점이 맞춰 졌었다 다행히 그때 현지가이드가 꽤 역량이 있었던 가이드로 기억이 된다. 신장이 큰 핸섬 보이였던 것으로 기억되고, 말쑥한 차림 가죽점퍼를 입었었고, 팬츠는 검정색 면바지였던 것으로 기억된다. 시작이 이렇게 되고 보니 힘들었다. 코펜하겐의 가이드는 오슬로 항으로 가기 위해 배타는 일정까지만 이 엇던 것으로 알고 있었다. 덴마크 수도에서 일어난 일이기도 하지만, 그날이 휴일이 아니어서 천만 다행으로 배 출항시간에 맞춰서, 비자발급이 완료되어 간신히 오슬로 항으로 가는 배에 올랐던 것이었다.

　지갑 안에 얼마가 있었고, 그런 건 하나도 중요치 않았다. 희야 아들이 북유럽여행 이라고 잘 쓰고 오라며, 비자카드 하나 준거랑 한국에서 한 달 치 월급을 받고 은행에 넣을 시간이 없어서 가져온 돈이 생활비 모두라 했었지만 어쩔 수 없었다. 소매치기 당했다는 사실을 아들에게 알렸고, 카드 중지 시키고 오슬로 항으로 가는 크루즈에서 일박을 하게 된다. 대형유람선 DFDS SEAWAYS를 타고 선상에 밤은 시작되었고, 크루즈 여행을 꿈꾸던 난 꿈만 같은 현실을 맞이하게 되는데 설렘 반, 기대 반으로 여행의 불행한 일을 당하고도 불행 중 다행이라는 언어로 포장한 채, 그날의 일정을 또 소화해나간다.

　선상의 저녁식사를 마치고 여행에서 이틀 밤을 지내게 되며, 나쁜 일이 있지만 애써 잊어버리고 액땜한 샘치고, 열심히 여행을 즐기기로 단합하는 밤이 되었다. 넓은 바다 위에서 밤을 지새우며 달려가는 대형 크루즈에서의 우리의 광란의 밤은 그렇게 시작되었다. 선상 나이트 카페의 멋스러움에 한껏 빠져 보기도 했다. 텅 빈 카페 나이트엔 신나는 음악만 흐르고 있었는데, 희순 언니가 발동을 걸었다. 여행을 많이 다녀본 언니라 그런지 분위기를 잘 탔다. 빨간 원피스 와 스카프를 휘두르고, 높은 하이힐에 긴 머리를 음악에 맞춰 발동을 걸었던 까닭으로, 한국인임을 알았기에 강남스타일 노래가 연주되었다. 그에 맞추어 순희에게 모든 가방을 맡겨 놓고 한바탕 댄스 춤사위를 벌렸다.

다섯 명이 신나게 놀고 있을 때 미국인 여성 두 명이 합세했고, 그로 인하여 카페 에 모인 대부분의 사람들이 흥겨움에 빠질 때쯤, 가방 여섯 개를 모두 등에 걸고, 목에 걸고, 손에 들고, 나타난 여인 순희 큰 몸짓으로 가방 춤으로 무대를 휘어잡았다. 여행에서 즐거움은 다른데 있는 것이 아니었다. 일심동체 되어 함께 공유하는 힘 그것이 바로 단합의 힘이었다. 그렇게 융화되고 서로를 알게 되며 여행하는 동안 내내 즐거운 여행을 할 수 있었고, 그때 세월호의 충격으로 누구 랄 것도 없이, 그 악몽이 한국인이라면 다 가지고 있을 때였으므로, 크루즈 여행을 들먹이는 것 자체가 이젠 부끄러운 말이 되기도 하다. 북유럽여행에서 대형 크루즈를 경험을 해봄으로써, 쉽게 크루즈 여행을 하겠다는 말이 나오질 않는다.

큰 일화를 남긴 북유럽 여행에서 매순간 인연 지어지는 모든 인연에 감사하며, 그런 경험을 하게 해준 교수님과의 인연에도 감사한다. 그 여행 후 교수님과 연락을 자주 하지 못했는데, 이 기억을 되살려준 교수님께 곧 안부 전화라도 해야겠다.

나보다
더
나를
사랑하는
임

개인적인 이야기를 털어 놓으려니 무엇에서 부터 시작해야 하는지 가닥이 잡히질 않는다.

1960년 1월 2남 2녀 중에 장녀로 밀양에서 태어나 철들면서부터, 가난이 무 언지를 뼈저리게 느끼며 자라났다. 작은 시골 마을은 항상 앞산이 눈 앞에 와 있고, 오후 4시가 되면 벌써 산그늘이 내리기 시작하는 동네이다. 놀잇감이라 곤 없는 시골 한 집 걸쳐 한 집 친구가 있고, 문 씨네 씨족들이 모여 사는 동네 에서 자랐다. 어릴 때 기억이라곤 도시락에 검정콩 반찬과 보리쌀로 만든 꽁 보리밥, 그것도 제대로 배불리 먹어보지 못하고 자란 터라, 지금 같았으면 아 마도 먹을거리가 풍부해서 많이 자랐다고 생각할지도 모르지만, 유난히 삐죽 이 컸던 것으로 기억한다.

친구들이 부르는 별명도 꺽다리였고, 한해가 지나면 입지 못하는 교복도 끝자락을 수선해야 할만큼 잘 자랐던 것 같다. 초등학교 졸업 후에 그 당시 중학교 갈 무렵에 육성회비가 있었던 것으로 기억 된다. 등록금으로 금액은 그다지 크지 않았지만 그때 형편으로는 제법 비쌌다고 생각이 된다. 6,350원. 그 돈이 없어서 중학교를 가지 못했던 기억으로 우리 동네에서, 문 씨 집안 아이들만 다섯 명 계집애들 또래가 다녔고, 순희, 자숙이 영이는 중학교에 진학했고, 명숙 ,미숙이는 가지 못했다. 그때 크나큰 충격이었다. 얼마나 중학교가 가고 싶었던지 해질 무렵이면 교복입고 하교하는 순희를 볼 때마다 소죽 끓이는 소죽솥 아궁이를 부지깽이로 수없이 내려치며, 통곡했었던 기억으로 미치고 싶을 만큼 학교에 대한 애착이 많았다.

겨울이면 소나무 갈비를 긁어모아 옆집 5촌 당숙부 집에 팔았었고, 그때 비닐하우스 보온용으로 지푸라기 거적을 짜기도 했는데 그 일도 했었던 기억이 난다. 가마니짜기 등등 해봐야 얼마나 된다고, 그렇게 애착을 부렸었던 기억에 후배 박용암이라는 동생에게 부탁했던 기억을 잊을 수 없다. 어느 날, 달리기 선수였던 후배 용암이가 중학교 입학원서를 들고 왔었던 것이었다. 그때 상황은 40년이 지난 지금도 자기가 중학교 교육을 받게 해 준 동네 동생이 나를 놀려대곤 한다. 그때 날 위해서 달리기 해준 용암이 덕분으로 무사히 중학 시절은 마쳤건만 지지리도 가난했던 터라 고등학교는 꿈도 못 꿨던 시절이었다. 위로 오빠 둘도 중학교만 겨우 졸업했던 터라 딸내미가 공부 더하고 싶다는 말을 꺼 낼 수가 없었다.

그러던 차에 마산 한일여고에서 원서가 1차로 10장이 왔다. 담임 선생님께서 1순위로 나를 지목했었고, 간다 온다 말 못하고 1차 지원을 해서 열 명 지원한중에 나 혼자만 합격 통지서가 날아왔다. 1976년 12월 마산한일 합섬에 취직하게 되었고, 그렇게 기숙사 생활이 시작되었다. 시골 오일장이면 소판 장에 가셔서 귀가 시간이 늦은 아버지를 모시러 가지 않아도 되었지만, 어린 나이에 시골을 떠나 방직공장에 적응하기가 쉬운 일은 아니었다. 기숙사 생활이 지금 TV에서 보면 군대에 내무반 연상을 하면 비슷할지도 모르겠다. 머리 맞대고 반씩 누우면 방하나 가득 잠자다가, 화장실에 가려면 발을 밟고 지나가야 할 정도로 비좁다. 한 방의 식구가 12명이었던 것으로 기억한다.

그 속에서 낮엔 일하고 주경야독으로 공부하겠다고 입사하게 되었던 것이다. 16살 어린 나이에 기숙사 생활도 힘들고 회사 생활도 힘들긴 마찬가지였지만, 식당 밥 냄새에 질렸었고, 샌드위치 백 원짜리 하나 배불리 먹을 수 없었던 그때, 어린나이에 엄마 떨어져 회사생활과 학교생활을 한다는 것이 매우 힘들었다. 저녁 9시면 점호 인원 점검 시간이었으며 합숙하는 방에 불이 소등되는 시간이었다. 길게 늘어진 기숙사 동에 차디찬 복도에서 자개밥상하나 앞 가슴에 안고, 엄마에게 날이면 날마다 쓰는 편지가 있었다. 그때가 유일하게 고향 생각에 잠겨보는 시간이었다. 지금 시골에 가면 그때 편지가 아직 남아 있을지 모르겠다. 엄마가 살아계시니 한번 가서 찾아보고 싶었다.

3년이 지난 즈음엔 소리 나는 대로 편지 답장이 오던 걸 기억한다. 이젠 연로 하신 엄마 마음에서 항상 아픈 사연을 안고 있는 울 엄마지만, 나 또한 두 아이 엄마이고 손자가 태어난 나이가 되었다. 힘들게 일하며, 공부했던 3년이란 세월이 있었기에 지금에 늦깎이 나이로 만학을 할 수 있는 계기가 되고, 전국으로 분포되어 있는 고등학교 친구들이 있어서 많은 재산이 일군지도 모른다. 여고에 1977년 입학하여, 그때 기억으론 공부보다 잠이 우선이었던 걸로 기억된다. 공장에서 3교대 근무를 했다. 섭씨 40도에 육박하고 습도가 높은 곳에서 밤 잠 안 자고 일했던 시절이 있었다.

3년을 어떻게 다녔는지 요즈음 고교 동창들을 만나면, 시집 와서 한참 동안 악몽에 시달렸던 이야기도 한다. 한솥밥을 먹고, 공동 세면장에 뜨거운 물 나올 때 세수 하려고 세숫대야 들고 뛰던 일, 다림질방에서 작업복의 옷깃을 세운다고 줄 서던 일, 밥을 일찍 먹으려고 식당 줄서던 지난 이야기 그때 그 시절 추억할 수 있는 나이가 되었다. 나만 이런 이야기 하는 건 아니겠지만 참 좋은 친구들과 이 나이에 함께 한다는 건 좋은 일이다. 어느 날 고등학교 B조 친구들 모이는 밴드 초대장이 날아왔고, 이제 이 주년을 맞이하여 올해 자축하는 밴드로 활성화 되어 있다. 먼 강원도 인천, 수원, 포천, 김천, 창원, 부산, 안동 전국에서 널리 펴져 있고, 나름 힘든 시절을 겪었던 친구들이라 부지런하고 알뜰하여 어디서 살던 정말 잘 살고 걱정 없이 다들 멋지게 살고 있는 듯했다.

특별한 업종에 종사하는 다양한 친구들이 많다. 올해 가을날 포천에서 모여 명성산 산행도 하고, 주남 저수지 코스모스 뚝방도 거닐어 보고, 또 어느 날엔 합천 법기 암에 모여 스님이 동창인 관계로, 사찰구경도 마음껏 해보기도 하며, 스님이기 이전에 친구였다는 사실에 기탄없는 옛 이야기로 날밤 지내는 일도 있었다. 종교에 자유가 있으니, 어떤 친구는 스님도 되고, 어떤 이는 교회도 다니고, 성당도 다니고, 나 또한 불교를 절실하게 믿으며, 연주라는 불명도 가졌다. 쉰 나이가 넘도록 열심히 일했고, 뜻하지 않았던 치킨 사업을 한 지도 십년 세월이나 된 것 같다. 아이들이 자랄 땐 생각지도 못했던 학교를 늦은 나이에 다니게 되었고, 4학년을 마무리 하는 겨울이 왔다. 일과 함께 병행했던 학교와 치킨 사업이 올해로 학교와 같이 그만두게 된다.

십여 년을 네네치킨에 몸담았는데 지금 남편은 또 다른 일을 꿈꾼다. 몇 년 전만 해도 이일이 아니면 무엇을 하고 살까 하고 걱정을 많이 했었는데, 이젠 내 몸도 건강에 적신호가 오고 난 후부턴 신경 쓰는 일은 안하고 싶어서 그냥 남편 하는대도 두고 볼란다. 네 치킨 지사 경영에 경리 일을 맡아서 2015년 까지 했었는데, 일에 신경을 많이 쓰고 본의 아니게 스트레스를 많이 받았던지 예전 같지 않았다. 쉽게 피로에 지치고 힘들었던 2015년 초봄에 몸에 이상 징후가 나타나면서, 갑상선암이라는 판정을 받았다. 절제하고 난 이후에 호르몬 조절이 많이 힘들었다. 자가생성에서 약으로 조절하는 일이 쉽지 않다. 예전 같으면 잠귀도 밝고 예민하게 밖에서 하는 일들도 들렸었는데, 밤이면 시체처럼 죽어서 잔다고 표현하고 싶다.

아침이면 어김없이 신랑이 깨워줘야 일어나고 이것 또한 예민하게 받아들이면 스트레스 일 것 같아서, 그냥 무신경한 채로 익숙해지겠지, 생각하고 만다. 애써 좋아하는 일을 만들고 비타민D가 좋다하여, 햇살을 받으며 출사를 열심히 다니는 것은 아닐까? 항상 나에게 반문한다. 검게 그을린 피부이지만 난 나를 사랑한다. 바쁘게 움직이면 피곤하지만 그것을 기꺼이 받아들인다. 얼마 남지 않은 야간 대학이지만 늦은 수업을 하고 집에 오는 날이면, 어김없이 반쯤 죽은 듯이 힘들다. 하지만 개의치 아니 한다. 좋아서 하는 일이고 적당히 내 스스로 나의 열정에 반해 있는지도 모른다. 사진 찍기, 글쓰기, 그리고 음악듣기 이 모든 것이 하나의 감성이 아닐런지 생각해본다.

어쩜 일맥상통한 점이 있다고 생각한다. 여행을 다니면 즐겁고 사진을 찍으면 더욱더 즐겁다. 여행을 하고 난 연후에 여행 스토리를 적는 것도 즐거하고, 음악을 감상하면 신청곡 쓰기도 좋아한다. 이런 나를 내가 좋아한다. 오늘 이글을 쓰는 이런 것이 지극히 개인적인 이야기인지는 모르겠지만, 살아온 날들이 오십이 넘었고, 추억 또한 참 많은 것 같다. 부모님이 한때는 좋았고 한때는 자식들에게 얽매여 살았지만, 이젠 그럴 나이가 지난 듯하다. 내가 하는 일이 소중하고 남들이 하는 만큼은 해봐야지 하는 마음으로 사는지 모르겠다.

적당한 운동, 산행, 라이딩, 헬스, 등산, 골프 어떤 운동이든 할 수 있으면 한다. 살아 있다는 생동감으로 하고 싶은 일들은 하면서 살아야겠다. 시간만 있으면 짬짬이 해외여행도 즐긴다.

　동창들과 때론 사회 친구들과 학연, 지연으로 인연되는 모든 일들과 즐겁게 어울림을 하면서, 이제 네네치킨 경남지사를 올해 그만두게 되었고, 사무실 옆 작은 공간에 나만의 공간을 만들어 뒀다. 내가 잘하는 전통차 만들기, 대추차 쌍화차, 나만의 커피 삶기 등등 이 공간을 사랑하며 지나가는 친구 나를 아는 지인들, 그 모든 인연 지어진 분들과 나의 공간에 어떤 인연으로 오든지 간에 오시는 분은 차 한 잔 대접할 수 있는 그 공간에서 삶을 論하고, 사진과 글 그리고 음악을 듣고 이야기가 있는 공간으로 자리 매김하고 싶다.

인연을
만나고
행해지는
일들

장유에서 치킨업을 하고 있을 때 만난 인연에 대해 언급해볼까 한다. 오전 9시 30분에 문을 열고 매장 청소를 한다. 하루 장사를 하려고 준비를 시작하고, 두어 시간쯤 지나 11시가 조금 넘을 때면 어김없이 찾아오는 중년의 신사 한분이 있었다. 치킨집이다 보니 치킨을 시켜야 하는데, 혼자서는 많이 드실 수 없는 분 같았다. 처음엔 닭다리 세트를 시키고는 생맥주만 500CC 을 세 번 정도 시키신다. TV를 보는 것 같지도 않고, 멍하니 창밖만 바라보시며 몇 시간을 그렇게 앉았다가 가시곤 했다. 보름 정도를 꼭 일정한 시간에 찾아오신 것 같다. 그 후 어느 날 비가 많이 오는 날이었다. 아침부터 비가 오면 치킨 주문이 많은 날이다.

남편이 혼자 이리저리 바쁘게 뛰어다니고 있는 매장에서 혼자 앉아 있는 이 사람, 하루 이틀도 아니었지만 그날따라 왠지 더욱더 쓸쓸해보여서 말을 건네본다. 장유가 부모님이 사시는 곳이고 고향은 고성이라고 들었다. 서울에서 내려온 지는 한 달이 좀 넘었고, 혼자 내려 와 하는 일 없이 지내고 있으니 심심해서 시간 보내러 오신다고 했다. 오다 보니 두 분께서 너무 열심히 사시는 것 같아서 생활에 활기가 있어 보여 잠시 머물렀다 가신다고 한다. 그러던 어느 날 좋은 소식을 가져 왔다며, 창원대학교에 근무하시게 되었다고 하신다. 축하드린다며 무슨 일을 하시냐고 여쭤 봤더니, 행정업무를 하신다고 했다.

그렇게 인연되어 창원대학으로 가신 연후에도 우리는 그해 겨울을 열심히 치킨 사업을 계속했다. 학교로 가신 그 분께서는 부모님 댁에 오실 때 마다 간혹 들려 주셨고, 처음에 남편보다 나이가 많은 줄 알았다. 외모에서 풍기는 이미지가 그랬었는데, 좀 더 친해지고 나이를 여쭤 봤더니 남편보다 나이가 3살 연하였다. 그때부터 형님으로 모신다고 하셨고 급 친숙해지셨다. 일 년쯤 지나고 우리가 지사 일을 맡게 되었고, 창원대학교 앞으로 지사 사무실을 내어서 이사를 하게 되었다. 학교 앞에 사무실이 있다 보니까 자주 사무실에 들려 주셨고, 창원대학교에서 행해지는 일련의 일들을 알게 되었다. 그러던 어느 날 경영대학AMP 과정 모집요강을 보내 오셨다.

남편이 2011년 그 과정을 수료하게 되었고, 새로운 인연들과 접하면서 많은 정보 및 인간관계는 넓어지게 되었다. 그 과정의 졸업식하는 날에 참석하게 되었다. AMP과정에 남편이 다 닐 때 함께 한 원우들 중에 여성 원우들이 많은 것 같았다. 졸업식에 참여한 난 다른 건 모르겠고 함께 졸업하는 여성원우들이 부러웠다. 집에 돌아와 남편에게 여쭤 봤다. 경영대학 CEO과정은 난 하면 안 되느냐고, 고등학교 졸업자는 못 가느냐고 아니란다. 당신 같은 사람이면 누구나 환영하는 곳이고 기업을 경영하는 사람, 대표자들, 개인사업자 등등 조건이 만족한 사람 누구든지 가능하다고 이야기한다. 당신을 추천해 줄 테니 꼭 가보라고 한다. 그리하여 이듬해 2012년 내가 남편의 후배로 경영대학원 과정을 수료 하게 되었다.

그 과정을 졸업할 때쯤 특성화 고졸자에 한하여, 신산업 경영학과 제 1기생을 모집한다는 모집요강이 문자로 전해져 왔다. 인연이 어떻게 지어지고, 그 인연으로 인해 어떤 일이 행해질지는 아무도 모르는 일이다. 그때 창원대학에 근무하시던 그분이 아니었으면, 이렇게 경영자 과정을 졸업하지도 못했을 것이며, 나또한 학부생으로 다닐 수 있는 계기가 되었을까? 그분이야기를 잠깐 언급하자면 술을 많이 좋아하셨고, 술로 인해 생명의 위협까지 느끼게 되었던 분이다. 부산대학교 양산병원에서 큰 수술을 받으시고, 이젠 술과 헤어진지도 2년이 다 되어가는 듯하다. 요즈음은 자주 뵙지는 못해도 어디서 어떻게 지내시고, 계시는지는 알고 있다. 십여 년을 인연 지었던 치킨 일을 이젠 정리하는 중이다.

올해 연말을 기점으로 하여 종지부를 찍는다. 여기까지 열심히 달려 왔고, 열심히 일했던 그가 오늘아침에 마지막 인사장을 인쇄하여 나에게 보여 줬다. 참으로 대견하기도 한 남편이다. 이렇게 십년 세월을 함께 노력했고, 정성을 다해 일궈 놓았던 일도 마음에서 접기까지는 대단한 결단력이 필요했을 것이다. 남모르게 고민도 많이 했을 것으로 기억된다. 하지만 과감하게 자기 일을 찾아서 심장이 뛰는 일을 하겠다고 나서는 남편을 볼 때, 존경스럽기까지 하다. 내가 할 수 없는 일을 남편은 잘하고 있고, 또 새로운 일을 도전하려고 지금 준비 중인 일이 있는 것으로 안다. 치킨 일을 시작하기 까지도 남보다 더 발빠른 경영을 했었고, 장사가 아닌 경영인으로써 해왔기 때문에 매출 또한 그렇게 따라 주었던 게 아닌가 생각한다.

작년 회사에서 한양대 교수님께서 초대되어 상권분석을 맡들게 된, 남편은 평소에 그 분야에 관심이 많기도 했지만, 늘 해오고 있던 일과 결부되어 가슴을 뜨겁게 달구어진 것이 그 시점으로 기억된다. 올해 2016년 3월에 11기 한양 대 상권분석과정을 수료하게 되었고, 매주 화요일에 수업참석률 100%로를 기록하며, 종행무진 그 분야에 몰입하게 되었다. 당신이 직접 경험해보고 그로 인한 인연 또한 소중히 해 온 바에 의해, 주위에 필요성을 느끼는 그 누군가에게 전달할 수 있었고, 그로 인한 파급효과는 일파만파로 퍼져 인연에 인연을 꼬리 물고, 새로운 뭔가에 도전할 수 있는 시간이 되어가고 있다. 즐겁게 일해 왔고, 내가 몸담았던 직장에서 웃으면서 뒤돌아나오는 남편의 모습을 보며, 나또한 느끼는 바는 많은데도 맺혀 있는 이 가슴은 언제쯤 풀릴지 의문이다.

혈연, 지연, 학연 그 모든 인연 중에 제일 마음을 아프게 하는 인연은 혈연이다. 요즘에 와서 더욱 지워지지 않는 이 인연이 가슴을 짓눌리고 있다. 이제 난 새로운 인연을 만든다는 것이 어렵게 느껴진다. 지금까지 인연 지어진 모든 인연에 감사하며 살아가야 할 것이 아닌가? 덕분에 4년을 열심히 다녔고 학부 생들과 함께 지내온 세월이 빠르다면 빠른 세월이지만, 사년이 이제 며칠 남지 않았다. 졸업이라는 명제를 두고 글과의 인연을 맺었다. 어떤 식으로든 이번에 만난 우리 인연도 대단한 사람들과의 만남이라고 자부하고 싶다. 모모 모임공간이란 이름 처음으로 책 쓰기 글쓰기모임에 3차 주인공으로 인연 맺게 된 우리, 끝까지 열심히 해보자는 각오로 글 쓰는 인연을 맺었던 게 아닌가.

남편의 네이버 아이디를 등록해서 폰에 사용하고 있었는데, 이번 창원 3차 모임에 가입하게 되면서 노을빛연주라는 닉네임을 달고 네이버 블로그를 개설했다. 밴드가 활성화되고, 카카오스토리, 페이스북 등등 많이 이용하는 프로그램에 묻혀서, 다소 네이버 블로그 활동은 친구 관계 맺기도 쉬운 게 아니면서, 일촌이 무색하게 느껴지기도 한 이 사이트에 또 인연을 지었다. 나뿐만이 아니라 새로운 일을 행하게 되는 남편 인연 지어진 모든 분들과 함께, 가슴 뛰는 일을 하게 될 상권분석 팀들에게도 박수를 보낸다.

　인연

　소중한 인연을 찾기 보다는
　내가 잊고 살아가는 현실 속으로
　살짝 다가와 있는 인연이었지.

　사랑도 아니지만 아련하고
　그리움도 아니면서 애틋하고
　애절한 덧 하면서도
　영원한 우정으로 자리한 너였지.

　절재 하는 너와의 그 인연을 위해
　우린 항상 해맑은 미소로 서로의 행복을 빌지
　금생에 이루지 못한 인연법으로 살지만,

　윤회설을 믿는다면
　다시 태어난 다음 생에도 우정이란 이름하에
　가슴 아픔을 지니지 않은 채
　이대로의 모습이었음 해.

　노을빛연주

행복한
삶의
끝없는
여행

57년의 삶이 짧다면 짧은 인생이었고, 긴 시간을 살아온 것 같기도 하다. 이제 와서 뒤돌아보니 힘들게 했던 순간보다 행복했던 시간도 많았다. 열심히 살아 왔구나. 나를 칭찬해보기도 한다. 힘든 순간마다 곁에서 힘이 되어 주었든 분들 생각해보면서, 100% 인생을 놓고 볼 때 부부란, 둘이 기대어 사는 인생이기에 50대 50이라고 말씀하시던 스님이 계셨다. 항상 잘 살아도 50이요, 못 살아도 49라 1%를 놓고 잘 사니 못사 니 하는 게 인생이라 하셨다. 잘 견디는 것이 50이니 꼭 잘 버티라고, 이야기하시던 법문을 그땐 알지 못했다. 힘든 경험을 하고난 다음에 그 말을 이해하게 됐다. 장유에서 치킨 장사를 할 때다. 남편과 함께 매일 24시간을 함께 하다 보니 잦은 다툼이 있기도 했던 때였다.

지나고 보면 별 것 아닌 일로 다툰다. 그때 왜 싸웠는지 뚜렷한 기억은 못한다. 원앙하이츠빌라로 늦은 시간 법문을 위해 나오셨다. 그때 스님께서 하시던 세탁기 법문 또한 명쾌한 답이었다. 남자란 예로부터 가족을 보호하기 위해 태어난 존재이기 때문에 시선이 직선 방향이며, 한 가지 일에 몰두하면 옆에서 일어나는 일들을 동시에 해결하는 능력이 없다는 것이었다. 필요할 때 쓸 수 있는 세탁기, 돌아가다가 때론 소리도 나고, 많이 쓰면 고장도 난다. 고장 나면 서비스 받아서 써라고 하시던 그 말씀, 어려운 법문을 한참 생각해보고 알았지만 늘 남자는 한 방향 15도 각도만 보인다는 그 법문이 제게는 큰 힘이 되었고, 살면서 그 이후에는 큰 다툼 없이 여태 잘 살아온 것 같다.

아침 일찍부터 나갈 준비를 서두르는 남편과 함께, 나도 12시 반, 오랜만에 5인방 모임을 갖는다. 올해가 가기 전에 마지막 송년 모임인지라, 약속 시간 전에 잠깐 학우 사무실을 들렀다. 일찍 목욕 다녀왔다는 인숙이는 민얼굴로 맞이해줬고, 4년을 함께 했지만 별도로 사무실 방문은 처음이었다. 커피 한잔 대접받고, 지난주 토요일 수업을 빠져가며 베트남 여행을 다녀온 기념으로, 커피 한 봉지와 커피 머신기를 선물로 받았다. 참 고마운 일이다. 인숙이는 항상 남을 위해 많은 봉사 하는 동생이기도 하다. 마음이 참 예쁜 고등학교 후배이기도 하다. 시간이 짧아 간단히 차 한 잔만 나눈 뒤 5인방 모임장소로 갔다. 정숙이와 미경이 석현 씨가 먼저 와 있었고, 서 회장님은 조금 늦게 도착했다.

학교 이야기 끝에 어제 비로소 4년을 종강했다는 이야기를 했고, 현재 쓰고 있는 창원 글쓰기, 책 쓰기를 이야기하게 되었다. 한번 도전해보겠다는 정숙이에게 힘을 실어줬다. 산행을 좋아하는 동생이기도 하여 산행 기행문만 하더라도 충분할 것 같은 예감이 들었다. 하루 일과를 쪼개어 쓰라는 그 말이 이해가 가는 시간이다. 점심 디저트로는 상남동 인서네 가게에서 유자차 한 잔을 했다. 조그만 가게 삼각형, 좁은 공간이지만 알뜰하게 장소 값을 하는 곳이기도 했다. 연말까지 계속되는 약속이 있는 관계로 미용실을 다녀와야 할 것 같아 중리로 달려간다. 친절한 안내를 받으며 염색과 머리 손질을 했다. 오랫동안 단골손님으로 가는 곳이다. 이번엔 머리를 조금 길러야겠단다.

여성스러움을 강조하신다. 어울리지 않는 단어 중에 하나가 내가 여성스러워 진다는 말이다. 겉보기에 남성적인 면이 많다고 내 자신도 느끼고 있는데, 여성스럽게 해 놓겠다는 말에 웃었다. 조금만 여성스럽게 해보겠단다. 그 말은 머리를 많이 자르지 않겠다는 말로 들렸다. 미용실에서든 어디를 가든 내 이야기만 많았다. 올해 하던 일을 멈추면 남편과 긴 시간을 할애할 생각으로 하나투어 여행을 뒤져 보았다. 이탈리아 여행이 눈에 들어온다. 7박 9일일정으로 여태 해 오던 일을 마감하는 차원에서 둘만의 여행을 감행해본다. 여권 사본을 달라는 직원은 현재 접수 인원 6명, 우리 부부 2명으로 남은 인원 2명만 충족되면 예약한 날짜에 여행을 할 수 있다고 했다.

코타키나발루 여행과 제주도를 함께 다녀왔지만 살면서 함께, 같은 일을 하며 일상을 접고 둘이 같이 떠나는 여행은 어려웠다. 이번 여행은 함께 마음먹고 떠나는 여행이다. 십년쯤 해오던 일을 그만두고 홀가분하게 떠나는 여행이라 가슴이 뛴다. 패키지로 떠나는 이탈리아 여행 예약을 해 놨다. 염색과 머리 커트가 끝나고, 금토일 일정을 들여다보다가 문득 보령 미영이가 시골로 귀농했다고, 여고 동창생들을 초대한 시간이 이번 주 토요일이었다. 인터넷 시험이 한 과목 남아 있고, 그날 남편이 또 다른 일을 해보는 첫날로, 성공학 강의가 더 엘가에서 있는 날이다. 남편과 만나서 의논해 볼 일이지만, 중학교 동창 자녀 결혼식엔 축의금만 보내고 보령으로 가리라고 마음 먹어본다.

양덕으로 들렀다. 일정을 맞춰보며 창원에서 출발했다. 내 차로 다섯 명이 합류하기로 결정지었다. 3년을 함께 기숙사 생활했던 40년 전으로 돌아갔다. 들뜬 마음이 벌써 미영이네로 와 있었다. 심영숙이가 대접해주는 비빔밥 한 그릇을 먹고 점순이에게 연락했다. 학교 급식 일을 담당하고 있는 점순이가 남편 저녁을 차려 주고 잠시 영숙이 집으로 왔다. 카카오스토리로 나의 일정을 잘 보고 있다고, 활기찬 생활을 하는 네가 부럽다오,로시작해서, 사십 년 전 여고시절로 잠시 시간을 돌려놓은 듯 추억 이야기를 했다. 양덕기숙사 주변 호성식당 딸 영숙이와, 그의 친구들이 이번 주말에 보령으로 여행 겸 떠나보기로 약속을 정해놓고, 집으로 돌아오는 밤 저녁 약속 나갔던 남편이 전화가 왔다. 함께 집으로 가자는 것이었다.

상남동에서 만나자 말자. 토요일 일정에 대해서 여쭤 봤다. 또 무슨 계획을 짜놓고 묻는 것이냐고 도리어 반박한다. 일찍 이야기하지 않은 스케줄은 응해줄 수 없다고, 농담반 진담반이겠지만 으름장을 놓는다. 언제 당신 하고자 하는 일 막은 적 있냐고 하고 싶은 대로 하고 살란다. 늦은 밤 오랜만에 함께 귀가해본다. 따스한 공기가 우리를 맞이해 준다. 생활패턴이 쪼금 다른 남편 일찍 자고 새벽에 일어나는 이유로, 각자의 침실로 잠자리에 들었는데, 아침 약과 물 한 잔을 들고 나를 깨운다. 간단하게 아침을 마즙 한 잔과 누룽지탕으로 간소하게 차린 식탁에서, 예약해놓은 이태리 여행 일정을 이야기했다. 내일 있을 이야기들로 둘만의 아침 식사시간이다.

언제 일에서 손 떼면 52일 휴가 주겠다는 그 말이 아직 유효한 지 물어보았다. 처음엔 안 된다더니 아직 유효하단다. 카메라 5D mark4와 일천만 원을 붙여서 보내준다는 말에 감동받는다. 템플 스테이를 보광사에서 진행해본 경험이 있다. 전국 사찰문화 체험에 언젠가는 한번 동참해보겠다고 마음을 먹었지만, 지난 경영대학원에서 일박으로 통도사를 다녀온 것이 템플스테이 첫 번째 경험이었고, 살아오면서 금강정사에 계시는 스님 덕분으로 금강정사 템플스테이 방사에서 숙박해본 것이 경험이 두 번째다. 이번 겨울 남편이 하는 일 정리가 되면 봄부터 52일간 행복한 여행을 떠나볼까 한다. 부처님 인연이 주체가 되고, 전국 사찰 템플을 떠나보고 싶은 마음으로 첫 템플 기행을 해볼까 한다.

하루 일박하는 비용은 3만 원으로 최소 비용이 될 것 같다. 이동의 편리성을 도모하기에 차로 움직여볼까 한다. 인생에서 가장 큰 휴가가 될 것 같다. 둘이 아닌 혼자만의 여행으로 꿈꾼다는 자체가 가슴벅차 오른다. 어디서부터 시작되던지 각 사찰을 뒤져서라도 꼭 이 일은 해보고 싶다. 전국 사찰 경험, 나 혼자 만이 그 길을 다녀올 수 있길 희망해본다. 희망을 안고 그 날을 위해 계획을 짜 볼 것이다. 남편이 반대할 줄 알았다. 장유에서 치킨집을 할 때 TV에서 우연찮게 52일의 휴가, 어느 프로그램에서 이야기 나왔던 것으로 기억되는데, 그때 자기도 내가 원하기만 하면 줄 수 있다 것이었다. 당장 실행해 보겠다고 시작한 여행이 미국 한 번 아들에게 6박 7일 다녀오고, 서울에 딸집 4박 5일 다녀오고, 반납했던 휴가다.

더 쓸래야 더 쓸 수가 없었다. 혼자 치킨장사를 하게 내버려 둔다는 사실이 너무 마음 아팠다. 힘든 일임을 알기에 반납할 수밖에 없었는데 지금은 잘할 수 있을 것 같다. 어떤 일을 하던 내가 좋아하는 사진과 글을 쓸 수 있다는 생각에 가슴 뛰는 일이다. 부푼 52일간의 휴일을 기대하며, 이층에서 바라보는 주남. 집의 뜰은 희망의 빛으로 다가온다. 날씨가 이제 초겨울 느낌이 나는 아침이다. 창고를 옮겨간 이후 넓은 마당은 아침햇살로 가득 차있지만 냉랭한 기운이 느껴진다. 마당모퉁이에 자리한 작은 정원에, 언제 피었는지 조그마한 보라색소국이 서너 송이 피었다. 앙증스러운 꽃망울을 보며 안쓰러운 마음이 든다. 모진 추위가 오기 전에 질건지 양지바른 곳이라 생명력이 좀 더 연장이 될지 두고 봐야겠다.

주남 들녘이 내려다보이는 2층 베란다에 어제 씻어 놓은 세탁물을 널고, 겨울준비를 빨리 해야겠다는 생각을 해본다. 메주도 끓여야 하고 김장도 해야한다. 힘차게 달려오던 자동차가 휴게소에 도착한 것 같은 느낌이다. 새로운 일에 도전할 수 있도록 힘을 실어줘야 한다고 마음은 갖고 있지만 어떻게 도와야 할지 구체적인 가닥이 잡히지 않지만. 둘만의 시간 여행을 하며 행복한 삶의 끝없는 여행을 꿈꾼다. 건물 하나를 정리해서 창고를 지었다. 10년 동안 열심히 일한 덕분으로 지금 주식회사 대연식품의 자리를 하나 장만하기도 했다. 며칠 남아 있는 12월 네네치킨 경남지사 업무를 마치고, 십여 년 동안 함께 달려왔던 지난 시간의 보보상이라 생각하고, 이탈리아 여행을 꼼꼼히 다녀오게 될 것이다.

삶은 끝없는 여행이 아닐까? 둘이 함께 행복을 꿈꾸는 여행이 되기를 기도하며.

마치는 글

　"시작은 미미하나 끝은 창대하리라"는 문구를 많이 본 것 같다. 삶이 곧 인연이요 인연을 소중히 여기는 삶, 평범한 일상들과 혈연, 학연, 지연에서 항상 접하는 인연이다. 처음 글 쓸 때를 생각해 보았다. 일기장 또는 그냥 끄적이던 글이 한권의 책으로 만들어지는 과정까지 무수한 날들을 보냈고 감히 생각지도 못할 순간이 인연에서 오고 있었던 것이었다. 작가님의 가르침이 있었고 내주 변에 모든 인연들의 생활모습에서 주제를 찾고 글 쓰게 되면서 행복한 시간들을 오롯이 담고 있다. 흔히 말하기를 살아온 세월이 파란만장하여 내가 글 쓰면 책이 몇 권은 될 거라고 장난처럼 말들을 하곤 하는데 실로 글을 쓴다는 것이 쉬운 일이 아님을 깨닫게 되었다. 사진 찍기를 좋아하고 여행하기를 좋아하는 나였다. 사물을 자세히 관찰하는 습관에서 찰나의 순간 집중력에 사진작품이 탄생하듯이 앉으면 자판을 습관처럼 두드리는 내안에 나를 발견하는 글쓰기를 권해보고 싶다.

때론 힘든 날도 있었고 행복에 겨운 날도 있었지만 시간의 흐름에 그냥 버려두면 아름다운 일들도 마주한 인연들도 혼자만의 가슴에 남아 있을 뿐이다. 지극히 평범한 일상이지만 글로 쓰자. "시간이 없다." 미루지 말고 오늘에 만난 인연들로 인해 행하여지는 모든 일들을 나열해보자. 살아있는 모든 날이 무의미한 날이 하루도 없지만 무엇인가를 하지 않고는 죽어 있는 시간임을 말하고 싶다. 대학 생활 늦게 시작하여 빨리 끝나기만 기다렸던 내가 2017년 2월 드디어 졸업을 하였고, 방학 동안엔 졸업을 하지 않았기에 졸업이라는 명제가 놓여 있어서 마음이 덜 허전하였던 것이었다.

졸업 후 십여 일 간 놀고 있었는데 참으로 나에겐 의미 없는 시간 흐름이 아까운 시간이었다. 아직도 무언가를 위해 열심히 살아가야 한다면 십 년 후의 나를 생각해볼 시간을 가졌다. 크게 돈 들여하는 일은 할 수 없지만 가슴 뛰는 일을 하고 싶다는 남편을 보고 있으니 나의 자화상이 떠올랐다. 주저 없이 무언가를 해야 할 것만 같았다. 앞의 글 내용 중에서 템플스테이를 52일간 다녀볼 것이라고 주장했었는데 아직은 조금 더 배워야 한다는 생각이 지배적이었다. 여태 해 왔던 공부와는 다른 사회복지상담학 석사과정을 해보겠다는 다짐을 했다. 창원을 벗어나 김해시네 있는 가야대학에서 새로운 인연들을 만났다 벌써 3주째 강의가 토요일에 있다.

복지상담학 과정에서 만 봐도 불교에 몸담은 인연 스님도 계시고, 교회와 인연 깊은 목사님도 계신다. 많은 인연들이 뭉쳐서 학과에 학우가 되고 또 사회에 이바지 할 수 있는 과정들을 배우면서 내일의 밝은 삶을 기대해본다. 글과 한번 맺은 인연 또한 내 안에 모든 것을 끄집어내고 새로운 생활에 활력이 될 것을 다짐해보며 처음으로 마치는 글을 써 보는 봄날 봄기운을 인연된 모든 분들께 전달하고 싶다.

활기찬 하루 시간 중에서 아름다운 오후를 장식하며.

2017년
봄의 길목에서
노을빛연주